Dw

COLIN DEXTER

INSPECTEUR MORSE

DWAALSPOOR

Centerboek

Voor het eerst gepubliceerd door Macmillan London Ltd.
A division of Pan Macmillan Publishers Ltd.,
18-21 Cavaye Place, London SW10 9 GP

Oorspronkelijke titel: Last bus to Woodstock
Uit het Engels vertaald door Rika Vliek
Omslagontwerp: Hesseling Design, Ede

ISBN 90 5087 188 7
NUGI 332

PRELUDE

'Toe, laten we nog héél even wachten,' zei het meisje in de donkerblauwe lange broek en de lichte zomerjas. 'Er komt er nu vast wel gauw één aan.'
Echt overtuigd was ze daar echter niet van, en ze draaide zich voor de derde keer om naar de bushalte om de dienstregeling voor Zone 5 te bestuderen die er in een rechthoekige omlijsting aan bevestigd was. Maar in de wereld van kolommen en cijfers had ze zich nog nooit echt zeker van zichzelf gevoeld, en er was weinig kans op dat de vinger die vanaf de linkerkant van de omlijsting een aarzelende horizontale koers volgde, op de juiste coördinaat de vinger zou tegenkomen die in een vage verticale lijn van de bovenkant af naar beneden gleed. Het meisje dat naast haar stond, wipte ongeduldig van de ene op de andere voet en zei: ''k Wee' nie' wa' jij doe'...'
'Wacht nou even. *Wacht nou even.*' Ze richtte haar blik voor de zoveelste keer op de relevante kolommen: 4, 4A (niet na 18.00 uur), 4E, 4X (alleen op zaterdag). Het was vandaag woensdag. Dat betekende... Als 14.00 uur twee uur was, dan betekende dat...
'Wa' jij doe', moe' je zelf weten, hoor, maar ik ga liften.' Sylvia articuleerde slecht en had bovendien de irritante gewoonte om van alle woorden die op een t eindigden, die laatste medeklinker in te slikken. Een kwestie van laksheid was dat, waar iets van gezegd zou moeten worden, mochten ze ooit hechter bevriend raken.
Hoe laat was het nu? 6.45 n.m. Oftewel 18.45 uur. Ja. Ze begon het eindelijk door te krijgen.
'Kom nou maar mee. We krijgen binnen de kortste keren een lif', le' maar op. Daar is de helf' van die kerels op ui' – op een lekker stuk.'
En wat waar is, is waar: er leek geen enkele reden om Sylvia's kordate optimisme in twijfel te trekken. Geen enkele gedienstige automobilist zou niet onder de indruk zijn van de minirok die ze droeg, en de uitnodigend mooie benen eronder.
De twee meisjes bleven nog even zwijgend staan waar ze stonden, en voelden zich tijdens dat moment van respijt geen van beiden op hun gemak.

Een vrouw van middelbare leeftijd kwam hun kant uit gewandeld. Zo nu en dan hield zij even halt en draaide dan haar hoofd om, om de al verduisterende weg af te kijken die naar het centrum van Oxford voerde. Een paar meter bij de meisjes vandaan bleef ze staan en zette haar boodschappentas neer.
'Mag ik u wat vragen?' zei het eerste meisje. 'Weet u wanneer de eerstvolgende bus komt?'
'Er moet er binnen een paar minuten eentje aankomen, kind.' Ze tuurde nogmaals in de grijze verte.
'Gaat die naar Woodstock?'
'Nee, volgens mij niet... Die bus komt niet verder dan Yarnton. Hij gaat naar het dorp en keert dan om en rijdt terug.'
'O.' Ze ging midden op de weg staan reikhalzen en deed een stap achteruit toen er een klein konvooi auto's aankwam. Een paar automobilisten hadden hun lichten al aangedaan, want het begon te schemeren. Een bus was nog nergens te bekennen en ze was er niet gerust op.
'Er overkom' ons *niets,*' zei Sylvia op een toon waarin enig ongeduld doorklonk. 'Ech' nie'. Morgenochtend lachen we d'r om.'
Nog een auto. En weer één. Daarna opnieuw de stilte van de zoele najaarsavond.
'Nou, blijf jij hier dan maar staan als je da' zo graag wil'... ik ga ervandoor.' Haar lotgenote keek haar na, toen Sylvia wegliep in de richting van de Woodstock-rotonde, ongeveer tweehonderd meter verderop. Dat was voor een lifter geen slechte plek, want daar minderden de auto's vaart voordat ze dat drukke verkeersplein over gingen.
En toen nam ze een besluit - 'Sylvia, wacht!' - hield met één gehandschoende hand de kraag van haar lichtgewicht zomerjas vast en ging op een onbeholpen sukkeldrafje achter haar aan.
De vrouw van middelbare leeftijd bleef bij de bushalte van Zone 5 staan wachten. Ze overdacht hoeveel er was veranderd sinds de tijd dat zij jong was.

Maar Mrs. Mabel Jarman zou niet lang hoeven te wachten. Er gingen zomaar een paar vage, vruchteloze gedachten door haar heen – niets van belang. Nog even en ze was weer thuis. Naderhand zou ze eraan moeten terugdenken en Sylvia redelijk goed kunnen beschrijven: haar lange, blonde haar, haar zorgeloze en uitdagende sensualiteit. Van het andere meisje kon ze zich weinig herinneren: een lichte jas, donkere lange broek – maar welke kleur? Haar – min of meer donkerblond? 'Doet u alstublieft uw uiterste best, Mrs. Jarman. Het is voor ons bijzonder belangrijk dat u zich zoveel mogelijk herinnert...' Haar vielen een paar auto's op en een zware truck met een flinke aangekoppelde oplegger, beladen met een onwaarschijnlijk groot aantal carrosserieën van auto's zonder wielen. Mannen? Mannen en verder geen andere inzittenden? Ze zou heel erg haar best doen om het zich te herinneren. Ja, er waren mannen bij geweest, daar was ze zeker van. Er waren er haar verschillenden voorbijgereden.

Om tien voor zeven kreeg een langwerpig, rozig vlak geleidelijk aan een vastere omlijning. Ze nam haar tas op, terwijl de rode stadsbus nog half in de grijze verte zich een weg langs de haltes baande. Even later kon ze bijna de forse, witte belettering boven de bestuurderscabine lezen. Wat stond er? Ze kneep haar ogen half dicht om het beter te kunnen zien: WOODSTOCK. O jee! Dan had ze het dus bij het verkeerde eind gehad, toen dat meisje zo vriendelijk naar de eerstvolgende bus had geïnformeerd. Maar wat gaf het eigenlijk? Ze konden nog niet ver weg zijn. Ze kregen vast wel een lift of zagen de bus en slaagden erin bij de eerstvolgende halte te komen, of zelfs bij de halte daarna. 'Hoelang waren ze al weg, Mrs. Jarman?'

Ze stapte een stukje achteruit, bij de halte vandaan, en de chauffeur van de bus naar Woodstok reed haar dankbaar voorbij. De bus was feitelijk nog niet eens uit het zicht verdwenen of ze zag er nog één aankomen, slechts een paar honderd meter erachter. Dat was vast de bus die zij moest hebben. De dubbeldekker stopte bij de halte toen Mrs. Jarman haar hand opstak. Om twee minuten over zeven was ze thuis.

Ze was nu weduwe en haar twee kinderen waren volwassen en getrouwd, maar haar half vrijstaande huis was nog altijd echt háár huis waar ze krom voor had moeten liggen en trots op was. En het

feit dat ze alleen was, had toch ook wel z'n voordelen. Ze kookte voor zichzelf een royale avondmaaltijd, waste af en zette de televisie aan. Ze snapte niet waarom er zoveel kritiek op de programma's was. Zij vond vrijwel alles leuk en wenste vaak dat ze naar twee zenders tegelijk kon kijken. Om tien uur keek ze naar de belangrijkste onderwerpen van het Journaal, zette het toestel uit en ging naar bed. Om 10.30 uur sliep ze als een roos.
Eveneens om 10.30 uur n.m. werd op een binnenplaats in Woodstock een meisje aangetroffen. Ze was op brute wijze vermoord.

1 Speurtocht naar een meisje

1 woensdag 29 september

Vanaf St Giles' in het centrum van Oxford lopen twee parallelle wegen net zo pal naar het noorden als de tanden van een stemvork. Aan de noordkant van Oxford moeten ze allebei eerst de drukke noordelijke ringweg kruisen, waarop stromen hypernerveuze automobilisten langsjakkeren, blij dat ze de geneugten van de oude universiteitsstad ontlopen. De oostelijke afsplitsing leidt uiteindelijk naar de plaats Banbury en loopt vandaar vrijwel onopvallend door naar het hart van het industriële binnenland; de westelijke afsplitsing brengt de automobilist al gauw naar het plaatsje Woodstock, ruim twaalf kilometer ten noorden van Oxford, en vandaar naar Stratford-upon-Avon.

Het is een rustige, aantrekkelijke rit van Oxford naar Woodstock. Brede grasbermen zorgen voor een aangenaam gevoel van ruimte, en bij het dorpje Yarnton zorgt na slechts een paar kilometer een vierbaansweg met een door bomen omzoomde middenberm ervoor dat het verkeer niet meer lamlendig voortsukkelt, maar zo versnelt dat het ten slotte de luchthaven voorbijraast. Direct voor Woodstock markeert aan de linkerkant een achthonderd meter lange, grijze muur de oostgrens van het uitgestrekte, prachtige terrein rond Blenheim Palace, het kolossale herenhuis dat koningin Anne in haar goedheid liet bouwen voor haar briljante generaal John Churchill, de eerste hertog van Marlborough. Hoge, indrukwekkende smeedijzeren hekken markeren de hoofdingang en de oprijlaan naar het Palace en daarheen drommen in het zomerseizoen ook de toeristen om er rond te lopen te midden van de waardige pracht van de grote vertrekken, voor de kolossale Vlaamse tapijten van Malplaquet en Oudenaarde te blijven staan, en het vertrek te bezichtigen waarin die latere telg van de familie Churchill werd geboren, de grote Sir Winston in eigen persoon die nu op het ooit vredige kerkhof van het nabijgelegen dorp Bladon ligt.

Vandaag de dag domineert Blenheim het oude plaatsje. Maar zo is het niet altijd geweest. De sterke grijze huizen langs de hoofdstraat zijn getuige geweest van vroeger tijden en zouden daarvan oudere verhalen kunnen vertellen, ook al zijn ze tegenwoordig voor het merendeel keurig verbouwd tot geschenken-, antiek- en souvenirwinkels - en logementen. Er was, naar het schijnt, altijd al een ruime keuze aan herbergen, maar van de hotels en logementen die nu dicht langs de straten staan, kunnen verscheidene niet alleen bogen op een heel lange voorgeschiedenis, maar ook op een massa zwarte sterren op hun helgele uithangborden.

De Black Prince bevindt zich halverwege een brede zijstraat aan je linkerhand, wanneer je in noordelijke richting rijdt. Dit is geen verheven gelegenheid in Woodstock die aanspraak kan maken op een lange voorgeschiedenis. Het lijkt helaas ook hoogst onwaarschijnlijk dat de krijgshaftige zoon van koning Eduard III ooit in een van haar ruimten heeft gelachen, gehuild, gepimpeld of gehoereerd. Een directeur van de Londense firma die een jaar of tien terug het oude huis met stalerven en al kocht, had eerlijk gezegd in een of andere gids, waarvan de betrouwbaarheid dubieus was, zien staan dat de prins daar ergens was geboren. De directeur was door zijn raad van commissarissen van harte gefeliciteerd met dit knappe staaltje research en niet minder hartelijk met zijn daaropvolgende ontdekking dat de edele prins vooralsnog niet in het telefoonboek van Woodstock voorkwam. De Black Prince werd het dus. De begaafde dochter van de eerste bedrijfsleider had uit een encyclopedie voor kinderen in gepast oud handschrift een korte, zij het ietwat romantische levensbeschrijving van de krijgshaftige prins overgeschreven en het voltooide werk een half uur bij 240° in haar moeders oven gestopt, zodat het manuscript respectabel bruin van ouderdom werd. Vervolgens werd het keurig maar goedkoop ingelijst en het hing nu op een ereplaats aan de muur van de cocktailbar. In combinatie met de schilden van de Oxford-colleges die netjes op een rij aan de lage, gevlekte balken waren gespijkerd, verleende het extra sfeer en cachet.

Gaye was intussen al tweeëneenhalf jaar de vaste gastvrouw van de Black Prince - 'barmeid', vond de bedrijfsleider, was ietwat *infra dignitatem*. En daar zat wel wat in. 'Een pint van je beste bier, snoes,' was een verzoek waaraan Gaye maar zelden hoefde te voldoen en dat zij nu associeerde met het proletariaat. Hier werd vaker wodka met citroen geschonken voor schrandere jongelui,

Manhattan-cocktails voor Amerikaanse toeristen en gin-vermouth – met ook nog een scheutje zoete vermouth – voor de *dons*, de leden van de wetenschappelijke staf van de Oxford-colleges. Dergelijke mengsels distribueerde ze met uit ervaring voortspruitend zelfvertrouwen uit de als zilver glinsterende en fonkelende flessen die uitnodigend achter de bar op een rij stonden.
In de bar zelf lag dik tapijt en er stonden stoelen en tegen de muren banken die in een aangename tint oranje waren geschilderd. Dat alles baadde in zacht schemerlicht, wat een clair-obscur effect gaf dat deed denken, hoopte men, aan een kersttafereel van Rembrandt. Gaye zelf was een aantrekkelijke jonge vrouw met kastanjebruin haar en vanavond, woensdagavond, was ze smetteloos gekleed in een zwart broekpak en een blouse met witte kraag. Een flonkering van edelstenen aan de tweede en de derde vinger van haar linkerhand hield een zachtmoedige waarschuwing in voor de walgelijke amateur-playboy en wellicht een berekenende invitatie – zoals sommigen beweerden – voor de rijke professionele flirter. Ze was overigens getrouwd geweest en woonde sinds de scheiding samen met één jonge zoon en een moeder die zich niet ten onrechte ergerde aan de mild promiscue gewoonten van een dierbare dochter die het ongeluk had gehad te trouwen met 'zo'n rotzak'. Gaye genoot evenzeer van haar status als gescheiden vrouw als ze van haar werk genoot, en als het aan haar lag, bleef dat zo.
's Woensdags was het net als altijd een vrij drukke avond geweest. Om 10.25 n.m. kondigde ze dan ook met enige opluchting beleefd, maar vastberaden aan dat men nog één keer zijn glas kon laten vullen. Een jongeman die aan de hoek van de bar die het verst van de deur verwijderd was, op een hoge kruk zat, schoof zijn whiskyglas naar voren.
'Nog zo eentje.'
Gaye keek even spottend in onstandvastige ogen, maar zei niets. Ze duwde het glas van haar gast onder een preferente whiskyfles en zette het op de bar. Ze hield vervolgens haar rechterhand op en sloeg met haar linker automatisch het verschuldigde bedrag aan. De jongeman was duidelijk dronken. Hij doorzocht langzaam en weinig doeltreffend zijn zakken vóór hij het juiste biljet vond. Toen nam hij één slok uit zijn glas, liet zich voorzichtig van zijn

kruk glijden, bezag met een onzeker oog de afstand tot aan de deur en liep er in een redelijk rechte lijn naartoe, de omstandigheden in aanmerking genomen. De vroegere binnenplaats waar ooit paarden over de kasseien hadden geklepperd, was vanaf de straat te bereiken via een poort en was voor de Black Prince een niet naar waarde te schatten bezit, zo was gebleken. Uit een golf van boetes voor het zich niet storen aan de enkele en dubbele gele lijnen langs zelfs de meest ongastvrije en ontoegankelijke straten sproot een met tegenzin getoond respect voor de politie voort, en elke gelegenheid die een parkeerplaats 'ALLEEN VOOR STAMGASTEN, SCHADE AAN AUTO'S VOOR REKENING VAN DE EIGENAAR' bood, deed beslist goede zaken. Vanavond stond de binnenplaats net als altijd bomvol met de onvermijdelijke Volvo's en Rovers. Een lamp boven de poort wierp onvoldoende licht over het voorste stuk van de binnenplaats; de rest lag in het schemerduister. Naar de verste uithoek van deze binnenplaats nu strompelde de jongeman en toen hij daar bijna was, zag hij vaag iets achter de verste auto. Hij keek ernaar en betastte het zwijgend. Toen kroop ontzetting langs zijn ruggegraat omhoog en begon hij opeens heftig te braken tegen een met een hangslot vergrendelde staldeur.

2 woensdag 29 september

Nadat het lijk was gevonden nam de bedrijfsleider van de Black Prince, Mr. Stephen Westbrook, onmiddellijk contact op met de politie, en op zijn telefoontje werd lofwaardig snel gereageerd. Brigadier Lewis van de politie van Thames Valley gaf hem bondige en duidelijke instructies. Binnen tien minuten zou er een politieauto bij de Black Prince zijn. In de tussentijd moest Westbrook ervoor zorgen dat niemand het pand verliet en dat niemand de binnenplaats betrad. Mocht iemand erop staan weg te gaan, dan moest hij de volledige naam en het volledige adres van de persoon in kwestie noteren. Als werd gevraagd waaarom er zo moeilijk werd gedaan, hoefde hij er niet omheen te draaien.
De vrolijke stemming van die avond verlepte als een treurige ballon en er vielen geleidelijk aan steeds meer stemmen stil,

terwijl het gefluisterde gerucht de ronde deed: er was een moord gepleegd. Niemand scheen haast te hebben om weg te komen; twee of drie keer werd gevraagd of er getelefoneerd mocht worden. Ze voelden zich opeens allemaal nuchter, ook een jongeman met een bleek gezicht die in het kantoortje van de bedrijfsleider stond en wiens nog nauwelijks aangeroerde whisky nog steeds op de bar stond.

Zodra brigadier Lewis arriveerde met twee geüniformeerde agenten, dromde een kleine menigte nieuwsgierig samen op de stoep aan de overkant. Het ontging hun niet dat de politieauto zowel dwars als pal voor de toegang tot de binnenplaats was geparkeerd, zodat de uitgang effectief was afgegrendeld. Vijf minuten later arriveerde nog een politieauto en de ogen gingen naar de tengere man met donker haar die uitstapte. Hij maakte even een praatje met de agent die buiten op wacht stond, knikte verschillende keren instemmend en liep de Black Prince binnen.

Hij kende brigadier Lewis nog niet zo goed, maar raakte tot zijn genoegen al gauw onder de indruk van 's mans evenwichtige vakbekwaamheid. De twee mannen overlegden op energieke toon en werden het er heel snel over eens hoe ze de zaken om te beginnen zouden aanpakken. Lewis zou met behulp van de andere agent een lijst maken van de namen, adressen en kentekens van de auto's van alle aanwezigen in het pand, en in het kort noteren waar zij naar hun eigen verklaring zich die avond hadden opgehouden en waar ze nu van plan waren heen te gaan. Er moest met ruim vijftig mensen gesproken worden en Morse realiseerde zich dat dat enige tijd zou vergen.

'Zal ik proberen wat meer hulp voor je op te trommelen, brigadier?'

'Ik denk dat we het wel redden met ons tweetjes, sir.'

'Oké. Laten we dan maar aan de slag gaan.'

Een deur die de zijingang van de Black Prince vormde, kwam uit op de binnenplaats en Morse stapte er energiek door naar buiten en keek rond. Hij telde dertien auto's die dicht opeen stonden in de beperkte ruimte, maar hij kon er wel een stuk of twee over het hoofd hebben gezien. De auto's het verst bij hem vandaan waren namelijk niet veel meer dan donkere gevaarten tegen de hoge muur aan de achterkant, en hij vroeg zich af hoe hun benevelde eigenaars de voertuigen in 's hemelsnaam via de smalle uitgang de binnenplaats af kregen. Daar waren staaltjes van geavanceerde rijvaardigheid en precisie voor nodig. Nauwgezet scheen hij met zijn zaklantaarn in het rond, terwijl hij over de binnenplaats kuierde. De bestuurder van de laatste, aan de linkerkant van de binnenplaats geparkeerde auto had een vooruitziende blik gehad, want hij was achteruit zo de smalle parkeerplaats opgereden dat er ongeveer een meter ruimte overbleef tussen zijn linkerkant en de muur, en daar lag in een slordige houding een meisje. Ze lag op haar rechterzij, met haar hoofd helemaal in de door de muren gevormde hoek; haar lange blonde haar vertoonde nu wrede strepen bloed. Het was meteen duidelijk dat ze was vermoord door een zware klap dwars over de achterkant van de schedel, en achter het lijk lag een platte, zware, drieëneenhalve centimeter brede en ruim vijfenveertig centimeter lange moersleutel voor het verwisselen van banden. Het was er een met golvende uiteinden zoals je ze vaak zag in de tijd dat ogenblikkelijke bandenreparaties nog niet aan de orde waren. Morse bleef staan en staarde een paar minuten naar het afschuwelijke tafereel aan zijn voeten. Het vermoorde meisje was schaars gekleed - ze droeg schoenen met sleehakken, een heel korte, donkerblauwe minirok en een witte blouse. Verder niets. Morse bescheen met de zaklantaarn het bovenste gedeelte van het lichaam. In de blouse zat aan de linkerkant overdwars een scheur; de twee bovenste knoopjes waren losgemaakt en de derde was eraf gerukt, zodat de volle borsten bijna helemaal ontbloot waren. Morse scheen met zijn zaklantaarn in het rond en ontdekte meteen de ontbrekende knoop - een wit, paarlemoeren schijfje dat vanaf de kasseien naar hem twinkelde. Wat verafschuwde hij lustmoorden! Hij riep de agent die bij de ingang van de binnenplaats stond.

'Ja, sir?'

'We hebben een paar booglampen nodig.'

'Ja, daar zouden we wel wat aan hebben, denk ik, sir.'

'Zorg ervoor.'

'Ik, sir?'

'Ja, jij!'

‘Waar moet ik die vandaan...?’
‘Hoe moet ik dat nou weten,’ bulderde Morse.
Om kwart voor twaalf had Lewis zijn taak voltooid en bracht hij verslag uit aan Morse, die met *The Times* in het kantoortje van de bedrijfsleider zat en iets dronk dat verdacht veel op whisky leek.
‘Ah, Lewis.’ Hij duwde de krant over de tafel. ‘Kijk eens even naar 14 verticaal. Toepasselijk, hè?’
Lewis keek naar 14 verticaal: Engelse kandidaat combineert titel met uitroep (4). Hij zag dat Morse in het voltooide diagram ‘beha’ had geschreven. Wat werd er van hem verwacht? Wat moest hij zeggen? Dit was de eerste keer dat hij met Morse samenwerkte.
‘Goede aanwijzing, vind je niet?’
Lewis was er wel eens in geslaagd het voor koffietijd bedoelde kruiswoordraadsel in de *Daily Mirror* op te lossen, maar dit ging hem boven de pet en dat maakte hem heel onzeker. ‘Ik ben geen ster in puzzelen, ben ik bang, sir.’
‘Engelse kandidaat - dat is BA en uitroep is HE; combineer die lettercombinaties en je krijgt beha. Simpel toch, of vind je dat ik je tijd aan het verdoen ben, Lewis?’
Lewis liet zich niets wijsmaken en was tot op zekere hoogte een eerlijk en integer mens. ‘Ja, sir.’
Een innemende glimlach kroop rond Morses mond. Ze zouden wel goed met elkaar overweg kunnen, meende hij.
‘Lewis, ik wil dat jij met mij samenwerkt in deze zaak.’ De brigadier keek Morse recht aan, recht in die meedogenloze, grijze ogen. Hij hoorde zichzelf zeggen dat het hem een waar genoegen zou zijn.
‘Dat moet gevierd worden,’ zei Morse. ‘Waard!’ Westbrook was in de buurt van het kantoortje gebleven en kwam nu vlug naar binnen. ‘Een dubbele whisky.’ Morse duwde zijn glas naar voren.
‘Hebt u ook zin in een borrel, sir?’ De bedrijfsleider wendde zich aarzelend tot Lewis.
‘Brigadier Lewis is in functie, Mr. Westbrook.’
Toen de bedrijfsleider terugkwam, verzocht Morse hem alle aanwezigen in het pand, ook het personeel, bijeen te brengen in de grootste beschikbare ruimte. Daarop dronk hij in volledige stilte van zijn whisky en nam ondertussen vluchtig de overige pagina’s

van de krant door. 'Lees jij *The Times*, Lewis?'
'Nee, sir; wij lezen de *Mirror*.' Dat gaf hij zo te horen met verdriet toe.
'Ik soms ook,' zei Morse.
Om kwart over twaalf kwam Morse de ruimte in het restaurant binnen waar iedereen nu bijeen was. Gayes ogen ontmoetten de zijne en hielden die even vast toen hij binnenkwam, en ze vond hem bijna onweerstaanbaar. Dat kwam niet zozeer doordat hij haar in gedachten scheen uit te kleden; dat deden de meeste mannen die zij kende. Bij hem leek het er echter meer op dat hij dat al gedaan had. Ze luisterde aandachtig naar hem toen hij het woord nam.
Hij bedankte hen allen voor hun geduld en medewerking. Het begon erg laat te worden en het was niet zijn bedoeling hen nog langer daar te houden. Ze wisten intussen wel waarom de politie er was. Op de binnenplaats was iemand vermoord - een jong meisje met blond haar. Ze snapten natuurlijk wel dat alle auto's op de binnenplaats tot de volgende ochtend moesten blijven staan waar ze stonden. Hij wist dat dit inhield dat het sommigen van hen moeite zou kosten om thuis te komen, maar er waren taxi's opgeroepen. Mocht iemand hem of de brigadier nog iets willen melden dat van belang of van waarde kon zijn voor het onderzoek, het maakte niet uit wat en ook al leek het nog zo onbelangrijk, dan moest zo iemand zo vriendelijk zijn achter te blijven. De overigen mochten gaan.
Gaye vond het een ongeïnspireerd optreden. Toevallig aanwezig zijn op de plaats van een moord hoorde toch zeker wel wat opwindender te zijn dan nu het geval leek? Ze ging nu naar huis, waar haar moeder en haar jonge zoon allang sliepen. En stel dat dat niet zo was: veel kon ze hun niet vertellen, wel? En dat terwijl de politie hier nu al dik anderhalf uur was. Dit was nu niet bepaald wat ze was gaan verwachten sinds ze over Holmes of Poirot las, die intussen ongetwijfeld al de belangrijkste verdachten verhoord zouden hebben en een aantal verbazingwekkende dingen zouden hebben afgeleid uit de meest triviale verschijnselen.
Het gemompel dat volgde op Morses korte toespraak, stierf weg, aangezien de meeste gasten hun jas gingen halen en vertrokken. Gaye stond ook op. Had zij iets belangwekkends of waardevols

gezien? Ze haalde zich de avond weer voor de geest. De jongeman die het meisje had gevonden... Ze had hem eerder gezien, maar ze wist niet precies meer wanneer en ook niet meer met wie hij samen was geweest. Maar toen schoot het haar weer te binnen: blond haar. Ze had vorige week nog bij hem aan de bar gezeten. Maar tegenwoordig bleekten heel wat meisjes hun haar. Was het toch de moeite van het vermelden waard? Ja, was haar conclusie en ze liep naar Morse toe.
'U zei dat het meisje dat vermoord is, blond haar had.' Morse keek haar aan en knikte langzaam. 'Volgens mij was ze hier vorige week – ze was samen met de man die vanavond haar lijk vond. Ik heb ze hier gezien. Ik sta achter de bar.'
'Dat is heel interessant, miss... eh?'
'Mrs. Mrs. McFee.'
'Neem me niet kwalijk, alstublieft, Mrs. McFee. Ik dacht dat u al die ringen droeg om de jongens af te schrikken die kwijlend bij u aan de bar komen hangen.'
Gaye was woedend. Wat een onsympathieke man! 'Nu moet u eens goed naar me luisteren, inspecteur hoe u ook heten mag. Ik kwam u iets vertellen waaraan u volgens mij misschien wel iets zou hebben. Als u nu gaat...'
Morse onderbrak haar vriendelijk en keek haar aan met in zijn ogen onverbloemde weerloosheid. 'Als ik hier ergens in de buurt woonde, Mrs. McFee, zou ik ook elke avond van de week hierheen komen om van u te kwijlen.'

Kort na enen was een primitieve, maar redelijk effectieve opstelling van booglampen rond de binnenplaats gerealiseerd. Morse had Lewis opgedragen de jongeman vast te houden die het vermoorde meisje had gevonden, totdat ze de kans hadden gekregen om de binnenplaats aan een nauwkeuriger onderzoek te onderwerpen. De twee mannen namen nu in ogenschouw wat ze daar voor zich zagen. Er was heel wat bloed gevloeid, en brigadier Lewis voelde een diepe afkeer van de gewelddadigheid en zinloosheid van moord, terwijl hij op het meisje neerkeek. Morse scheen meer belang te stellen in de sterrenhemel boven hen.
'Bestudeer jij de sterren, Lewis?'

'Ik lees soms de horoscopen, sir.'
Morse scheen het niet te horen. 'Ik heb 's gehoord van een groep schoolkinderen, Lewis, die een miljoen lucifers probeerde te verzamelen. Nadat ze er de hele school mee hadden gevuld, kwamen ze tot de slotsom dat ze ermee op moesten houden.'
Lewis voelde zich verplicht iets te zeggen, maar er schoot hem geen geschikte opmerking te binnen.
Even later richtte Morse zijn aandacht op meer aardse dingen en keken ze allebei weer op het vermoorde meisje neer. De moersleutel en de eenzame witte knoop lagen nog op dezelfde plek als waar Morse ze eerder had zien liggen. Verder was er niet veel meer te zien, op het bloedspoor na dat bijna van het ene naar het andere uiteinde van de muur aan de achterkant liep.

De jongeman zat in het kantoortje van de bedrijfsleider. Zijn moeder verwachtte dat hij laat thuis zou komen, maar ging zich nu toch vast zorgen maken. En dat gold ook voor hemzelf. Om 1.30 v.m. kwam Morse eindelijk naar binnen, terwijl de politiearts, de fotografen en de mannen van de technische recherche op de binnenplaats druk bezig waren.
'Naam?' vroeg hij.
'Sanders, John Sanders.'
'U vond het lijk?'
'Ja, inspecteur.'
'Vertel me hoe dat ging.'
'Er valt eigenlijk niet zoveel over te vertellen.'
Morse glimlachte. 'Dan hoeven we u niet lang op te houden, is het wel, Mr. Sanders?'
De jongeman schoof wat heen en weer. Morse zat tegenover hem en keek hem doordringend aan, terwijl hij zijn reactie afwachtte.
'Nou, eh, ik liep gewoon de binnenplaats op en daar lag ze. Ik heb haar niet aangeraakt, maar ik wist dat ze dood was. Ik ben meteen weer naar binnen gegaan om het aan de bedrijfsleider te vertellen.'
Morse knikte. 'Verder nog iets?'
'Geloof van niet.'
'Wanneer moest u overgeven, Mr. Sanders?'

'O ja. Ik moest overgeven.'
'Was dat na- of voordat u het meisje had gezien?'
'Erna. Haar daar zo te zien liggen, moet me van streek hebben gemaakt - soort schrikreactie, neem ik aan.'
'Waarom vertelt u me de waarheid niet?'
'Hoe bedoelt u?'
Morse zuchtte. 'U bent zeker niet met de auto?'
'Ik heb geen auto.'
'Wandelt u altijd nog even de binnenplaats rond, voordat u naar huis gaat?' Sanders reageerde hier niet op. 'Hoeveel glazen hebt u vanavond gedronken?'
'Een paar whisky's - dronken was ik niet.'
'Mr. Sanders, wilt u dat ik het van iemand anders verneem?' Uit Sanders' manier van doen kwam duidelijk naar voren dat hij er niet op zat te wachten dat dat soort informatie werd ingewonnen.
'Hoe laat kwam u hier?' vervolgde Morse.
'Rond half acht.'
'En u werd dronken en ging naar buiten om over te geven.' Met tegenzin stemde Sanders hiermee in. 'Drinkt u meestal in uw eentje?'
'Meestal niet.'
'Op wie zat u te wachten?' Sanders gaf geen antwoord. 'Kwam ze niet opdagen?'
'Nee,' zei hij effen.
'Maar ze kwam wel hierheen, hè?'
'Nee, dat vertelde ik u net toch al. Ik was de hele tijd alleen.'
'Maar ze kwam wel hierheen, hè?' herhaalde Morse rustig. Sanders keek verslagen. 'Ze kwam wel,' vervolgde Morse nog steeds op rustige toon. 'Ze kwam wel en u zag haar. U zag haar op de binnenplaats en ze was dood.'
De jongeman knikte.
'Het lijkt me het beste dat wij een babbeltje met elkaar maken, u en ik,' zei Morse.

3 donderdag 30 september

Terwijl hij in zijn eentje in de slaapkamer van Sylvia Kaye stond, voelde Morse zich tot op zekere hoogte opgelucht. De lugubere plichtplegingen van die nacht waren achter de rug en hij schakelde over op het natuurlijke afweermechanisme van zijn vermoeide brein. Hij wenste te vergeten hoe ze Mrs. Dorothy Kaye hadden gewekt en haar echtgenoot hadden opgeroepen die nachtdienst had gehad in de laswerkplaats van de autofabriek van Cowley; de zinloze, grove beschuldigingen over en weer en de overweldigende pijn van het bittere verdriet om de leegte. Sylvia's moeder zat nu onder de kalmerende middelen en stelde daarmee de dag en de afrekening uit, terwijl brigadier Lewis met Sylvia's vader op het hoofdbureau zat om zoveel mogelijk van hem aan de weet te komen. Hij maakte vele pagina's nauwgezette aantekeningen, maar betwijfelde of het allemaal veel uitmaakte. Over een half uur moest hij zich weer bij Morse voegen.

Het was een kleine slaapkamer, een van de drie in een keurig, half vrijstaand huis aan Jackdaw Court, een rustige, halve-maanvormige rij huizen met rottende houten schuttingen, op een paar minuten loopafstand van de Woodstock Road. Morse ging op het smalle bed zitten en keek om zich heen. Hij vroeg zich af of het bed er zo netjes bij lag dankzij de moeder, want voor het overige was aan de kamer af te zien dat het vermoorde meisje een laks en slordig leven had geleid. Een reusachtig gekleurd portret van een popzanger was vrij gevaarlijk boven de gaskachel in de schoorsteenmantel vastgeprikt, en Morse hield zichzelf voor dat hij jonge mensen misschien wat beter zou kunnen begrijpen als hij zelf een gezin had met kinderen in de tienerleeftijd. Maar dat was dus niet zo, en daarom was de identiteit van de knappe jongeling in anonimiteit gehuld en zou Morse ook nooit te weten komen welke pretenties hij wellicht had gehad. Er waren verschillende stukken ondergoed over de tafel en de stoel heen gedrapeerd; op een withouten klerenkast na vormden die feitelijk ook de enige aanwezige meubels. Geestdriftig pakte Morse een dunne, zwarte bh op die op de stoel lag. Opeens moest hij terugdenken aan de eerste glimp die hij van Sylvia Kaye had opgevangen, bleef daar een paar seconden aan denken en keerde toen via de kronkelpaden van de afgelopen onaangename uren langzaam terug naar het heden. Op de vensterbank lag een slordige stapel damesbladen en Morse bladerde vluchtig de make-up-tips, persoonlijke problemen en horoscopen door. Nog geen alinea pornografie. Hij trok de kastdeur open en bekeek met onmiskenbaar diepergaande belangstelling de verschillende rokken, blouses, broeken en jurken. Schoon en slordig. Bergen schoenen, hypermodern, met sleehakken, lelijk: aan geld ontbrak het haar niet. Op de tafel zag Morse een reisgids voor georganiseerde reizen naar Griekenland, Joegoslavië en Cyprus liggen, met witte hotels, azuurblauwe zeeën en kleine lettertjes over wettelijke aansprakelijkheid en voorschriften voor inenting tegen pokken. Ook lag er een brief van Sylvia's werkgever waarin de ingewikkelde ATV-regeling werd uitgelegd, en een niets onthullend dagboek omdat er nog maar één keer in was geschreven: 2 januari. Koud. Naar bioscoop geweest; *Ryan's Daughter* gezien.

Lewis klopte op de slaapkamerdeur en kwam binnen. 'Iets gevonden, sir?' Morse keek zijn opgewekte brigadier onaangenaam getroffen aan en zei niets. 'Mag ik?' vroeg Lewis, terwijl zijn hand al boven het dagboek hing.

'Ga je gang,' zei Morse.

Lewis bekeek het dagboek; aandachtig bladerde hij de dagen van september door. Hoewel hij niets aantrof, bekeek hij elke pagina nauwgezet. 'Er is maar op één dag iets in geschreven, sir.'

'Bij mij komt het daar niet eens van,' zei Morse.

'Betekent "koud" dat het een koude dag was, denkt u, of dat ze het koud had?'

'Hoe moet ik dat weten,' snauwde Morse, 'en wat doet het er feitelijk toe?'

'We zouden kunnen uitpluizen waar *Ryan's Daughter* draaide in de eerste week van januari,' opperde Lewis.

'Ja, dat zouden we kunnen doen. En hoeveel het dagboek kost en wie het haar gaf en waar ze haar balpennen kocht. Brigadier! We runnen geen zaak in kantoorartikelen, maar zijn met een onderzoek naar een moord bezig.'

'Neem me niet kwalijk.'

‘Maar dat was misschien nog niet zo’n slecht idee van jou,’ zei Morse.
‘Mr. Kaye had me ook al niet veel te vertellen, ben ik bang, sir. Wilde u hem nog spreken?’
‘Nee. Laat de arme man maar met rust.’
‘We zijn dus nog niet erg veel opgeschoten.’
‘O, dat weet ik nog zo net niet,’ zei Morse. ‘Miss Kaye had een witte blouse aan, hè?’
‘Ja.’
‘Welke kleur bh zou jouw vrouw aandoen onder een witte blouse?’
‘Een lichtgekleurde, neem ik aan.’
‘Geen zwarte?’
‘Die zou je er dan doorheen zien.’
‘Mm. Niet om het een of ander, Lewis, maar weet jij hoe laat gisteravond de straatverlichting aanging?’
‘Dat zou ik zo niet weten, ben ik bang,’ antwoordde Lewis, ‘maar ik kan het wel binnen de kortste keren voor u uitvissen.’
‘Hoeft niet,’ zei Morse. ‘Volgens het dagboek dat je net hebt bekeken, was het gisteren, 29 september, Sint Michielsdag en Allerheiligen en moest om 6.40 n.m. de straatverlichting aangaan.’
Lewis liep achter zijn meerdere aan de smalle trap af en vroeg zich af wat er nu komen ging. Voor ze bij de voordeur waren, draaide Morse half zijn hoofd om. ‘Hoe denk jij over vrouwenemancipatie, Lewis?’

Om 11.00 v.m. had brigadier Lewis een gesprek met de directeur van verzekeringsmaatschappij Town and Gown, die kantoor hield op de tweede en derde etage boven een goedlopende sigarenwinkel aan de High. Sylvia had daar ruim een jaar gewerkt – haar eerste baan. Ze was typiste geworden, nadat ze het instituut waaraan ze na de middelbare school twee jaar de secretaresse-opleiding had gevolgd, er niet van had kunnen overtuigen dat de lelijke en vaak niet te ontcijferen krabbels in haar steno-schrift voldoende verband hielden met de epistels die oorspronkelijk waren gedicteerd. Maar haar typewerk was redelijk accuraat en foutloos en de firma, zo verzekerde de directeur Lewis, had geen klachten over de overledene. Ze was een punctuele, onopvallende werkneemster geweest.

'Aantrekkelijk?'
'Nou... eh, ja. Ja, dat was ze eigenlijk wel,' antwoordde de directeur. Lewis maakte een aantekening en wenste dat Morse hierbij aanwezig was; maar de inspecteur had gezegd dat hij dorst had, en was de Minster aan de overkant binnengegaan.
'Ze werkte bij nog twee meisjes, zei u,' zei Lewis. 'Met hen kan ik het beste ook maar even een praatje maken, als dat mag.'
'Natuurlijk, agent.' De directeur, Mr. Palmer, leek ietwat opgelucht.
Lewis ondervroeg de twee jongedames uitvoerig. Ze waren geen van beiden 'een spesjale vriendin' van Sylvia. Voor zover zij wisten, had ze geen vaste vriend. Ja, ze had wel af en toe opgeschept over haar seksuele wapenfeiten - maar dat deden de meeste meisjes. Ze was best aardig, maar hoorde er eigenlijk toch niet echt bij.
Lewis doorzocht haar bureau. De gebruikelijke prulletjes. Een stuk van een gebroken spiegel, een kam met een paar blonde haren erin, de *Sun* van de vorige dag, potloden in overvloed, elastiekjes, schrijfmachinelinten, carbonpapier. Op de muur achter Sylvia's bureau was een foto van Omar Sharif geprikt, geflankeerd door een op de typemachine vervaardigd vakantierooster. Lewis zag dat Sylvia de tweede helft van juli veertien dagen vakantie had gehad, en hij vroeg aan de twee meisjes waar ze heen was geweest.
'Thuisgebleven, geloof ik,' antwoordde de oudste van de twee, een rustig, serieus uitziend meisje van begin twintig.
Lewis zuchtte. 'Veel weten jullie niet van haar af, of lijkt dat maar zo?' De meisjes zeiden niets. Lewis deed zijn best om wat meer medewerking te krijgen, maar had daar niet veel succes mee. Even vóór twaalven verliet hij het kantoor en kuierde naar de overkant, naar de Minster.
'Arme Sylvia,' zei het jongste meisje, toen hij weg was.
'Ja, arme Sylvia,' antwoordde Jennifer Coleby.

Lewis ontdekte Morse uiteindelijk en enigszins tot zijn verbazing in de alleen voor heren toegankelijke bar achter in de Minster.
'Ah, Lewis.' Hij stond op en zette zijn lege glas op de bar. 'Wat wil jij drinken?' Lewis vroeg om een pint bier. 'Twee pinten van

je beste bier,' zei Morse vrolijk tegen de man achter de bar, 'en neem er zelf ook één.'
Het werd Lewis duidelijk dat de paardenrennen het onderwerp van gesprek was geweest voordat hij erbij kwam zitten. Morse pakte een exemplaar van *Sporting Life* op en liep met zijn assistent naar een hoektafeltje.
'Wed jij wel eens, Lewis?'
'Ik zet zo nu en dan een paar shilling in op de Derby en de Nationale Paardenrennen, maar ik ben niet iemand die regelmatig een gokje waagt.'
'Houen zo,' zei Morse met een serieuze klank in zijn stem. 'Maar kijk hier eens naar... wat zeg je me daarvan?' Hij vouwde de sportkrant open en wees een van de paarden aan in de race van 3.15 n.m. te Chepstow: de Black Prince.
'Wel een pond waard, denk je niet, brigadier?'
'In elk geval een eigenaardig toeval.'
'Tien tegen één,' zei Morse en nam een stevige teug van zijn bier.
'Gaat u erop wedden, sir?'
'Heb ik al gedaan,' zei Morse en keek daarbij even naar de barkeeper.
'Is dat niet tegen de wet, sir?'
'Die kant van de wet heb ik nooit bestudeerd.' Wil hij deze moord niet oplossen, dacht Lewis, en het leek wel of Morse die onuitgesproken woorden van hem toch had gehoord, want hij vroeg prompt om een rapportage over de positie van de overledene bij Town and Gown. Lewis deed zijn best en Morse onderbrak hem niet. Hij leek meer geïnteresseerd te zijn in zijn pint bier. Toen hij was uitgepraat, droeg Morse hem op terug te keren naar het hoofdbureau, zijn rapporten uit te tikken en daarna thuis een poos te gaan slapen. Lewis sprak hem niet tegen. Hij was hondsmoe en slapen was rap een luxe aan het worden, waarvan hij haast niet meer wist wat dat was.
'Verder nog iets, sir?'
'Morgen weer. Meld je morgenochtend om klokslag half acht bij me – of je moet nog een paar pond willen inzetten op de Black Prince?' Lewis voelde in zijn zak en diepte er 50p uit op.
'Supertrio, denkt u?'

'Je schopt jezelf als hij wint,' zei Morse.
'Oké. 50p op winnen.'
Morse pakte de 50p aan en terwijl Lewis wegging, zag hij hoe de barkeeper de munt in zijn zak stak en nog een pint tapte voor de raadselachtige inspecteur.

4 vrijdag 1 oktober

De volgende ochtend klopte Lewis precies om half acht op de deur van de inspecteur. Omdat er niet op werd gereageerd, duwde hij voorzichtig de deurknop omlaag en gluurde om de hoek van de deur. Geen enkel teken van leven. Hij liep terug naar de hal en vroeg aan de wachtcommandant of inspecteur Morse al was gearriveerd.
'Niet gezien.'
'Hij zei dat hij hier om half acht zou zijn.'
'Tja, je kent de inspecteur.'
Ik wou dat het waar was, dacht Lewis. Hij liep verder om de rapporten op te halen die hij gistermiddag vermoeid had uitgetikt, en las ze aandachtig door. Hij had zijn best gedaan, maar het had weinig opgeleverd. Hij liep door naar de kantine en bestelde een kop koffie. Agent Dickson, een collega die Lewis vrij goed kende, deed een enthousiaste aanval op een bord met spek en tomaten.
'Hoe staat het met de moordzaak, brigges?'
'Nog weinig van te zeggen.'
'Die goeie ouwe Morse heeft de leiding, hè?'
'Yep.'
'Rare snijboon, vind je niet?' Lewis sprak hem niet tegen. 'Eén ding kan ik je wel vertellen,' zei Dickson. 'Hij was hier tot ver na middernacht. Liet vrijwel iedereen in het gebouw naar zijn pijpen dansen. Volgens mij stond iedere telefoon in het pand roodgloeiend. Niet normaal, zoals die vent kan werken wanneer hij er zin in heeft.'
Lewis voelde zich een beetje beschaamd. Hij had zelf heerlijk liggen slapen, van de vorige avond zes uur tot vanmorgen zes uur. Hij nam aan dat Morse zijn slaap had verdiend en ging een kop

koffie drinken. Tien minuten later kwam een fris geschoren Morse vrolijk de kantine binnengewandeld. 'Ah, zit je hier, Lewis. Sorry dat ik zo laat ben.' Hij bestelde een kop koffie en ging tegenover hem zitten. 'Slecht nieuws voor je, vrees ik.' Lewis keek verschrikt op. 'Je bent je geld kwijt. De geblokkeerde kameel kwam als tweede over de streep.'

Lewis glimlachte. 'Hindert niks, sir. Ik hoop nu maar dat u er zelf niet al te veel bij ingeschoten bent.'

Morse schudde zijn hoofd. 'O nee, ik ben er niets bij ingeschoten. Integendeel, ik heb zelfs een paar pond winst gemaakt. Ik heb op het supertrio gewed.'

'Maar...' begon Lewis.

'Vooruit,' zei Morse. 'Drink op. Er is werk aan de winkel.'

De eerstvolgende vier uur waren ze met z'n tweeën druk met het sorteren van de rapporten die binnenstroomden als gevolg van het feit dat Morse de vorige dag allerlei onderzoeken had laten instellen. Om twaalf uur 's middags wist Lewis naar zijn idee meer van Sylvia Kaye dan hij van zijn vrouw wist. Hij las elk rapport heel zorgvuldig - op bevel van Morse - en meende dat al heel wat feiten zich stevig in zijn geheugen begonnen te nestelen. Morse, viel hem op, verslond de rapporten met een verbazingwekkende snelheid die deed denken aan iemand die in een saaie roman grote stukken overslaat. Daar stond tegenover dat hij zo nu en dan een rapport nogmaals las, en dat dan geboeid en geconcentreerd.

'En?' zei Morse uiteindelijk.

'Volgens mij heb ik de meeste dingen al aardig op een rijtje, sir.'

'Mooi.'

'U vond een stuk of twee rapporten, zo te zien, heel belangwekkend, sir.'

'O ja?' Morse klonk verbaasd.

'U besteedde wel tien minuten aan dat rapport van de secretaresse-opleiding, en dat beslaat maar een halve pagina.'

'Dat heb je heel goed opgemerkt, Lewis, maar ik moet je tot mijn spijt teleurstellen. Zo'n slecht geschreven rapport heb ik jaren niet meer onder ogen gekregen. Er zaten maar liefst twaalf knollen van taalfouten in! Wat moet er van de politie terechtkomen?'

Lewis wist niet wat er van de politie terecht moest komen en had

niet de moed om aan de inspecteur te vragen hoe het, statistisch gezien, met diens eigen grillige stijl zat. In plaats daarvan vroeg hij: 'Zit er schot in volgens u, sir?'
'Daar heb ik zo mijn twijfels over,' antwoordde Morse.
Lewis wist het nog zo net niet. Er leek te zijn vastgesteld hoe Sylvia de afgelopen woensdag had doorgebracht. Om 5.00 n.m. had ze het kantoor aan de High verlaten en had ze bijna zeker te voet de zeg maar honderd meter afgelegd naar bushalte 2 voor het University College. Om 5.35 n.m. was ze thuis aangekomen en had ze een degelijke maaltijd genuttigd. Tegen haar moeder had ze toen gezegd dat ze waarschijnlijk laat thuis zou zijn, waarna ze om pakweg 6.30 n.m. de deur uit was gegaan in de kleren – voor zover dat kon worden vastgesteld – waarin ze was aangetroffen. Op een of andere manier was ze in Woodstock terechtgekomen. Dat alles was in Lewis' ogen toch wel een veelbelovend uitgangspunt voor een paar eerste onderzoeken.
'Zal ik contact opnemen met de busonderneming, sir, en een praatje maken met de chauffeurs die op Woodstock rijden?'
'Is al gebeurd,' zei Morse.
'Niks opgeleverd?' In de stem van de brigadier klonk teleurstelling door.
'Volgens mij is ze niet met de bus gegaan.'
'Met een taxi dan, sir?'
'Niet waarschijnlijk, of denk jij daar anders over?'
'Ik weet niet, sir. Zo duur is dat misschien toch niet.'
'Misschien niet, nee, maar het lijkt mij niet waarschijnlijk. Als ze een taxi had willen nemen, had ze er thuis al wel een gebeld – ze hebben telefoon.'
'Misschien is dat nu net wat ze gedaan heeft, sir.'
'Nee. Er is gisteren door geen enkel lid van de familie Kaye opgebeld.'
Een riskant gebrek aan zelfvertrouwen nam bezit van Lewis. 'Aan mij hebt u zo te horen ook niet veel,' zei hij. Maar Morse negeerde die opmerking.
'Hoe zou jij van Oxford naar Wodstock gaan, Lewis?'
'Met de auto, sir.'
'Ze had geen auto.'

'Probeerde ze een lift te krijgen van een van haar vriendinnen?'
'Jij hebt het rapport geschreven. Ze schijnt niet veel vriendinnen gehad te hebben.'
'Van een vriend dan, denkt u, sir?'
'Denk jij dat?'
Lewis dacht even na. 'Beetje vreemd als ze er met een vriend heenging. Waarom haalde die haar dan niet thuis af?'
'Ja, goeie vraag.'
'Ze werd niet van huis gehaald?'
'Nee. Haar moeder zag haar lopend weggaan.'
'U hebt een gesprek gehad met haar moeder, sir?'
'Ja. Ik heb haar gisteravond gesproken.'
'Is ze erg van streek?'
'Ze heeft brede schouders, Lewis, en ik mag haar wel. Het spreekt voor zich dat ze vreselijk van streek en geschokt is. Maar niet zo diepbedroefd als ik gedacht had. Welbeschouwd kreeg ik het idee dat haar knappe dochter min of meer een bezoeking voor haar was.'
Morse liep naar een grote spiegel, haalde een kam te voorschijn en begon zijn dunner wordende haar te fatsoeneren. Hij rangschikte een paar strengen zorgvuldig over een grote kale plek achter op zijn schedel, stak de kam weer in zijn zak en vroeg aan een verbijsterde brigadier Lewis hoe die het zo vond zitten.
'Weet je, Lewis, als Sylvia niet met de bus, een taxi of een vriend is gegaan, hoe is ze dan in vredesnaam in Woodstock terechtgekomen? Bedenk wel dat ze in elk geval op een of andere manier in Woodstock is aangekomen.'
'Dan moet ze zijn gaan liften, sir.'
Morse stond zichzelf nog steeds in de spiegel te bekijken. 'Ja, Lewis, dat denk ik ook. En daarom' – hij haalde de kam weer te voorschijn en haalde nog wat trucjes uit met zijn verwilderde haar – 'en daarom moet ik, vind ik, vanavond even op de tv verschijnen.' Hij pakte de telefoon en probeerde de hoofdinspecteur te bereiken. 'Ga jij maar even lunchen, Lewis. Ik zie je straks wel weer.'
'Zal ik voor u ook iets bestellen, sir?'
'Nee. Ik moet op mijn lijn letten,' zei Morse.

Over de dood van Sylvia Kaye was in de middageditie van de *Oxford Mail* van donderdag veel ophef gemaakt, en op vrijdagochtend werd er ook in de landelijke dagbladen veel aandacht aan besteed. En vrijdagavond zat in het journaal van zowel de BBC als ITV een interview met inspecteur Morse, die iedereen die zich op woensdag 29 september tussen 6.40 n.m. en 7.15 n.m. op de Woodstock Road had bevonden, om hulp vroeg. Morse stelde de natie ervan op de hoogte dat de politie op zoek was naar een heel gevaarlijke man die ieder moment opnieuw kon toeslaan. De moordenaar van Sylvia Kaye zou namelijk niet alleen van moord met voorbedachten rade, maar ook van verkrachting worden beschuldigd, wanneer hij voor het gerecht was gebracht.
Lewis had op de achtergrond gestaan terwijl Morse de camera's trotseerde, en voegde zich bij hem toen de opname achter de rug was.
'Dat het nu net moest waaien!' zei Morse, met haar dat helemaal in de war zat. 'Denkt u nu echt dat hij nog wel iemand zou kunnen vermoorden, sir?'
'Daar heb ik heel veel twijfels over,' zei Morse.

5 vrijdag 1 oktober

Elke doordeweekse avond verliet Mr. Bernard Crowther om ongeveer 9.40 n.m. zijn kleine, vrijstaande huis aan Southdown Road in Noord-Oxford. Het kwam maar zelden voor dat hij dat niet deed, en hij volgde ook elke avond dezelfde route. Nadat hij het witte hek dat een ongelijk grasveldje omsloot, achter zich dicht had getrokken, liep hij altijd rechtsaf de straat uit, sloeg opnieuw rechtsaf en ging met onmiskenbaar doelbewuste passen op de cocktailbar Fletcher's Arms af. Hij was een ontwikkeld man, maakte zelfs deel uit van de fractie Engels van de wetenschappelijke staf van het Lonsdale College, maar wist eigenlijk zelf niet goed wat hem zo aantrok in deze niet-uitzonderlijke pub met zijn slecht bij elkaar passende, maar toch wel beminnelijke stamgasten. Hij vond het in elk geval moeilijk om het aan zijn vrouw uit te leggen, die zijn gang naar de pub afkeurde.

Wanneer Crowther echter op vrijdag 1 oktober in de gaten was gehouden, zou men hebben waargenomen dat hij 's avonds wel het tuinhek achter zich dichtdeed, maar daarna een paar seconden heel stil bleef staan, met neergeslagen ogen in een zorgelijk gezicht, alsof hij over iets ernstigs en moeilijks nadacht, en toen linksaf ging, ook al was dat niet zijn gewoonte en deed hij dat liever niet. Langzaam liep hij naar het eind van de straat, waar links naast een rij vervallen garages een openbare telefooncel stond. Ongeduldig als hij zelfs in de gunstigste omstandigheden was, en de omstandigheden waren nu allesbehalve gunstig, stond hij er rusteloos en opgelaten te wachten; liep heen en weer, keek op zijn horloge en wierp boosaardige blikken naar de gezette vrouw in de cel. Die leek niet over de juiste vaardigheden te beschikken om de vierhoekige dreiging van het vernuftige apparaat voor haar, een niet-meewerkende telefooncentrale en haar eigen eenhandige goocheltrucs met de verschillende munten in haar portemonnee het hoofd te bieden. Maar ze bleef het moeizaam proberen en Crowther vroeg zich op een genereus moment af of een van haar kinderen misschien plotsklaps ernstig ziek was geworden, terwijl pa nachtdienst had en er verder niemand was die haar kon bijstaan. Maar hij betwijfelde of haar telefoongesprek even belangrijk was als het gesprek dat hij zo dadelijk zou gaan voeren. Nieuwsberichten hadden altijd al zijn aandacht getrokken, hoe triviaal de behandelde onderwerpen ook waren, en het bericht dat hij om 9.00 n.m. op het BBC-journaal had gezien was verre van triviaal geweest. Hij kon zich de woorden die de inspecteur van politie had gebezigd, woord voor woord herinneren: 'We zullen erg blij zijn als een automobilist...' Ja, hij kon ze iets vertellen, want hij had een rol gespeeld in de verschrikkelijke, tragische opeenvolging van gebeurtenissen. Maar wat moest hij zeggen? De waarheid kon hij hun niet vertellen. Niet eens de halve waarheid. Zijn broze vastberadenheid begon te vervliegen. Hij zou dat ellendige mens nog een minuut de tijd geven – één minuut, meer niet.

Diezelfde avond liet een opgewonden brigadier Lewis zich om 9.50 n.m. doorverbinden met inspecteur Morse. 'Een meevaller, sir. Ik denk dat we een meevaller hebben.'

'O?'
'Ja. Een getuige, sir. Een zekere Mrs. Mabel Jarman. Zij heeft het vermoorde meisje gezien...'
'Je bedoelt,' onderbrak Morse hem, 'dat zij het meisje heeft gezien dat later is vermoord, neem ik aan.'
'Ja, precies. Zodra we dat willen, kunnen we een volledige verklaring noteren.'
'Wil je daarmee beweren dat je nog niet over zo'n verklaring beschikt?'
'Ze belde vijf minuten geleden pas op, sir. Ik ga er nu meteen heen. Ze woont hier. Ik dacht dat u misschien wel mee zou willen.'
'Nee,' zei Morse.
'Dan ga ik nu maar, sir. Morgenochtend ligt die hele verklaring getypt en wel voor u klaar.'
'Mooi.'
'Maar we hebben er wel een beetje geluk mee, vindt u niet? Nu krijgen we ook wel gauw contact met dat andere meisje.'
'Welk andere meisje?' vroeg Morse kalm.
'Eh, dat is te zeggen, sir...'
'Hoe luidt het adres van Mrs. Jarman?' Met tegenzin trok Morse zijn pantoffels uit en reikte naar zijn schoenen.

'Nog laat op pad, Bernard. Wat mag het zijn?'
In de Fletcher's Arms mocht men Bernard graag; hij was niet te beroerd om een of zelfs meer dan één rondje te geven, als dat zo uitkwam. Alle stamgasten wisten dat hij een man met enig academisch aanzien was, maar hij kon goed luisteren, lachte even hartelijk als iedereen om de nieuwste grappen en weidde zelf soms welbespraakt uit over de stompzinnigheid van de regering en de onbekwaamheid van Oxford United. Maar deze avond had hij het over geen van beide onderwerpen. Omstreeks 10.25 n.m. had hij even vlot als altijd drie pinten van het beste bier opgedronken en stond hij op om weg te gaan.
'Nog één vóór je gaat, Bernard?'
'Nee, dank je. Ik heb al wel genoeg van die paardepis op voor één avond.'

'Ben je weer uit de gratie?'
'Ik ben verdorie altijd uit de gratie.'
Langzaam liep hij terug. Als het licht in de slaapkamer aan was, wist hij, lag zijn vrouw Margaret in bed te lezen. Dat deed ze echter alleen maar tot haar rondzwervende echtgenoot terug was. Als het licht niet brandde, zat ze waarschijnlijk tv te kijken. Hij nam een even dwaas besluit als hij als jongen meermalen had gedaan, in de tijd dat hij nog meerende met een auto tot aan de eerste de beste lantaarnpaal. Als ze in bed lag, zou hij meteen naar binnen gaan; als ze nog op was, zou hij de politie bellen. Hij liep de straat in en zag onmiddellijk dat het licht in de slaapkamer aan was.

Mrs. Jarman legde op een kordate, zij het opgewonden manier haar getuigenverklaring af. Haar geheugen bleek verrassend goed en brigadier Lewis' aantekeningen wemelden van feitelijke gegevens. Morse liet het helemaal aan hem over. Hij vroeg zich af of Lewis het bij het rechte eind had gehad, toen hij als zijn mening te kennen gaf dat dit de grote meevaller was. Nu hij erover nadacht, meende hij van wel. Maar hij werd ongeduldig en vond de ervaren en grondige, maar pedante manier waarop zijn brigadier ondervroeg en naar de chronologie van de ontmoeting bij de bushalte informeerde, vervelend. Toch moest dat gebeuren, wist hij, en Lewis deed dat goed. Drie kwartier lang bemoeide hij zich er niet mee.
'Nou, hartelijk bedankt, Mrs. Jarman.' Lewis klapte zijn notitieboekje dicht en keek op een gematigd tevreden manier in de richting van zijn chef.
'Mag ik u vragen,' zei Morse, 'morgenochtend naar het bureau te komen? Brigadier Lewis heeft uw verklaring dan inmiddels uitgetikt, en wij willen dan graag dat u die doorneemt om te zien of hij het goed heeft gedaan – het is maar een formaliteit, hoor.'
Lewis stond op om te vertrekken, maar met een verholen blik gaf Morse te kennen dat hij weer moest gaan zitten.
'Mrs. Jarman,' zei hij, 'zou u ons misschien nog één gunst kunnen bewijzen? Ik heb eigenlijk wel zin in een kop thee. Ik weet dat het al laat is, maar...'

'Maar natuurlijk, inspecteur. Ik wou dat u dat eerder had gezegd.' Ze repte zich weg en de politiemannen hoorden water stromen en kopjes rinkelen.
'Goed werk, brigadier.'
'Dank u, sir.'
'Luister nu goed. Die bus. Ga daar zo gauw mogelijk achteraan.'
'Maar u zei dat u de bussen al had nagetrokken, sir.'
'Doe dat dan toch nog maar een keer.'
'Oké.'
'En dan is er ook nog die truck met oplegger,' zei Morse. 'Met een beetje geluk kunnen we die wel achterhalen.'
'Denkt u?'
'Je weet precies hoe laat - wat wil je nog meer, man!'
'Verder nog iets, sir?' vroeg Lewis op ingehouden toon.
'Ja. Blijf om nog wat aantekeningen te maken. Lang zal het niet duren.'
De keukendeur ging open en Mrs. Jarman verscheen weer. 'Ik vroeg me net af of de heren misschien zin hadden in een glaasje whisky in plaats van thee. Ik heb sinds de Kerst een fles in huis - en het is niet mijn gewoonte om zelf alcohol te drinken.'
'Tjonge,' zei Morse,' u bent een bijzonder behulpzame vrouw, Mrs. Jarman.' Lewis glimlachte zwakjes. Hij wist wat er ging komen. *Déjà vu.* 'Een beetje Schotse whisky zal me heel goed doen, denk ik. Neemt u zelf dan ook een glaasje?'
'O nee, sir. Ik neem thee, als u het niet erg vindt.' Ze trok een la van de kast open en haalde er twee grote bekerglazen uit.
'Eén glas is voldoende, Mrs. Jarman,' zei Morse. 'Het is jammer, dat weet ik, maar brigadier Lewis heeft dienst en u begrijpt natuurlijk wel dat een politieman geen alcoholische drank mag nuttigen terwijl hij dienst heeft. U zou toch niet willen dat hij de wet overtrad, hè?'
Binnensmonds mompelde Lewis iets.
Morse keek glimlachend in zijn ruime dosis whisky, terwijl zijn assistent bedaard in een petieterig kopje weerzinwekkend donkerbruine thee roerde.
'Mrs. Jarman, ik wil u alleen nog een paar vragen stellen over wat

u tegen brigadier Lewis hebt gezegd. Daar bent u niet al te moe voor, hoop ik?'
'O nee.'
'Weet u nog in wat voor stemming dat "andere meisje" leek te zijn? Was ze een beetje boos? Een beetje nerveus?'
'Nee, ik geloof niet dat ze... tja, dat weet ik zo niet. Misschien was ze wel een beetje nerveus.'
'Een beetje bang?'
'O nee. Dat niet. Een beetje... wat zal ik zeggen... opgewonden. Ja, dat is 't, een beetje opgewonden.'
'Opgewonden en ongeduldig?'
'Ik geloof van wel.'
'Dan wil ik dat u daar nu aan terugdenkt. Doe uw ogen maar dicht als u wilt, en beeldt u in dat u weer bij de bushalte staat. Kunt u zich iets herinneren van wat ze zei, maakt niet uit wat? Ze vroeg u of de eerstvolgende bus naar Woodstock ging. Dat hebt u ons verteld. Zei ze verder nog iets?'
'Dat kan ik me niet herinneren. Dat schijn ik me gewoon niet te kunnen herinneren.'
'Jaag uzelf nu niet op, Mrs. Jarman. Ontspan u nu maar en probeer het u allemaal opnieuw voor te stellen. Neem er de tijd voor.'
Mrs. Jarman deed haar ogen dicht en Morse keek vol verwachting naar haar. Ze zei niets. Uiteindelijk verbrak Morse de gênante stilte. 'En het meisje dat werd vermoord? Zei zij verder nog iets? Ze wilde gaan liften, zei u.'
'Ja, en ze zei steeds zoiets als: "Kom nou maar mee."'
'"'r overkomt ons niets"?' voegde Morse eraan toe.
'Ja. Er overkomt ons niets. Morgenochtend lachen we erom.'
Morses bloed stolde. Hij verroerde geen vin. Maar Mrs. Jarmans geheugen was uitgeput.
Morse ontspande zich. 'We hebben u erg lang uit bed gehouden, maar u was fantastisch. En dit is zeker een heel duur merk Schotse whisky?'
'O, wilt u soms nog een neutje, sir?'
'Eh, daar zeg ik, geloof ik, maar geen nee tegen, Mrs. Jarman. Ja, geeft u me nog maar wat van de beste Schotse whisky die ik in

jaren heb geproefd.' Terwijl Mrs. Jarman hem de rug toedraaide om zijn glas opnieuw te vullen, gebaarde Morse streng naar Lewis dat hij moest blijven zitten waar hij zat. Het eerstvolgende half uur probeerde hij toen op alle mogelijke subtiele manieren het geheugen van de dame op te frissen over de toevallige ontmoeting met het vermoorde meisje en het meisje dat bij haar was. Maar het leverde niets op.

'Nog één ding, Mrs. Jarman. Wanneer u morgenochtend naar het bureau komt, zullen we een aantal meisjes op een rij zetten om te zien of u er een van herkent. Dat duurt niet langer dan een minuut of twee.'

'Bedoelt u dat u wilt dat ik... O hemeltje!'

Om 11.45 n.m. namen Morse en Lewis afscheid van Mrs. Jarman. Ze stonden bij hun auto's, toen de huisdeur opeens weer openging en Mrs. Jarman haastig Morses' kant uitkwam.

'Er was nog één ding, inspecteur. Het is me net te binnen geschoten. Toen u zei: doe uw ogen maar dicht en beeldt u het zich allemaal weer in. Toen moest ik ergens aan denken. Dat andere meisje, inspecteur. Toen zij rende, rende ze op een soort onbeholpen sukkeldrafje - snapt u wat ik bedoel, inspecteur?'

'Jazeker,' zei Morse.

De twee mannen keerden terug naar het hoofdbureau. Morse informeerde daar of er nog telefoontjes waren binnengekomen. Toen hij vernam dat dat niet het geval was, liet hij Lewis bij zich komen.

'En, goede vriend?' zei Morse.

'U zei tegen haar dat we een aantal meisjes zullen laten opdraven om te zien of zij ze herkent?' vroeg Lewis, die dat niet kon plaatsen.

'Ja, en dat gaan we ook doen. Vertel me nu maar eens wat naar jouw idee het belangrijkste feit was dat we van Mrs. Jarman te weten kwamen.'

'We zijn heel wat waardevolle stukjes informatie aan de weet gekomen.'

'Ja, dat is zo. Maar van maar één feit ging je haar echt recht overeind staan, hè?' Lewis probeerde intelligent te kijken. 'We

kwamen toch te weten,' zei Morse, 'dat de meisjes de volgende morgen om het hele gedoe zouden lachen?'
'O, ik snap het al,' zei Lewis, zonder het te snappen.
'Snap je wat dat betekent? Ze zouden elkaar de volgende morgen terugzien – donderdagmorgen, en we weten dat Sylvia Kaye een baan had en we weten waar, ja toch?'
'Het andere meisje werkt daar dus ook.'
'De getuigenverklaring lijkt daar rechtstreeks op te wijzen, Lewis.'
'Maar ik ben daar geweest, sir, en ze hebben er geen van allen iets over gezegd.'
'Vind je dat niet bijzonder interessant?'
'Ik schijn het er niet zo heel goed afgebracht te hebben, hè?' Lewis keek somber neer op inspecteur Morses tapijt.
'Maar begrijp je dan niet,' vervolgde Morse, 'dat we nu weten dat een van de meisjes... Hoeveel waren er?'
'Veertien.'
'Dat een van die meisjes op zijn minst belangrijke informatie achterhoudt en in het gunstigste geval ons een heleboel leugens heeft verteld?'
'Ik heb ze niet allemaal gesproken, sir.'
'Goeie genade, man! Ze wisten toch waarom je daar was? Een van hun collegaatjes is vermoord. Een brigadier van moordzaken komt bij hen op kantoor. Waar dachten ze dan dat je voor gekomen was? Om de schrijfmachines een onderhoudsbeurt te geven soms? Nee, je hebt het er goed afgebracht, Lewis. Je hebt ons kleine meisje niet gedwongen om voor ons haar warrige web te spinnen. Ze denkt dat ze goed zit en zo moet ik het hebben.' Morse kwam overeind. 'Ik wil dat je een poosje gaat slapen, Lewis. Morgenochtend is er weer werk aan de winkel voor je. Maar zoek nog even het privé-adres van Mr. Palmer voor me op, voordat je gaat. Die moet ik een bezoekje brengen, vind ik.'
'U denkt er toch niet over om hem nu uit zijn bed te bellen, sir?'
'Ik ga hem niet alleen uit zijn bed bellen zoals jij het stelt, Lewis. Ik ga hem vragen – heel vriendelijk uiteraard – zijn kantoor voor me te ontsluiten en ik ga de laden met privé-spulletjes van veertien

jongedames doorzoeken. Dat moet een opwindende bezigheid zijn.'
'Hebt u daar geen huiszoekingsbevel voor nodig, sir?'
'Ik heb nooit begrepen hoe dat wettelijk precies met die huiszoekingsbevelen zit,' klaagde Morse.
'Volgens mij zou u er in dit geval eentje moeten hebben, sir.'
'Kun je me dan misschien ook vertellen waar ik in vredesnaam nog iemand vind om een handtekening onder zo'n bevel te zetten zo laat op de avond - of vroeg in de ochtend, mij ook best?'
'Maar als Mr. Palmer vasthoudt aan zijn wettelijke rechten...' zei Lewis nog.
'Dan vertel ik hem dat we pogingen in het werk stellen uit te vinden wie een van zijn meisjes verkrachtte en vermoordde,' snauwde Morse, 'en niet op zoek zijn naar obscene ansichten uit Lutjebroek!'
'Wilt u dat ik met u meega, sir?'
'Nee. Doe wat ik zeg en ga naar bed.'
'Nou, dan wens ik u succes, sir.'
'Is niet nodig,' zei Morse. 'Ik weet dat je dat niet kunt geloven, maar als ik wil kan ik een opdringerige ellendeling zijn. Mr. Palmer komt zijn bed uit alsof hij een vlo in zijn pyjamabroek heeft zitten.'

Maar de directeur van verzekeringsmaatschappij Town and Gown stemde er wel in toe zijn bed uit te komen, maar weigerde ronduit zijn pyjama uit te trekken - zowel broek als jasje. Hij vroeg Morse naar diens volmacht om zijn kantoor te doorzoeken, en toen hij eenmaal had vastgesteld dat Morse daar niet over beschikte, bleek hij ongevoelig voor alle vleierijen en dreigementen die Morse maar kon bedenken. De inspecteur bedacht dat hij de kleine directeur zwaar had onderschat. Maar na langdurige onderhandelingen werden ze het eindelijk eens over een gedragslijn. De volgende ochtend zouden om 8.45 uur alle personeelsleden van Town and Gown in de directiekamer aanwezig zijn, waar aan hen allemaal zou worden gevraagd of ze er bezwaar tegen hadden dat de politie binnenkomende privé-post openmaakte. Als ze daar geen bewaar tegen hadden, verzekerde Palmer Morse, mocht de inspecteur alle brieven openmaken en zo nodig vertrouwelijke kopieën maken van alle brieven waar hij wellicht iets aan had. Verder zou aan alle vrouwelijke employées gevraagd worden diezelfde ochtend naar het hoofdbureau van Thames Valley te komen om mee te werken aan een identificatieprocedure. Palmer zou wat tijd nodig hebben om het zo te regelen dat er nog voldoende personeel overbleef voor de bediening van de telefooncentrale en er voor andere vitale zaken een minimum vereiste bezetting was. Maar goed dat het op een zaterdag was; dan ging het kantoor rond het middaguur dicht.

Misschien, bedacht Morse achteraf, was dit nog niet zo'n slechte regeling. Vermoeid reed hij naar het hoofdbureau en vroeg zich ondertussen af waarom hij, met al zijn ervaring, zo in het wilde weg aan zo'n slecht overwogen en waarschijnlijk nutteloos plan was begonnen. Maar hij was ondanks alles toch van mening dat hij, met wat hij had uitgedacht, het op een eigenaardige manier toch bij het rechte eind had. Hij voelde aan zijn botten dat het onderzoek in een fase was die enige spoed vereiste. Hij had het idee dat hem een grote doorbraak te wachten stond, ook al besefte hij in dit stadium nog niet hoeveel doorbraken er nodig zouden zijn voordat de zaak was opgelost. Evenmin besefte hij dat Palmers weigering om hem zonder volmacht toegang tot zijn pand te verlenen, hem op een vreemd eigenzinnige manier een gigantische meevaller had bezorgd. Er was namelijk al een brief onderweg, gericht aan een van de jongedames die voor Palmer werkten, en geen macht ter wereld, of het moest de inefficiënte werkwijze van een nietsvermoedende sorteerder zijn, kon de prompte bezorging ervan voorkomen, en dat gebeurde dan ook niet.

Morse keerde terug naar het hoofdbureau en bracht het eerstvolgende uur achter zijn bureau door. Om 4.15 v.m. was hij klaar en leunde hij achterover in zijn zwartleren stoel. Het had niet veel zin om nu nog naar huis te gaan. Hij dacht over de zaak na, analyseerde de tot nog toe bekende feiten langzaam en methodisch. Wanneer hij helderder van geest was geweest, zou hij wat hij daarna deed, hebben willen benoemen als het maken van een reeks snelle, intuïtieve gedachtensprongen die hem alle in schemergebieden of duisternis deden belanden. Maar wat er ook op woensdag mocht zijn gebeurd, dit was veroorzaakt, wist hij, door de activiteiten van bepaalde personen, en hij wist ook dat die personen daartoe gekomen waren door de normale gevoelens van liefde, haat, hebzucht en jaloezie. Daar ging het helemaal niet om bij deze puzzel. Het probleem was hoe de stukjes van de puzzel in elkaar te passen, die stukjes die hij nu in handen zou krijgen. Hij doezelde weg en droomde onrustig van een aantrekkelijke, roodharige serveerster en een blonde schoonheid met het haar vol bloed. Hij scheen altijd van vrouwen te dromen. Soms vroeg hij zich af waar hij over zou dromen als hij trouwde. Over vrouwen waarschijnlijk, meende hij.

6 zaterdagmorgen 2 oktober

'Nou nog mooier!' zei Judith, Mr. Palmers privé-secretaresse. 'Onze brieven openmaken, zei hij!'
'Je had nee kunnen zeggen,' antwoordde Sandra, een aardig, onhandig meisje dat al drie jaar op dit kantoor werkte, maar niet voldoende verdiensten had om qua status of salaris vorderingen te maken.
'Ik heb dat ook bijna gedaan,' mengde Ruth zich in het gesprek, een meisje dat steeds haar wimpers liet trillen en de hersens van een vlinder had. 'Stel dat Bob me een van zijn echt hartstochtelijke brieven stuurt! Jeemineetje!' Ze giechelde nerveus.
De meisjes waren voor het merendeel jong en ongetrouwd en woonden nog bij hun ouders. Omdat de post 's ochtends laat werd bezorgd en ze bang waren dat ouders hun neus in zaken zouden steken die hun niet aangingen, hadden verscheidenen van hen de personen met wie ze correspondeerden, verzocht hun post naar het kantoor te sturen. Zoveel binnenkomende brieven droegen in feite het opschrift 'privé en vertrouwelijk', 'persoonlijk' en dergelijke, dat een nietsvermoedende toeschouwer best had kunnen veronderstellen dat Town and Gown het hoofdkwartier van een geheime afdeling van de inlichtingendienst was. Maar Palmer bezag een dergelijk mild misbruik van zijn firma met filosofische kalmte, maar hield ondertussen wel als een havik de telefoonrekening van

het kantoor in de gaten. Een faire regeling vond hij dat zo.
Alle meisjes waren ieder op hun eigen wijze een beetje door Morse geïmponeerd en aan zijn zachtjes uitgesproken verzoeken werd zonder hoorbaar afwijzend gemompel gehoor gegeven. Natuurlijk wilden ze allemaal behulpzaam zijn. Hij zou hoe dan ook toch altijd maar kopieën van de brieven in zijn bezit krijgen en alles zou met de grootse vertrouwelijkheid worden behandeld. Ruth had desondanks een hoorbare zucht van opluchting geslaakt, toen ze ontdekte dat dit een ochtend was waarop Bobs voorraad liederlijke voorstellen tijdelijk was uitgeput. Hoe ruim van opvattingen ze ook waren...
'Ik vind dat we hen allemaal moeten helpen uit te vissen wat er met die arme lieve Sylvia is gebeurd,' zei Sandra. Erg snugger was het meisje niet, maar gevoelig was ze bepaald wel en ze was diepbedroefd geweest om Sylvia's dood, en ook een beetje bang. Op de haar eigen, onschuldige manier verlangde ze iets bij te dragen aan het onderzoek en ze was dan ook teleurgesteld, zij het niet erg verbaasd, dat niemand haar een brief had geschreven.
Morse kreeg zeven persoonlijke brieven en twee ansichtkaarten ter bestudering en vond het allemaal nogal dwaas, toen hij ze één voor één vluchtig bekeek voordat hij ze onder de kopieermachine legde. Maar dan was er nog de identificatieprocedure, waar hij hoge verwachtingen van had, ook al was de verwachtingsindex in het nuchterder makende licht van de ochtend reeds verscheidene punten gezakt.
'Heb jij al eens eerder in zo'n rij gestaan om herkenning mogelijk te maken?' vroeg Sandra.
'Natuurlijk niet,' antwoordde Judith. 'Je raakt toch zeker niet iedere week betrokken bij moordzaken?'
'Ik vroeg het me alleen maar af.'
'Wat moeten we eigenlijk *doen*?' vroeg Ruth.
'We doen wat ons gezegd wordt.' Judith geloofde hartstochtelijk in de verdiensten van gezag. Mr. Palmer was echt heel aardig, maar soms wenste ze dat hij een ietsjepietsje strenger was en wat minder vriendschappelijk omging met een stuk of twee van zijn werkneemsters.
'Ik heb in de bioscoop een keer gezien hoe dat gaat,' zei Sandra.

‘Ik heb het een keer op de tv gezien,’ zei Ruth. ‘Gaat het net zo?’ Naderhand kwamen ze tot de conclusie dat het inderdaad net zo ging. Teleurstellend eigenlijk. Een onopvallende vrouw liep hen voorbij en keek hen allemaal aan terwijl ze zeiden: ‘Weet u wanneer de eerstvolgende bus komt?’ Echt bang konden ze voor haar niet zijn. Maar zou het niet afschuwelijk zijn geweest, wanneer ze haar hand op je schouder had gelegd? Maar dat deed ze niet. Ze liep heen en terug langs alle meisjes en ging daarna weg.
‘Die inspecteur – die had er veel van verwacht, hè? En het ging op het laatst wel een beetje vreemd toe, vond je niet? Toen we naar de deur helemaal aan de andere kant van de binnenplaats moesten rennen. Waar was dat goed voor?’
‘In de film kregen ze de boef te pakken,’ zei Sandra.
‘Op de tv ook,’ zei Ruth.
‘Je moet niet alles wat je ziet geloven,’ zei Judith.

Morse zat rond het middaguur in zijn kamer, toen Lewis binnenkwam. ‘En, sir? Heeft het iets opgeleverd?’
Morse schudde zijn hoofd.
‘Helemaal niks?’
‘Volgens haar zouden twee of drie het kunnen zijn.’
‘Nou ja, daarmee is het terrein wel wat verder afgebakend, sir.’
‘Niet echt. Ik heb verdedigers gehakt horen maken van getuigen die op het graf van hun grootvader durfden zweren dat ze absoluut zeker waren van hun identificatie. Nee, Lewis. Veel schieten we er niet mee op, vrees ik.’
‘Hoe staat het met dat andere idee van u, sir? U weet wel, dat het meisje op een vreemd soort sukkeldrafje liep.’
‘O, we hebben ze inderdaad laten hollen.’
Lewis voelde aan dat hij een gevoelig punt had aangeraakt. ‘Leverde niets op, sir.’ Dat was een bewering, geen vraag.
‘Klopt, Lewis. Leverde niks op. Wij hadden ook wel op het idee kunnen komen, Lewis, we hadden ook wel gewoon op het idee kunnen komen, als leden van de afdeling moordzaken, ik dus, en ook jij, Lewis, dat alle meisjes op zo’n zelfde aanstellerig sukkeldrafje lopen.’ Die laatste paar woorden bulderde hij zijn brigadier toe, die afwachtte tot de orkaan ging liggen.

‘Een pint bier zal er bij u wel ingaan, sir.’
Morse keek een beetje vrolijker. ‘Daar kon je wel eens gelijk in hebben.’
‘Ik heb nog een nieuwtje, sir.’
‘Laat horen.’
‘Wat die bus aangaat – dat kunnen we vergeten. Ik heb de chauffeur en conducteur van bus 4E van 6.30 n.m. vanuit Carfax te pakken gekregen. Er zaten trouwens maar een stuk of tien mensen in, van wie de meesten regelmatig met die bus reizen. Het is wel zeker dat onze twee meisjes niet per bus in Woodstock terecht zijn gekomen.’
‘We weten overigens niet zeker dat ze allebei in Woodstock terecht zijn gekomen,’ zei Morse.
‘Maar Sylvia toch in elk geval wel, sir, en het andere meisje vroeg toch naar de bus die daarheen ging?’
‘Ik begin me af te vragen of Mrs. Jarman nu eigenlijk echt wel zo’n goeie getuige was.’
‘Volgens mij wel, want daar gaat het enige slechte nieuws over.’
‘Heb je dan ook nog *goed* nieuws?’ Morse deed zijn best om wat opgewekter te klinken.
‘Ja, over die truck waar de oude dame ons van vertelde. Die was eigenlijk heel makkelijk te achterhalen. In Cowley hebben ze namelijk een bepaald systeem met carrosserieën, weet u. Wanneer ze...’
‘Ja, weet ik. Je hebt het slim aangepakt, Lewis, maar laat alle franje maar achterwege.’
‘Hij herinnert zich hen. Ene Mr. George Baker – woont in Oxford. En dat is nog niet alles, sir. Hij zag de twee meisjes in een auto stappen! In een *rode* auto. Daar is hij helemaal zeker van. Een man achter het stuur – geen vrouw. Hij herinnerde zich dat omdat hij vaak lifters oppikt, vooral als het om meisjes gaat. Die twee zag hij net voorbij de rotonde – ongeveer vijftig meter voor zich uit. Hij zou hun een lift hebben gegeven, zei hij, maar er stopte al een andere auto en hij moest uitwijken om erlangs te komen. Het blondje heeft hij goed gezien.’
‘Wat een verachtelijk stelletje zijn we toch, vind je niet?’ zei Morse. ‘Zou jij ze hebben meegenomen?’

'Dat is niet mijn gewoonte, sir. Alleen als ze in uniform zijn. Ik was zelf ook een paar keer blij met een lift, toen ik in dienst zat.'
Morse dacht zorgvuldig na over het nieuwe bewijsmateriaal. Er zat in elk geval schot in de zaak.
'Had je het daarnet niet over een pint?'
Zwijgend zaten ze in de White Horse in Kidlington en Morse kwam tot de conclusie dat het bier daar wel te drinken was. Ten slotte verbrak hij de stilte. 'Een rode auto, hè?'
'Ja, sir.'
'Belangwekkend veld van onderzoek voor jou. Hoeveel mannen in Oxford bezitten een rode auto?'
'Heel wat, sir.'
'Een paar duizend, bedoel je?'
'Ik denk van wel.'
'Kunnen we dat uitvissen?'
'Ik denk van wel.'
'Zo'n probleem gaat onze efficiënte politie niet boven de pet?'
'Ik denk van niet, sir.'
'Maar stel nou dat hij niet in Oxford woont?'
'Tja. Dan wordt het moeilijk.'
'Lewis, het bier heeft volgens mij op jou een afstompende uitwerking.'

Alcohol mocht dan Lewis' scherpzinnigheid doen verflauwen, op Morse had het het tegenovergestelde effect. Zijn hersenen begonnen met grote helderheid te functioneren. Hij beval Lewis het weekend vrij te nemen, Sylvia Kaye te vergeten en met zijn vrouw te gaan winkelen; en dat deed Lewis maar al te graag.
Morse was niet verslaafd aan roken, maar hij kocht nu wel twintig extra lange sigaretten en rookte en dronk onafgebroken tot 2.00 n.m. Wat was er de vorige week op woensdagavond gebeurd? Hij werd gekweld door de gedachte dat er een op zich niet buitengewone reeks gebeurtenissen had plaatsgevonden; dat al die gebeurtenissen logisch uit elkaar waren voortgevloeid; dat hij van een stuk of twee gebeurtenissen wist welke dat waren. Hij zou het helemaal doorhebben, wanneer hij nu maar een serie vanzelfsprekende oorzakelijke verbanden kon leggen. Daar was geen verba-

zingwekkende, visionaire sprong van onwetendheid naar verlichting voor nodig. Slechts een aantal logische ontwikkelingen. Maar elke ontwikkeling deed hem op dood spoor uitkomen, net als de tekeningen in kindertijdschriften waarin één draad naar de schat voert en alle andere naar de rand van de pagina. Begin opnieuw.
'Ik zal u moeten vragen uw glas leeg te drinken, ben ik bang,' zei de waard.

7 zaterdagmiddag 2 oktober

Morse bracht de middag van zaterdag 2 oktober in licht beschonken toestand door in zijn kamer. Omstreeks 4.30 n.m. had hij zijn pakje sigaretten leeggerookt en belde hij om meer. Hij kon steeds beter nadenken. Hij meende in de gebeurtenissen op de avond van woensdag 29 september een heel vaag patroon waar te nemen. Geen namen - van namen had hij nog totaal geen idee - maar wel een patroon.
Hij nam de brieven door die hij bij Town and Gown had gekopieerd; het leek een waardeloos pakketje. Een aantal schoof hij meteen terzijde. Zelfs een ontspoorde psychiater had nog niet de flinterdunste hypothese kunnen baseren op vijf van de negen stukken bewijsmateriaal. Op een van de ansichten stond: 'Lieve Ruth, Lekker weer, ben gisteren twee keer wezen zwemmen. Zag op het strand een dooie kwal. Liefs, T.' Wat triest nou om een kwal te zijn, dacht Morse. Maar drie mededelingen hielden Morses aandacht gevangen; toen twee en ten slotte nog maar één. Het was een getikt briefje, gericht aan miss Jennifer Coleby en het luidde als volgt:

Geachte mevrouw,
Na beoordeling van de vele sollicitaties die we hebben ontvangen, moeten we u tot one spijt medelen dat uw sollicitatie geen succes heeft gehad. Maar begin november komen er weer fungties beschikbaar en ik zou het eerlijk gezegd betreuren waneer ik dan niet in de gelegenheid ben uw positie opnieuw te bezien.

We hebben intussen op de faculteit psycologe het voor september toegestane aantal functies toegwezen, doch het is niet onwaarschijnlijk dat er nog een betrouwbare assitsente voor de rector nodig is met voldoende opleiding om routinewerkzamheden te verrichten.
Hoogachtend,

De brief was ondertekend door iemand die kennelijk niet graag had dat men zijn naam van de daken schreeuwde. De G aan het begin was duidelijk genoeg, maar de achternaam waaraan deze zwierig was bevestigd, zou zelfs voor de grote Champollion een raadsel zijn gebleven.
Miss Jennifer Coleby wil dus van baan veranderen, zei Morse bij zichzelf. Nou en? Er solliciteren elke dag honderden mensen naar een andere baan. Zo en af en toe dacht hij er zelf ook over dat te doen. Hij vroeg zich af waarom hij de brief nadere beschouwing waard had geacht. Opvallend slecht geschreven - onvergeeflijke tikfouten. En spelfouten. Vandaag de dag besteedde men op school niet veel aandacht meer aan de vitale onderdelen van taalgebruik. Hij had in zijn jeugd nog op zo'n strenge school gezeten, waar fouten in spelling, interpunctie en zinsconstructie wreed waren bestraft door hoogst verontwaardigde pedagogen, en dat had bij hem zijn sporen nagelaten. Hij was pedant en pietluttig geworden, en dacht terug aan het slecht geschreven rapport dat je eigenlijk geen rapport meer kon noemen, dat hij nog maar twee dagen geleden had gelezen. Het was van een van zijn eigen ondergeschikten geweest en in gedachten had hij toen als een examinator die het werk van een examenkandidaat beoordeelt, de fouten geturfd. 'Fungties'. Ja, dat was in deze brief verkeerd - onder andere. Je kreeg in dit land steeds meer analfabeten - ondanks alle prachtige ideeën van progressieve onderwijsdeskundigen. Maar als zijn eigen secretaresse zo'n produkt had voortgebracht, vloog ze eruit - vandaag nog! Maar zij vormde een uitzondering. Wanneer Julies initialen boven aan een brief stonden, kon je zeker zijn van een foutloos en vlekkeloos vel tikwerk. Maar wacht eens even... Morse bekeek nogmaals de brief die voor hem lag. Een referentie stond

er helemaal niet op. Had G. Huppeldepup de brief persoonlijk uitgetikt? Als dat zo was - wat was hij dan voor iemand? Een hooggeplaatste klerk van een of andere afdeling van de universiteit? Als hij... Morse begreep er steeds minder van. Waarom was er geen briefhoofd? Piekerde hij zich suf over niets?
Nou, er was een manier om aan de onzekerheid een eind te maken. Hij keek op zijn horloge. Al 5.30 n.m. Miss Coleby is intussen waarschijnlijk al thuis, dacht hij. Waar woonde ze? Hij keek naar het door Lewis zorgvuldig genoteerde adres in Noord-Oxford. Een interessante gedachte? Morse begon zich te realiseren hoeveel wegen er nog moesten worden verkend, en dat hij daar nog niet eens een begin mee had gemaakt. Hij trok zijn overjas aan en liep naar buiten, naar zijn auto. Terwijl hij de drie kilometer naar het centrum van Oxford reed, besloot hij alle vooroordelen tegen miss Jennifer Coleby opzij te zetten, voor zover dat in zijn vermogen lag. Makkelijk was dat niet, want als op Mrs. Jarmans geheugen vertrouwd kon worden, was de ambitieuze miss Coleby een van de drie meisjes die die bewuste avond met wijlen miss Sylvia Kaye de tocht naar Woodstock gemaakt konden hebben.

Jennifer Coleby huurde samen met twee andere werkende meisjes een halfvrijstaand pand aan Charlton Road, waarvoor ze per persoon 8.25 pond huur per week betaalden, gas en elektriciteit inbegrepen. De huisbaas moest een vooruitziende blik hebben gehad, want die streek zo dus mooi bijna 25 pond per week op, en hij had ongeveer zes jaar geleden nog twee van die panden bemachtigd voor 6.500 pond, wat nu een luttel bedrag leek. Maar het was een zegen voor drie ondernemende meisjes, die dat bedrag net konden opbrengen en het daarom niet al te bezwaarlijk vonden om de kleine badkamer en de nog kleinere wc met elkaar te delen. De meisjes beschikten ieder over een slaapkamer (één beneden), de keuken was groot genoeg om er 's avonds te eten, en ze maakten alledrie gebruik van de zitkamer om zomaar wat te zitten, een praatje te maken of tv te kijken wanneer ze thuis waren. Afgezien van de badkamer, werkte deze regeling verbazend goed. Overdag waren de meisjes zelden alledrie thuis en echt ruzie hadden ze tot nog toe niet gehad. In de slaapkamers mochten zich van de huisbaas geen vrienden ophouden en de meisjes hadden dit dictaat van hem geaccepteerd zonder tegen te sputteren. De banvloek hadden ze uiteraard wel een paar keer aan hun laars gelapt, maar men was in dit huis nooit tot openlijke promiscuïteit vervallen. Eén regel legden de meisjes zichzelf op: geen platenspelers, en daarvoor waren in elk geval hun buren op leeftijd hen bijzonder dankbaar. Het huis werd keurig schoon en op orde gehouden, zag Morse meteen toen er werd opengedaan door een triest meisje dat een boterham met tomaat at.

'Ik wil miss Coleby graag even spreken. Kan dat? Is ze thuis?'

Donkere, smachtende ogen keken hem onderzoekend aan en Morse kwam in de verleiding om naar haar te knipogen.

'Ogenblikje.' Ze liep op haar gemak weg, maar draaide opeens haar hoofd om om te vragen: 'Hoe is uw naam?'

'Eh, Morse. Inspecteur Morse.'

'Oh.'

Een afstandelijke, keurig uitziende Jennifer in blouse en spijkerbroek kwam te voorschijn om Morse te begroeten. Enthousiasme liet ze daarbij niet blijken.

'Kan ik u ergens mee van dienst zijn, inspecteur?'

'Kunnen we elkaar even spreken? Komt dat gelegen?'

'Dat zal wel moeten, neem ik aan? U kunt maar beter binnenkomen.'

Ze ging Morse voor naar de zitkamer, waar het juffertje met de donkere ogen naar een verslag van de wedstrijd Arsenal-Tottenham zat te kijken en deed alsof ze daar helemaal in opging.

'Sue, dit is inspecteur Morse. We willen hier even met elkaar praten. Vind je 't erg?'

Sue stond op en zette, een beetje te theatraal vond Morse, het toestel uit. Hij sloeg haar langzame, gracieuze bewegingen gade en glimlachte waarderend bij zichzelf. 'Ik ben boven, Jen.' Ze keek Morse nog even aan voordat ze ging; zag de beginnende glimlach bij de hoeken van zijn mond en bezwoer Jennifer naderhand dat hij naar haar had geknipoogd.

Jennifer liet Morse op de bank plaatsnemen en ging zelf tegen-

over hem in een leunstoel zitten. 'Waarmee kan ik u van dienst zijn, inspecteur?'
Morse zag Charlotte Brontës *Villette* als een accent circonflexe op de armleuning van haar stoel balanceren.
'Ik dien – uiteraard alleen maar omdat dat nu eenmaal moet – na te trekken waar alle... eh... personen...'
'Verdachten?'
'Nee, nee. De personen die met Sylvia hebben samengewerkt. U begrijpt wel dat dit soort dingen nu eenmaal moet gebeuren.'
'Uiteraard. Het heeft me verbaasd dat u er niet al eerder naar hebt geïnformeerd.' Morse raakte hierdoor een beetje van zijn stuk. Ja, waarom had hij er eigenlijk nog niet eerder naar geïnformeerd? Jennifer praatte door. 'Vorige week woensdag kwam ik wat later thuis dan normaal – ik ging bij Blackwells langs om een boekenbon in te wisselen. Ik was vorige week jarig. Ik kwam tegen zessen thuis, denk ik. U weet hoe druk het op de weg is tijdens het spitsuur.' Morse knikte. 'Eh, toen heb ik wat gegeten – de andere meisjes waren ook thuis – en om ongeveer, 's even kijken, om ongeveer half zeven, denk ik, ben ik weer weggegaan. Tegen achten kwam ik weer terug – of misschien wat later.'
'Kunt u me vertellen waar u heenging?'
'Ik ging naar de bibliotheek van Summertown.'
'Hoe laat gaat de bibliotheek dicht?'
'Half acht.'
'U bent er dus een uur gebleven?'
'Dat lijkt een redelijke conclusie, inspecteur.'
'Dat lijkt lang. Ik ben er meestal maar ongeveer twee minuten.'
'Misschien maakt het u niet zoveel uit wat u leest.'
Zit wel wat in, dacht Morse. Jennifer praatte goed verstaanbaar zonder dat ze daar haar best voor deed. Een goede opvoeding genoten, meende hij. Maar dat was nog niet alles. Het meisje straalde een zekere gedisciplineerde onafhankelijkheid uit en hij vroeg zich af in hoeverre ze goed met mannen kon opschieten. Het zou naar zijn idee wel moeite kosten om bij deze jongedame veel vooruitgang te boeken – behalve wanneer zijzelf degene was die dat wenste, natuurlijk. Ze kon echt heel aardig zijn, ver-

moedde hij. 'Bent u dat boek aan het lezen?'
Ze legde een fijn gemanicuurde hand licht op *Villette*. 'Ja. Hebt u het ook gelezen?'
'Vrees van niet,' bekende Morse.
'Ik kan het u aanraden.'
'Ik zal eraan proberen te denken,' mompelde Morse. Wie voerde dit gesprek nu eigenlijk? 'Eh, u bleef er een uur?'
'Dat heb ik u al verteld.'
'Heeft iemand u daar gezien?'
'Dat kan moeilijk anders, of wel?'
'Nee, ik neem aan van niet.' Morse had het gevoel dat hij aan het verdwalen was. 'Hebt u er verder nog iets opgehaald?' Opeens voelde hij zich wat beter.
'Het zal u interesseren dat ik dat er ook nog heb gehaald.' Ze wees naar een dik boek dat ook open lag, op het kleed voor het televisietoestel. 'Mary is het aan het lezen.' Morse raapte het op en keek naar de titel. *Who was Jack the Ripper?*
'Mm.'
'Dat hebt u toch vast wel gelezen.'
Morses moreel kreeg opnieuw een deuk. 'Nee, ik geloof niet dat ik nu net dat verslag heb gelezen.'
Jennifer glimlachte opeens. 'Neem me niet kwalijk, inspecteur. Ik ben zelf een enorme boekenwurm, maar ik heb vast ook veel meer vrije tijd dan u.'
'Laten we het nog even over woensdag hebben, miss Coleby. U zei dat u tegen achten terug was.'
'Ja, zo ongeveer. Het zou kwart over geweest kunnen zijn, neem ik aan, of misschien zelfs wel half negen.'
'Was er iemand thuis, toen u terugkwam?'
'Ja. Sue. Mary was naar de bioscoop. Naar *Day of the Jackal*, geloof ik. Ze kwam pas om elf uur terug.'
'O.'
'Zal ik aan Sue vragen of ze weer naar beneden komt?'
'Nee, nee dat hoeft niet.' Morse besefte dat dit waarschijnlijk allemaal tijdverspilling was, maar hij beet door. 'Hoelang doet u erover, wanneer u lopend naar de bibliotheek gaat?'
'Ongeveer tien minuten.'

'Maar deed u er die keer dan bijna een uur over? U was immers pas om half negen terug?'
Weer de vriendelijke glimlach, de regelmatige witte tanden, een zweem van lichte spot rond de lippen. 'Inspecteur, ik denk dat we toch maar beter aan Sue kunnen vragen of zij zich herinnert hoe laat het was, vindt u niet?'
'Ja, dat moesten we misschien toch maar doen,' zei Morse.
Toen Jennifer de kamer uitging en Morse met sombere, vermoeide ogen om zich heen keek, schoot er opeens een gedachte door hem heen. Vliegensvlug raapte hij *Villette* op, keek naar de binnenkant van het omslag en legde het weer keurig over de armleuning van de stoel. Sue kwam binnen en bevestigde snel dat Jennifer ergens tussen acht uur en half negen weer thuis was geweest, voor zover zij zich dat kon herinneren. Preciezer kon ze niet zijn. Morse stond op om ervandoor te gaan. Waar hij nu eigenlijk voor gekomen was, daar had hij het nog niet over gehad en hij was ook niet meer van plan om dat aan de orde te stellen. Dat kon later nog wel.
Hij zat een paar minuten op de plaats van de bestuurder in zijn auto en kreeg het afwisselend koud en warm. Hij had zijn ogen niet helemaal kunnen geloven. Maar hij had het toch zwart op wit zien staan, of liever donkerblauw op wit.
Morse kende de gang van zaken in de bibliotheken van Oxford maar al te goed. Hij leverde namelijk de boeken die hij zelf zo nu en dan leende, zelden in zonder een boete te hoeven betalen omdat hij er te laat mee was. De bibliotheek werkte niet met dagen, maar met weken voor het uitlenen van boeken en een 'week' begon altijd op woensdag. Als een boek op woensdag werd uitgeleend, moest het precies veertien dagen later worden teruggebracht - dus op de woensdag twee weken daarna. Als een boek op donderdag werd uitgeleend, moest het twee weken na de eerstvolgende woensdag, dat wil zeggen twintig dagen later worden teruggebracht. Elke donderdagochtend werd de datumstempel veranderd. Deze regeling maakte het er voor de bibliotheekassistenten stukken eenvoudiger op en werd enthousiast begroet door die leners die zeven- of achthonderd pagina's binnen krap veertien dagen een buitensporige opgave vonden.

Morse moest het natuurlijk nog natrekken, maar hij was er zeker van dat alleen degenen die op woensdag boeken leenden, die boeken ook weer binnen die strikte termijn van veertien dagen moesten terugbrengen. Wie een boek meenam *op onverschillig wat voor andere dag*, had een paar dagen respijt. Als Jennifer Coleby *Villette* vorige week woensdag uit de bibliotheek had gehaald, had er woensdag 13 oktober in gestempeld moeten zijn als uiterste inleverdatum. Maar dat was niet zo. *Er stond woensdag 20 oktober in.* Morse wist zonder gerede twijfel dat Jennifer tegen hem had gelogen over haar doen en laten op de avond van de moord. En waarom? Op die belangrijke vraag leek maar één heel eenvoudig antwoord mogelijk.

Roerloos zat Morse in zijn auto voor het huis. Vanuit een ooghoek zag hij het gordijn van de zitkamer heel even bewegen, maar hij zag niet wie dat deed. Het maakte ook niet uit, want hij besloot alles nog een tijdje te laten sudderen. En hij had er trouwens behoefte aan om een luchtje te gaan scheppen. Hij sloot de autoportieren af en kuierde de straat door, ging linksaf Banbury Road in en wandelde nu in gezwinder pas in de richting van de bibliotheek. Hij hield zorgvuldig in de gaten hoelang hij daar zelf over deed: negeneneenhalve minuut. Interessant. Hij beklom de stoeptreden naar de deur waarop DUWEN stond. Maar daar kwam niets van in. De bibliotheek had twee uur geleden zijn deuren gesloten.

8 zaterdag 2 oktober

Margaret, de vrouw van Bernard Crowther, had een hekel aan het weekend en deed het huishouden op zo'n manier dat haar man, haar twaalfjarige dochter en haar tienjarige zoon er evenmin bijzonder van genoten. Margaret had een part-time baan aan de School voor Oosterse Studies en vermoedde dat zij door de week meer uren werkte dan haar zachtmoedige boekenvreter van een echtgenoot en haar luie, egoïstische kroost bij elkaar. Het weekend, namen *zij* alledrie aan, was bedoeld voor dik verdiende ontspanning, maar hoe dat voor haar was, daaraan dachten ze niet. 'Wat hebben we als ontbijt, mam?' 'Is het eten nog niet klaar?' Bovendien deed ze op zaterdagmiddag de was van de hele week en zette ze op zondag haar beste beentje voor om het huis schoon te houden. Soms had ze het idee dat ze gek aan het worden was.

Op zaterdag 2 oktober stond ze om 5.30 n.m. met verbitterde gedachten aan het aanrecht. Ze had gepocheerde eieren gemaakt ('Wat, alweer?') en stond nu de klefgele borden af te wassen. De kinderen waren niet van de tv weg te branden en zouden zich het eerste uur nog niet vervelen. Bernard (zij moest dankbaar zijn voor kleine weldaden) was de ligusterheg achter het huis aan het knippen. Ze wist dat hij een vreselijke hekel aan tuinieren had, maar dat was in elk geval iets wat zij *niet* van plan was te doen. Ze wou maar dat hij ermee opschoot. De nauwgezette zorg die hij aan elke vierkante meter van die rotheg besteedde, werkte op haar zenuwen. Nog even en hij kwam weer binnen om te vertellen dat zijn armen pijn deden. Ze keek naar hem. Hij was kaal en gezet aan het worden, maar hij was voor sommige vrouwen, nam ze aan, nog altijd een aantrekkelijke man. Tot voor kort had ze er nooit spijt van gehad dat ze vijftien jaar geleden met hem was getrouwd. Had ze spijt van de kinderen? Dat wist ze niet zeker. Vanaf hun babytijd had ze zich zorgen gemaakt over haar onvermogen om met andere moeders in vanzelf opkomende, kneuterige bewoordingen te leuteren over de dierbare, lieve kleintjes. Ze had een boek gelezen over de kunst van het moeder-zijn en was tot de verontrustende conclusie gekomen dat ze het moederschap in veel opzichten weerzinwekkend vond – om van te walgen zelfs. Haar moederinstinct, kwam ze tot de slotsom, was helaas onderontwikkeld. Toen de kinderen opgroeiden tot peuters, had ze meer van hen genoten, en het gebeurde wel dat het haar maar weinig moeite kostte zich ervan te overtuigen dat ze veel van die twee hield. Maar nu ze ouder werden, leek het van kwaad tot erger te komen. Onnadenkend, egoïstisch en brutaal waren ze. Misschien was het wel allemaal haar schuld – of Bernards schuld. Ze keek opnieuw naar buiten, terwijl ze het laatste bord rechtop in het droogrek zette.

Het begon al donker te worden na nog weer een prachtige dag. Net als de bijen vroeg ze zich af of er dan nooit een eind kwam aan die warme dagen... Bernard was er de laatste vijf minuten in geslaagd nog zeker vijftien centimeter heg keurig te knippen. Ze vroeg zich af waar hij aan dacht, maar ze wist dat ze dat niet aan hem kon vragen.

De waarheid was dat ze bezig waren uit elkaar te groeien, en dat had Margaret al verscheidene jaren geleden min of meer zien aankomen. Was dat ook haar schuld? Besefte Bernard het ook? Ze dacht van wel. Ze wou dat ze hem kon verlaten, alles in de steek kon laten om ergens anders een nieuw leven te beginnen. Maar dat kon ze natuurlijk niet doen. Ze zou het moeten zien uit te zingen. Tenzij er iets tragisch gebeurde - of was het *totdat* er iets tragisch gebeurde? En dan zou ze naast hem staan, wist ze - ondanks alles.

Margaret veegde het formica blad rond de gootsteen droog, stak een sigaret op en ging in de eetkamer zitten. Het onbenullige geruzie en het lawaai in de zitkamer kon ze gewoon niet verdragen. Ze pakte het boek waarin Bernard die middag had zitten lezen: *Het Verzameld Werk van Ernest Dowson*. De naam kwam haar vaag bekend voor uit de tijd dat ze voor haar eindexamen zat, en ze bladerde de dichtbundel langzaam door tot ze de regels vond die haar klas uit het hoofd had moeten leren. Het verbaasde haar dat ze zich die nog zo goed kon herinneren:

Ik riep om wildere muziek en sterkere wijn,
Maar als het feest voorbij is en de lampen doven,
Dan valt uw schaduw, Cynara! behoort u de nacht toe;
En ik ben troosteloos en lijd onder een oude passie,
ja, smacht naar de lippen van mijn verlangen;
Ik ben u trouw geweest, Cynara! op mijn manier.

Ze las ze nogmaals en leek voor het eerst te horen hoe betoverend de klank ervan was. Maar wat *betekenden* ze? Verboden vruchten, een soort zwoele, ongeoorloofde, pijnlijke verrukking. Bernard zou haar er natuurlijk alles over kunnen vertellen. Die deed zijn hele leven al niets anders dan de prachtige wereld van

de poëzie verkennen en verklaren. Maar hij zou het haar niet vertellen, omdat zij er niet om kon vragen.
Het moest Bernard een afschuwelijk gevoel van stress hebben bezorgd dat hij eenmaal per week een andere vrouw ontmoette. Hoelang wist ze dat nu al? O, beslist niet langer dan ongeveer een maand. Maar op een vreemd intuïtieve manier al veel langer. Zes maanden? Een jaar? Misschien nog wel langer. Toen ging het nog niet om dat bewuste meisje, maar er waren waarschijnlijk anderen geweest. Ze had hoofdpijn. Maar ze had de laatste tijd al zoveel codeïne ingenomen. Laat ook maar! Wat een puinhoop! Haar gedachten bleven in cirkeltjes ronddraaien. Ligusterheg, gepocheerde eieren, Ernest Dowson, Bernard, de spanningen en achterbaksheid van de laatste dagen. Goeie genade, wat moest ze doen? Zoals het nu was, kon het niet doorgaan.
Bernard kwam binnen. 'Mijn arme armen doen zeer, en niet zo'n klein beetje ook!'
'Klaar met de heg?'
'Ik doe morgenochtend het laatste stuk wel. Het komt door die verfoeide heggeschaar. Volgens mij is die nog niet weer geslepen sinds we hierheen zijn verhuisd.'
'Dan breng je hem toch een keer weg.'
'Om hem pas een maand of zes later terug te krijgen zeker!'
'Je overdrijft.'
'Ik doe morgenochtend dat laatste stuk.'
'Dan regent het waarschijnlijk.'
'O, nou, wat regen kunnen we wel gebruiken. Heb je het grasveld gezien? Het doet denken aan de vlakten van Abessinië.'
'Je bent nog nooit in Abessinië geweest.'
Het gesprek viel stil. Bernard liep naar zijn bureau en haalde er een aantal paperassen uit te voorschijn. 'Ik dacht dat je naar de tv zou zitten kijken.'
'Ik kan het bij de kinderen niet uithouden.'
Bernard keek haar onderzoekend aan. Ze was bijna in tranen. 'Nee,' zei hij. 'Ik weet wat je bedoelt.' Hij keek Margaret ernstig en bijna teder aan. Margaret, zijn vrouw! Soms ging hij zo onnadenkend met haar om, veel te onnadenkend. Hij liep naar haar toe en legde een hand op haar schouder.

'Ze zijn eigenlijk onuitstaanbaar, hè? Maar maak je er niet dik over. Alle kinderen zijn zo. Weet je wat...'
'Doe geen moeite, zeg! Je hebt me al zo vaak van alles beloofd! Ik zit er niet over in. Ik zit er echt niet over in, hoor. Wat mij betreft mogen ze naar de hel lopen - en jij erbij!'
Ze begon heftig te snikken en rende de kamer uit. Hij hoorde haar hun slaapkamer boven binnengaan en luisterde naar het gesnik dat daar verder ging. Hij legde zijn hoofd in zijn handen. Hij moest iets ondernemen, en gauw ook. Hij liep echt gevaar alles kwijt te raken. Misschien was hij het allemaal al kwijt... Kon hij Margaret alles vertellen? Ze zou het hem nooit, maar dan ook echt nooit vergeven. En de politie dan? Aan de politie had hij het al bijna verteld of, liever gezegd, hij had het ze bijna voor een deel verteld. Hij keek neer op het verzamelde werk van Dowson en zag bij welke pagina het boek openlag. Hij wist dat Margaret erin had zitten lezen en zijn oog viel op hetzelfde gedicht:

Ja, de kussen van haar gekochte rode mond waren zoet;
Maar ik was troosteloos en leed onder een oude passie,
Toen ik ontwaakte en grijs de dageraad ontwaarde:
Ik ben u trouw geweest, Cynara, op mijn manier.

Ja, het was zoet genoeg geweest. Het zou oneerlijk zijn om te doen alsof het anders was geweest, maar hoe bitter smaakte het nu. Het zou een enorme opluchting zijn geweest wanneer hij er al lang geleden een eind aan had gemaakt, en vooral zou zijn losgebroken uit het web van leugens en bedrog dat hij om zich heen had geweven. Maar daar stond tegenover dat het vooruitzicht op die buitenechtelijke verrukkingen bijzonder aanlokkelijk was geweest. Gewetensnood. Die vervloekte gewetensnood. Gevormd op een school waar dat soort gevoelens ruimte kreeg. Fataal.
Bernard was zelf niet gelovig, maar gaf zich wel gewonnen aan de empirische waarheid van de bewering van Paulus dat het loon van de zonde de dood is. Hij wilde niets liever dan van de schuldgevoelens en de wroeging afkomen, en herinnerde zich

vaag van de bijbellessen uit zijn schooljaren hoe wellustig ze allemaal menig vers over zonden hadden gezongen:

Al zijn uw zonden zo rood als scharlaken,
Ze zullen witter, ja witter worden dan sneeuw.

Maar hij had het bidden verleerd - zijn geest was verdord en troosteloos. Zijn primitieve, gretige religiositeit was nu afgestompt en bedekt met een dikke, harde vernislaag van kennis, cultuur en cynisme. Hij had zich uitvoerig bezig gehouden met theologische paradoxen en het bruisen van een academische controverse was geen verrukking meer. Witter dan sneeuw - het mocht wat! Een smerige sneeuwbrij, daar leek het meer op.
Hij liep naar het raam dat uitkeek op de rustige weg. Achter de meeste ramen brandde licht. Er liepen een paar mensen voorbij; een buurman ging met zijn hond elders de stoep bevuilen. Een vrouw in een leswagen probeerde haar auto te keren. Het ging moeizaam, maar uiteindelijk lukte het toch, al kwam de auto van MAC's autorijschool zelden meer dan zeven of acht graden per manoeuvre rechter op de weg te staan. Het lijkt meer op een bocht die in drie etappes wordt genomen, dacht hij. Die instructeur moet wel een man met veel geduld zijn. Hij had ooit geprobeerd Margaret te leren autorijden... Maar dat had hij weer goedgemaakt. Ze had nu haar eigen Mini. Hij bleef een paar minuten voor het raam staan kijken. Er liep een man langs die Bernard bekend voorkwam, maar hij herkende hem niet. Hij vroeg zich af wie het was en waar hij heenging en keek hem na tot hij rechtsaf ging, Charlton Road in.

Terwijl Morse langsliep, vroeg hij zich ook af wat hij moest doen. Was het het beste om Jennifer nu ter verantwoording te roepen? Hij wist het niet, maar, alles in aanmerking genomen, meende hij dat dat toch het beste was. Zich bewust van het feit dat het vorige gesprek voor hemzelf bepaald niet zo was verlopen dat hij er trots op kon zijn, besloot hij zijn nieuwe benadering eerst in gedachten door te nemen.
'U wilt me nog een aantal vragen stellen?'

'Ja.' Afgemeten en despotisch.
'Komt u binnen?'
'Ja.'
'En?'
'Vooralsnog hebt u me niets dan leugens op de mouw gespeld. Ik stel voor dat we weer bij het begin beginnen.'
'Ik weet niet waar u het over hebt...' Langzaam en weloverwogen zou hij dan opstaan uit de stoel en naar de deur lopen. Geen woord zou hij meer zeggen. Maar wanneer hij dan de deur opendeed, zou Jennifer zeggen: 'Goed dan, inspecteur.' En hij zou luisteren. Hij meende dat hij wel zo ongeveer wist wat ze hem zou vertellen.
Dat hij dat mis had, kwam hij nog even niet te weten, want hij kwam tot de ontdekking dat Jennifer was weggegaan. De smachtende Sue met haar lange benen die bruin en bloot waren, had er geen idee van waar ze heen was gegaan. 'Wilt u misschien binnen op haar wachten, inspecteur?' De volle lippen weken vaneen en trilden een beetje. Morse keek ernaar en voelde zich alarmerend kwetsbaar. Hij zocht steun in formeel gedrag en keek daarom op zijn horloge. 'Erg aardig van u, maar... nee, dat moest ik toch maar niet doen.'

9 zondag 3 oktober

Morse sliep bijna twaalf uur lang als een blok en werd om 8.30 v.m. wakker. Na zijn tweede bezoek aan Charlton Road werd hij zozeer door allerlei gedachten gekweld, dat hij een barstende hoofdpijn kreeg en meteen terugreed naar huis. Het was daarom eigenlijk haast niet te geloven, maar terwijl hij nu met zijn ogen knipperde om goed wakker te worden, voelde hij zich heel fit.
Het laatste boek dat Morse zelf uit de bibliotheek had gehaald en dat nu, drie weken over tijd, op zijn schrijftafel lag, was Edward de Bono's *Een vijfdaagse cursus lateraal denken*. Hij had de cursus consciëntieus gevolgd, niet al bij voorbaat naar de antwoorden gekeken, en met tegenzin de conclusie moeten trekken dat een vette onvoldoende nog een te hoog cijfer was voor zijn

prestaties op het vlak van het laterale denken. Maar hij had ervan genoten. En er bovendien van geleerd dat een logische, progressieve, 'verticale' benadering van een lastig probleem niet altijd de beste benadering hoefde te zijn. Sommige vaktermen had hij eigenlijk niet helemaal begrepen, maar hij had wel doorgekregen waar het in feite om ging. 'Hoe kun je met een auto een donkere steeg doorrijden als de koplampen het niet doen?' Het antwoord was niet van belang. Je moest bedenken wat een automobilist allemaal zou kunnen doen: op de claxon drukken, de imperiaal van het dak halen, de motorkap optillen. Het maakte niet uit wat. Het in overweging nemen van nutteloze oplossingen op zich was alleen al een effectieve manier om tot de juiste conclusie te komen, want vroeg of laat zette zo'n oplossing een richtingaanwijzer uit en, hé bingo!, er begon een lampje te branden. Op amateuristische wijze had Morse deze techniek uitgeprobeerd en zichzelf versteld doen staan. Als een naam op het puntje van zijn tong lag, probeerde hij er niet rechtstreeks meer aan te denken. Hij herhaalde dan alleen nog maar iets wat hij al wist - de hoofdsteden van de Verenigde Staten van Amerika bij wijze van spreken - en het bleek te werken.

Terwijl hij wakker lag, besloot hij de moord op Sylvia Kaye tijdelijk uit zijn gedachten te zetten. Hij maakte vorderingen - dat wist hij. Maar hij kon er niet meer op scherpzinnige wijze over nadenken; er kwamen alleen nog maar oninteressante gedachten naar boven. Als hij vandaag rust nam (en dat had hij wel verdiend), was hij morgenochtend mentaal weer in topconditie.

Hij stond op, kleedde zich aan en schoor zich, maakte voor zichzelf een sappig uitziend mengsel van bacon, tomaten en champignons klaar en voelde zich prima. Hij nam op zijn gemak de zondagskranten door en keek naar de uitslag van de voetbaltoto. Was hij de enige man in Engeland die in zijn 'acht uit zestien'-selectie niet één uitslag goed had? vroeg hij zich af. Waarna hij een sigaret opstak en zich voornam zijn tijd tot aan de middag te verlummelen, dan een paar pinten te gaan pakken en vervolgens ergens te gaan lunchen. Dat leek een goed voor-

uitzicht voor een beschaafd mens. Maar hij vond het niet prettig om niets omhanden te hebben en het duurde dan ook niet lang of hij zat bij zichzelf te overleggen of hij een plaat met muziek van Wagner op zou zetten of een kruiswoordraadsel zou gaan doen. Kruiswoordraadsels oplossen deed Morse bijzonder graag, ook al konden sinds de dood van de grote Ximenes maar weinig samenstellers van puzzels het goed genoeg doen naar zijn zin. Over het algemeen bevielen hem de puzzels in de *Listener* wel en daarom was hij dan ook op dat blad geabonneerd. Daar stond tegenover dat hij ontzettend kon genieten van de opera's van Wagner en diens *Ring* volledig in zijn bezit had. Hij besloot beide te doen, en terwijl de eerste noten van de zo rijk gearrangeerde prelude van *Das Rheingold* weerklonken, leunde hij achterover en bladerde naar de voorlaatste pagina van de *Listener*. Dit was pas leven. De Rijndochters zwommen gracieus heen en weer en het duurde een paar minuten voordat Morse bereid was minder aandacht aan de muziek te schenken. Toen las hij het voorwoord bij het kruiswoordraadsel:
'Elke omschrijving voor de horizontaal in te vullen woorden bevat een opzettelijke drukfout. De omschrijvingen voor de verticaal in te vullen woorden zijn allemaal normaal, alleen zullen de woorden met één verkeerde letter in de puzzel ingevuld dienen te worden. Gaat u van 1 horizontaal naar 28 verticaal, dan vormen de ten onrechte ingevulde letters een bekend gezegde dat degenen die de puzzel hebben opgelost...'
Morse las niet verder. Hij sprong overeind. Een solo-hoorn gaf met een wegstervend gekreun de geest, toen hij de platenspeler uitzette en zijn autosleutels van de schoorsteenmantel griste.

Zijn bak voor inkomende post was hoog opgetast met rapporten, maar die negeerde hij. Hij ontsloot de dossierkast, pakte het dossier over de moord op Sylvia Kaye en lichtte er de brief uit die aan Jennifer Coleby was verstuurd. Hij had geweten dat er met het hele geval iets niet klopte. Zijn mond was droog en zijn hand trilde een beetje als bij een schooljongen die de brief openmaakt met de uitslag van zijn examen:

Geachte mevrouw,
Na beoordeling van de vele sollicitaties die we hebben ontvangen, moeten we u tot one spijt medelen dat uw sollicitatie geen succes heeft gehad. Maar begin november komen er weer fungties beschikbaar en ik zou het eerlijk gezegd betreuren waneer ik dan niet in de gelegenheid ben uw positie opnieuw te bezien.
We hebben intussen op de faculteit psychologe het voor september toegestane aantal functies toegwezen, doch het is niet onwaarschijnlijk dat er nog een betrouwbare assitsente voor de rector nodig is met voldoende opleiding om routinewerkzaamheden te verrichten.
Hoogachtend,

Wat was hij eigenwijs geweest! Met hoeveel laatdunkende arrogantie had hij nagedacht over de ongeletterdheid en onbekwaamheid van een of andere domkop van een typiste, terwijl hij in plaats daarvan *precies het tegenovergestelde had moeten denken*. Wat stom was dat van hem geweest. De aanwijzingen lagen voor het oprapen. Die hele brief was nep - waarom had hij dat niet eerder gezien? Het kwam kort gezegd feitelijk hierop neer dat het een onzin-brief was. Hij had om te beginnen de vergissing begaan zich op afzonderlijke fouten te concentreren, zonder de moeite te nemen de brief als een synoptisch geheel te bezien. Maar dat was niet het enige. Hij had een nog grotere vergissing begaan. Als hij namelijk de brief had gelezen als een brief, had hij misschien doorgekregen dat de fouten *opzettelijke* fouten waren. Hij pakte een vel papier en begon: one - z weggevallen; fungties - g in plaats van de c; waneer - n te weinig; psychologe - i weggevallen; toegwezen - e weggevallen. ZGNIE - joost mocht weten wat dat betekende. Kijk nog eens goed. Medelen - dat moest toch meedelen zijn? e weggevallen; en in assitsente waren natuurlijk de t en de s van plaats verwisseld. Als je ergens maar lang genoeg naar keek, vielen de vreemdste verschrijvingen je kennelijk niet meer op. En, wat leverde hem dit nu op? ZEGNIEST Nou, dat was overduidelijk. Als je de s en de t van plaats liet wisselen, kreeg je: ZEG NIETS. Iemand had het ontzettend belangrijk gevonden dat Jennifer niets zou zeggen - en Jennifer had de boodschap kennelijk ontvangen.

Het had Morse twee minuten gekost om de boodschap te achterhalen en hij was blij dat Jennifer de vorige avond niet thuis was geweest. Hij was ervan overtuigd dat ze, wanneer ze werd geconfronteerd met haar leugens over het bezoek aan de bibliotheek, gezegd zou hebben dat ze zich vergist moest hebben en dat haar dat erg speet. Ze moest er dan donderdag geweest zijn, nam ze aan; het is moeilijk om je zelfs maar gebeurtenisssen van de vorige dag voor de geest te halen, vindt u ook niet? Ze wist het echt niet meer, maar ze zou erg haar best doen om het zich weer te herinneren. Misschien was ze wel een wandeling gaan maken - in haar eentje natuurlijk.

Maar nu zou ze de situatie penibeler vinden. Toch gaf dat Morse vreemd genoeg geen trots gevoel. Hij had Jennifer eigenaardig maar toch ook wel aardig gevonden toen ze elkaar hadden ontmoet, en nu hij daarop terugkeek, begreep hij dat het voor haar heel moeilijk moest zijn geweest. Maar hij moest de feiten onder ogen zien. Ze diste leugens op. Ze beschermde vast iemand - de persoon die naar alle waarschijnlijkheid Sylvia verkracht en vermoord had. Dat was geen aangename gedachte. Al het bewijsmateriaal wees nu onmiskenbaar Jennifer Coleby aan als degene die op de avond van de 29e samen met Sylvia bij bushalte 5 had gestaan; als degene die van een of meer onbekende personen (maar vrijwel zeker van één persoon) een lift had gekregen tot aan Woodstock, waar ze getuige was geweest van iets waarover ze zweeg omdat haar dat was opgedragen. Kortom: deze Jennifer Coleby *wist wie Sylvia Kaye had vermoord.* Morse vroeg zich opeens af of ze gevaar liep, en die vrees deed hem er onmiddellijk toe besluiten Jennifer te laten oppakken op verdenking van medeplichtigheid aan moord. Hij moest Lewis laten opdraven. Hij reikte naar de telefoon waarmee hij naar buiten kon bellen, en draaide het nummer waarop zijn brigadier thuis te bereiken was.

'Lewis?'

'Spreekt u mee.'

'Met Morse. Het spijt me dat ik je weekend moet verpesten, maar ik wil dat je hierheen komt.'
'Nu meteen, sir?'
'Als dat kan.'
'Ik kom eraan.'
Morse keek wat er allemaal in zijn bak voor inkomende post lag. Rapporten, rapporten, rapporten. Hij haalde meteen zijn eigen initialen door en keurde onsympathieke titels als *Het Drugprobleem in Groot-Brittannië*, *De politie en het publiek*, en *Statistische gegevens aangaande misdaden met geweldpleging in Oxfordshire (tweede kwartaal)* eigenlijk niet eens een blik waard. Momenteel was hij slechts geïnteresseerd in één cijfer dat ongetwijfeld te zijner tijd zou opduiken in de statistische gegevens aangaande misdaden met geweldpleging (derde kwartaal). Hij had geen tijd voor rapporten. Hij vermoedde trouwens dat ongeveer 95% van de geschreven woorden toch al nooit door iemand werd gelezen. Maar er waren twee onderwerpen bij die zijn aandacht gevangen hielden. Een rapport van het forensisch lab over het moordwapen en een aanvullend rapport van de patholoog-anatoom over Sylvia Kaye. Beide bevestigden min of meer wat hij al wist of in elk geval vermoedde. De moersleutel bleek een doodnormaal exemplaar te zijn. Morse las alles over de vorm, de afmetingen, het gewicht van die moersleutel... Maar wat had het voor zin? Het stuk gereedschap had helemaal niets geheimzinnigs. De waard van de Black Prince had op dinsdag de 28e en woensdag de 29e de hele middag aan een oude Sunbeam liggen sleutelen die in de garage rechts achteraan op de binnenplaats stond, en hij was zo dom geweest zijn gereedschapskist niet weer binnen te zetten. Op de moersleutel zaten geen herkenbare vingerafdrukken, alleen op een van de ronde uiteinden het afstotende bewijs dat er met aanzienlijke kracht een menselijke schedel mee was ingeslagen. Er volgde een bloederige analyse die Morse maar al te graag oversloeg.
Een paar minuten later klopte Lewis al aan en kwam binnen.
'Ah, Lewis. De goden hebben volgens mij licht glimlachend neergezien op ons onderzoek.' Hij schetste de ontwikkelingen in de zaak. 'Ik wil dat miss Coleby wordt opgehaald om te worden

verhoord. Wees voorzichtig. Neem agente Fuller maar mee als je wilt. Alleen voor verhoor wordt ze vastgehouden, begrepen? Het gaat absoluut niet om een officiële arrestatie. Als zij liever eerst haar advocaten wil bellen, vertel haar dan dat het zondag is en die allemaal aan het golfen zijn. Maar ik denk niet dat je op veel problemen zult stuiten.' Dat laatste raadde Morse in elk geval goed.

Om 3.45 n.m. zat Jennifer in spreekkamer 3 voor verhoor. Op instructies van Morse bleef Lewis daar een uur bij haar en repte hij met geen woord over de informatie die hem eerder die middag was verschaft. Lewis deelde rustig mee dat zij, ondanks al hun naspeuringen, er niet in waren geslaagd de jongedame te achterhalen die door twee onafhankelijke getuigen was gezien, en die ongeveer een uur voordat Sylvia Kaye werd vermoord, nog met haar samen was geweest.

'U bent vast een geduldig man, brigadier.'

Lewis glimlachte licht, als de goden. 'O, geduld hebben we genoeg, miss, en met een beetje medewerking komen we er, denk ik, nog wel achter.'

'Krijgt u dan geen medewerking?'

'Hebt u zin in een kop thee, miss?'

'Ik heb liever koffie.'

Agente Fuller repte zich weg; Jennifer bevochtigde haar lippen en slikte; Lewis bleef rustig zitten peinzen. De stilte die nu volgde, werkte als een krachtmeting die Lewis ten slotte won.

'Werk ik volgens u niet mee, brigadier?'

'Wat vindt u er zelf van?'

'Moet u horen, ik heb aan de inspecteur verteld wat ik weet. Geloofde hij me niet?'

'Wat heeft u dan aan de inspecteur verteld, miss?'

'Moet ik dat nog een keer allemaal oplepelen?' Van Jennifers gezicht was evenveel ongeduld af te lezen als van dat van een schoolmeisje van wie wordt verlangd dat ze een saaie oefening opnieuw maakt.

'We zullen in ieder geval over een ondertekende getuigenverklaring moeten beschikken.'

Jennifer zuchtte. 'Goed. U wilt dat ik rekenschap geef van mijn

doen en laten – zo noem je dat toch, geloof ik? – op woensdagavond.'
'Dat klopt, miss.'
'Op woensdagavond...' Moeizaam begon Lewis te schrijven.
'Zal ik het voor u opschrijven?' vroeg Jennifer.
'Nee, dat zal ik zelf moeten doen, miss, als u het niet erg vind. Ik ben geen taalkundige, maar ik doe mijn best.' Er flikkerde even waakzaamheid op in Jennifers ogen. Die verdween meteen weer, maar was wel degelijk aanwezig geweest en Lewis had het gezien.
Een half uur later was Jennifers getuigenverklaring gereed. Ze las hem door, vroeg of ze er nog een paar dingen in mocht verbeteren – 'alleen maar in de spelling, brigadier' – en was het erover eens dat ze er haar handtekening onder kon zetten.
'Ik laat hem nu alleen nog even uittypen, miss.'
'Hoelang duurt dat?'
'O, maar tien minuten.'
'Zal ik het voor u doen? Het kost mij maar twee minuten.'
'Nee, dat zullen we zelf moeten doen, miss, als u het niet erg vindt. We hebben onze voorschriften, weet u.'
'Ik wilde alleen maar behulpzaam zijn.' Jennifer voelde zich meer ontspannen.
'Zal ik nog een kop koffie voor u halen, miss?'
'Ja, lekker.' Lewis stond op en liep weg.
Agente Fuller bleek opvallend zwijgzaam en Jennifer zat daar ruim tien minuten in stilte. Toen eindelijk de deur openging, kwam Morse binnen met een keurig getypt vel klein-foliopapier.
'Goedemiddag, miss Coleby.'
'Goedemiddag.'
'We hebben elkaar al eerder ontmoet.' Het tij van de ontspanning dat met Lewis' vertrek een hoog peil had bereikt, sloeg snel om in eb, zodat het knarsende kiezelstrand van haar zenuwen bloot kwam te liggen. 'Ik ben naar de bibliotheek gelopen, nadat ik gisteren bij u was geweest,' vervolgde Morse.
'U loopt zeker graag.'
'Mij is verteld dat lopen het geheim is van de eeuwigdurende middelbare leeftijd.'

Het kostte moeite, maar Jennifer glimlachte.
'Het is een plezierige wandeling, vindt u niet?'
'Dat hangt af van de richting waarin je loopt,' zei Morse.
Jennifer keek hem oplettend aan en net als Lewis eerder ontging ook Morse de onverwachte reactie niet. 'Tja, ik wil nog wel graag even met u blijven praten, maar ik hoop dat u me toestaat de getuigenverklaring te ondertekenen en me dan naar huis laat gaan. Ik moet vóór morgen nog een aantal dingen doen.'
'Ik hoop dat brigadier Lewis heeft gezegd dat het niet in onze macht ligt u tegen uw wil vast te houden?'
'O, ja, dat heeft de brigadier me verteld.'
'Maar ik ben u erg dankbaar als u erin toestemt nog even te blijven.'
De achterkant van Jennifers keel was droog. 'Waarvoor?' Haar stem klonk opeens een beetje heser.
'Omdat ik hoop,' zei Morse rustig, 'dat u niet zo dwaas zult zijn uw handtekening te zetten onder een getuigenverklaring waarvan u weet dat hij niet klopt' - Morse begon luider te praten - 'en waarvan ik weet dat hij niet klopt.' Hij gaf haar niet de kans om te reageren. 'Vanmiddag heb ik opdracht gegeven u te halen voor verhoor, omdat ik vermoedde, en nog steeds vermoed, dat u informatie achterhoudt die van groot belang kan zijn voor het achterhalen van de identiteit van de moordenaar van Sylvia Kaye. Dat is een hoogst ernstig misdrijf, zoals u weet. En het ziet er nu naar uit dat u dwaas genoeg bent om een nog grotere stommiteit uit te halen door de politie informatie te verschaffen die niet alleen onzorgvuldig is maar ook aantoonbaar niet klopt, wat een even misdadig en ernstig misdrijf is.' Morses stem was uitgeschoten en hij besloot met een flinke klap met zijn vuist op de tafel tussen hen in.
Maar Jennifer leek er niet zo van onder de indruk als hij had verwacht.
'Wat ik u heb verteld, gelooft u niet?'
'Nee.'
'Mag ik vragen waarom niet?' Morse was nogal verbaasd. Het was hem duidelijk dat het meisje haar koelbloedigheid had hervonden, voor zover ze die al kwijt was geweest. In duidelijke

bewoordingen vertelde hij haar geduldig dat ze woensdagavond onmogelijk haar bibliotheekboeken kon hebben gehaald, en dat daarvan zonder gerede twijfel het bewijs kon worden geleverd.
'O.' Morse wachtte tot zij het woord weer nam. Over haar vorige vraag was hij enigszins verbaasd geweest, maar de vraag die nu kwam, deed hem versteld staan. 'Waar was *u* vorige week woensdagavond mee bezig ten tijde van de moord, inspecteur?'
Goeie vraag. Hij wist het niet precies meer, maar dat toegeven zou bepaald niet bevorderlijk zijn voor de situatie waarin hij nu verkeerde. Hij loog. 'Ik zat naar een werk van Wagner te luisteren.'
'Welk werk van Wagner?'
'*Das Rheingold.*'
'Kan iemand uw verhaal bevestigen? Is er iemand getuige van geweest?'
Morse capituleerde. 'Nee.' Het ging niet van harte, maar hij kon niet anders dan het meisje bewonderen. 'Nee,' zei hij nogmaals, 'ik woon alleen. Ik ontvang zelden bezoek – geen van beide seksen doet me dat genoegen.'
'Wat triest.'
Morse knikte.
'Ja. Maar het verschil is, miss Coleby, dat ik er vooralsnog niet van word verdacht me in vrouwenkleren te hebben gehuld en samen met Sylvia Kaye op de hoek van Woodstock Road te hebben staan liften.'
'*Ik* wel?'
'U wel.'
'Maar ik mag toch aannemen dat ik er niet van word verdacht Sylvia verkracht en vermoord te hebben?'
'Een beetje intelligentie kent u me toch wel toe, hoop ik?'
'U begrijpt het niet.'
'Wat wilt u daarmee zeggen?'
'Is bij u niet de gedachte opgekomen dat Sylvia het waarschijnlijk fijn vond om te worden verkracht?' Haar stem klonk bitter en haar wangen waren rood geworden.
'Daarmee lijkt u aan te nemen dat ze werd verkracht voordat ze

stierf, of niet?' zei Morse kalm. 'Neem me niet kwalijk - dat was een afschuwelijke opmerking.'
Morse was nu in het voordeel en maakte daar gebruik van. 'Het is mijn taak uit te vinden wat er is gebeurd vanaf het moment dat Sylvia en haar vriendin - *en ik geloof dat u dat was* - aan de andere kant van de Woodstock-rotonde in een rode auto stapten. Om een of andere reden heeft dat andere meisje zich niet gemeld en volgens mij is het niet erg moeilijk erachter te komen om welke reden dat is. *Ze kende de bestuurder van de auto* en ze beschermt hem. Ze is waarschijnlijk doodsbang. Maar Sylvia Kaye was ook doodsbang, miss Coleby. Erger nog. Ze kreeg zo'n woeste klap achter op haar hoofd, dat haar schedel op verschillende plaatsen was gebroken en in haar hersenen botsplinters werden aangetroffen. Hoe klinkt u dat in de oren? Aangenaam? Het is een afstotend, afschuwelijk gezicht, moord, en in geval van moord is het probleem dat de enige goede getuige van de misdaad doorgaans uit de weg wordt geruimd - het slachtoffer. Dat betekent dat we afhankelijk zijn van andere getuigen, in de meeste gevallen normale gewone mensen die op een gegeven moment ongewild bij de ellendige zaak betrokken raken. Ze worden bang: oké. Ze willen er liever niet in gemengd worden: oké. Ze vinden dat het hun niet aangaat: oké - maar wij moeten erop vertrouwen dat sommigen van hen voldoende lef en fatsoen hebben om zich te melden en ons te vertellen wat ze weten. En dat is de reden dat u hier zit, miss Coleby. Ik moet de waarheid weten.'
Hij pakte de getuigenverklaring die Jennifer had afgelegd en scheurde deze aan stukken. Maar hij kon niet haar gedachten lezen. Terwijl hij zijn zegje had gedaan, had zij door het raam van het kleine vertrek naar buiten gestaard, naar de binnenplaats waar ze de vorige dag met haar collega's van kantoor had gestaan.
'Nou?'
'Het spijt me, inspecteur. Ik moet u een heleboel problemen hebben bezorgd. Ik ben op donderdag naar de bibliotheek geweest.'
'En op woensdag?'

'Ben ik wel weg geweest. En ik ben ook inderdaad richting Woodstock gereden – maar ik ben niet helemaal tot aan Woodstock doorgereden. Ik stopte bij de Golden Rose in Begbroke – dat is hiervandaan zeg maar een kilometer of drie voor Woodstock. Ik ben de bar binnengegaan en heb er iets te drinken besteld – een pilsje met citroenlimonade. Dat heb ik in de tuin opgedronken en daarna ben ik naar huis gegaan.'

Morse keek haar ongeduldig aan. 'In het donker, neem ik aan?'

'Ja. Om ongeveer halfacht.'

'O – ga door.'

'Wat bedoelt u met "ga door"? Er valt verder niets meer te vertellen.'

'Wilt u me laten...' stak Morse op woedende toon van wal. 'Haal Lewis!' blafte hij. Agente Fuller had door dat er een orkaan dreigde en holde het kamertje uit.

Jennifer leek onbewogen en Morses woede bedaarde.

Jennifer was degene die de stilte verbrak. 'Wees niet al te boos op me, inspecteur.' Ze sprak zo zacht, dat het bijna niet eens meer fluisteren was te noemen. Haar hand ging naar haar voorhoofd en ze sloot even haar ogen. Morse keek nu voor het eerst aandachtig naar haar. Het was hem nog niet eerder opgevallen hoe aantrekkelijk ze kon zijn. Ze droeg een lichtblauwe zomerjas over een zwarte jumper en bijpassende zwarte handschoenen. Ze had hoge jukbeenderen en een levendig gezicht, waarin haar mond een klein stukje openstond en een rechte rij schone, witte tanden te zien gaf. Morse vroeg zich af of hij verliefd op haar zou kunnen worden en kwam als gewoonlijk tot de slotsom dat het antwoord bevestigend was.

'Ik was zo in de war, en zo bang.'

Hij moest zich iets naar voren buigen om haar woorden te kunnen verstaan. Hij zag dat Lewis was binnengekomen en gebaarde dat hij moest gaan zitten.

'Het komt allemaal wel goed, dat zult u zien.' Morse keek Lewis aan en knikte toen de brigadier voorbereidingen trof om de tweede versie van de getuigenverklaring van miss Jennifer Coleby te noteren.

'Waarom was u bang?' vroeg Morse vriendelijk.

'Nou, het is allemaal zo vreemd gegaan - het lijkt wel of ik niet goed wakker meer kan worden sinds... Ik schijn niet meer te weten wat echt is en wat niet. Er schijnen zoveel vreemde dingen te gebeuren.' Ze zat nog steeds met haar hand aan haar hoofd wezenloos naar het tafelblad te staren. Morse keek Lewis even aan. Het was bijna zover.
'Wat bedoelt u daarmee - met "vreemde dingen"?'
'Eigenlijk zo'n beetje alles. Ik begin me af te vragen of ik wel weet waar ik mee bezig ben. Waarom zit ik hier eigenlijk? Ik dacht dat ik u de waarheid over woensdag had verteld - en nu besef ik dat dat niet zo was. En er was nog iets vreemds.' Morse hield haar nauwlettend in het oog. 'Ik kreeg zaterdagochtend een brief waarin stond dat de keus voor een bepaalde baan niet op mij was gevallen, *terwijl ik me niet eens kan herinneren dat ik naar de baan heb gesolliciteerd.* Wat denkt u, ben ik gek aan het worden?'
Zo ging haar verhaal nu dus luiden! Morse ervoer dezelfde kwelling als een bridgespeler wiens aas net door twee troefkaarten is gedekt. De twee politiemannen keken elkaar aan en beiden waren ze zich ervan bewust dat Jennifers ogen op hen rustten.
'Eh, tja.' Morse verborg zijn teleurstelling en ongeloof zo goed als hij kon. 'Laten we het nu gewoon nog maar eens over woensdagavond hebben, ja? Kunt u nog een keer zeggen wat u daarnet tegen mij heb gezegd? Ik wil dat brigadier Lewis het opschrijft.' Zijn stem klonk geërgerd.
Jennifer herhaalde haar korte verklaring en net als de inspecteur daarnet keek Lewis alsof hij het even allemaal niet snapte.
'Bedoelt u,' zei Morse, 'dat miss Kaye doorreisde naar Woodstock, maar dat u niet verder kwam dan Begbroke?'
'Ja, dat is precies wat ik bedoel.'
'U hebt aan die man gevraagd u in Begbroke af te zetten?'
'Welke man - waar hebt u het over?'
'De man die u een lift gaf.'
'Maar ik heb helemaal geen lift gekregen naar Begbroke.'
'*Wat*?' gilde Morse.
'Ik zei dat ik helemaal geen lift heb gekregen. Het is trouwens

ook niet mijn gewoonte om te gaan liften. Ik geloof dat u nog iets moet weten, inspecteur. *Ik heb een auto.*'

Terwijl Lewis de tweede getuigenverklaring liet uittikken, trok Morse zich terug op zijn kamer. Had hij het de hele tijd al bij het verkeerde eind gehad? Als waar was wat Jennifer nu beweerde, verklaarde dat in elk geval wel al een aantal dingen. Op dezelfde weg, op dezelfde avond en een van haar vriendinnen bij haar op kantoor vermoord? Logisch dat ze dan bang was. Maar was dat een afdoende verklaring voor haar ontwijkende antwoorden? Hij reikte naar de telefoon en belde de Golden Rose in Begbroke op. De joviaal klinkende waard wilde graag behulpzaam zijn. Zijn vrouw had die woensdag achter de bar gestaan. Kon ze misschien naar het hoofdbureau van politie te Kidlington komen? Ja. De waard zou haar er zelf heenrijden. Mooi. Tot over een kwartier dus.

'Herinnert u zich dat vorige week woensdag een jongedame de bar binnenkwam? In haar eentje? Om ongeveer half acht?'
De rijkelijk van ringen en boezem voorziene dame was er niet zeker van.
'Maar het gebeurt toch niet vaak dat een vrouw alleen binnenkomt?'
'Niet vaak, nee. Maar zo ongewoon is dat tegenwoordig niet meer, inspecteur. U zou versteld staan.'
Morse meende dat nog maar weinig hem versteld kon doen staan. 'Zou u zo'n vrouw herkennen? Zo'n vrouw die op een avond zomaar kwam binnenlopen?'
'Dat denk ik wel, ja.'
Morse belde Lewis op, die nog steeds samen met Jennifer in het verhoorkamertje zat te wachten.
'Breng haar naar huis, Lewis.'
De waardin van de Golden Rose stond naast Morse bij de informatiebalie, toen Jennifer met Lewis langsliep.
'Is ze dat?' vroeg hij. Het was zijn op een na laatste vraag.
'Ja, ik geloof van wel.'
'Ik ben u bijzonder dankbaar,' loog Morse.

'Ik ben blij dat ik u heb kunnen helpen, inspecteur.'
Morse liet haar uit. 'Weet u toevallig ook nog wat ze bestelde? Nee, zeker.'
'Jawel, dat weet ik, geloof ik, wel, inspecteur. Volgens mij was het een pils met citroenlimonade. Ja, pils met citroenlimonade.'

Een half uur later kwam Lewis terug. 'Geloofde u haar, sir?'
'Nee,' zei Morse. Hij voelde zich meer gefrustreerd dan gedeprimeerd. Hij besefte dat hij er dankzij zijn eigen tekortkomingen al een flinke warboel van had gemaakt. Hij was niet ingegaan op het aanbod om hem extra personeel ter beschikking te stellen en dat betekende dat er van de vele mogelijke aanwijzingen nog maar weinig waren gecontroleerd en gedocumenteerd. Sanders bijvoorbeeld was voor elke goed opgeleide agent het meest voor de hand liggende doelwit van een onverwijld, grondig onderzoek, maar hij had de man tot nog toe bijna volledig genegeerd. Ja, zelfs een oppervlakkige evaluatie van de manier waarop hij de zaak tot nog toe had behandeld, zou een willekeur in zijn benadering blootleggen die bijna aan nalatigheid grensde. Vorige maand had hij nog in eigen persoon voor collega-rechercheurs een lezing gehouden over het onderzoeken van strafbare feiten, hoe uiterst belangrijk het was om *helemaal vanaf het begin* de meest strikte en meest gedisciplineerde grondigheid ten aanzien van alle aspecten van het onderzoek te betrachten.
Maar hoe het ook was, intuïtief wist hij (een procedure die hij tijdens de lezing niet had genoemd) dat hij ergens toch nog op het goede spoor zat; dat hij er goed aan had gedaan Jennifer te laten gaan; dat bij zijn laatste schot de bal van de doellijn was geschopt, maar dat het doelpunt er toch vroeg of laat zou komen.

Het eerste uur daarna wisselden de twee politiemannen aantekeningen uit over het verhoor van die middag. Vol ongeduld peilde Morse Lewis' reacties op de ontwijkende antwoorden en de blikken en gebaren van het meisje.
'Wat denk je, Lewis, liegt ze?'
'Daar ben ik nu niet meer zo zeker van.'

‘Kom nou toch, man. Als je zo oud bent als ik, herken je een leugenaar al op kilometers afstand!’

Lewis hield zijn twijfels; hij was trouwens ook een paar jaar ouder dan Morse. Er viel een stilte tussen hen.

‘Hoe moet het nu dan verder?’ vroeg Lewis ten slotte.

‘Ik denk dat we over de andere flank gaan aanvallen.’

‘O ja?’

‘Ja. Ze dekt een man. Waarom? Waarom? Dat hebben we ons tot nog toe afgevraagd. En weet je wat het onderzoek langs die lijn ons heeft opgeleverd? Niets. Ze liegt, zoveel is zeker, maar we hebben haar niet op de knieën gekregen - nog niet. Ze is zo’n goede leugenaarster, dat ze elke stomme idioot zover krijgt dat hij haar gelooft.’

Lewis begreep wat daaruit voortvloeide. ‘Misschien vergist u zich, sir.’

Morse vroeg zich af of dat zo was, maar praatte snoevend door. ‘Nee, nee en nog eens nee. We hebben de zaak alleen vanuit de verkeerde hoek aangepakt. Mij is verteld, Lewis, dat je de Eiger kunt beklimmen met je pantoffels aan, als je de makkelijkste weg neemt.’

‘Wilt u daarmee zeggen dat we hebben geprobeerd deze zaak op de moeilijke manier op te lossen?’

‘Nee, ik wil daarmee nu net het tegenovergestelde beweren. We hebben geprobeerd die op de makkelijke manier op te lossen. Nu moet we het op de moeilijke manier proberen te doen.’

‘Hoe doen we dat, sir?’

‘We hebben geprobeerd uit te vissen wie het andere meisje was, omdat we dachten dat zij ons naar de man kon leiden die we willen hebben.’

‘Maar we hebben haar volgens u toch al gevonden?’

‘Ja, maar ze is ons te slim af - en ze is ook bijzonder trouw. Haar is opgedragen haar mond dicht te houden - niet dat ze daar echt toe aangespoord hoefde te worden, als je het mij vraagt. Maar wij staan vooralsnog met onze rug tegen de muur en er is maar één alternatief. Leidt het meisje ons niet naar de man? Goed, dan gaan we op zoek naar de man.’

‘Hoe pakken we dat aan?’

'Daar hebben we wat Aristotelische logica voor nodig, denk je ook niet?'
'Als u dat zegt, zal dat wel zo zijn, sir.'
'Morgenochtend zal ik je er alles van vertellen,' zei Morse.
Lewis bleef even stilstaan toen hij bij de deur was aangeland. 'Die identificatie van miss Coleby, sir, vond u die bevredigend? Gelooft u die waardin op haar woord?'
'Waarom niet?'
'Tja, het was allemaal wat achteloos, vindt u niet? Ik bedoel maar: het ging niet bepaald precies volgens het boekje.'
'Welk boekje?' vroeg Morse.
Lewis kwam tot de slotsom dat zijn gedachten in één dag al warrig genoeg waren geworden en hij vertrok.
Morses gedachtengang was eigenlijk ook niet meer kristalhelder. Toch dook uit de ingewikkelde verwarring alweer de kiem op van een nieuw idee. Vanaf het begin had hij het vermoeden gehad dat Jennifer Coleby loog; hij zou er zijn reputatie als rechercheur om verwed hebben. Toch had hij het misschien wel bij het verkeerde eind gehad, althans in één opzicht. Hij had geprobeerd aan te tonen dat Jennifers verhaal niet klopte, maar had hij daarvoor niet *het verkeerde punt* uitgekozen?
Stel dat alles wat ze hem had verteld, volkomen waar was...?
Als langsgolvende paarden van een draaimolen op de kermis zag hij de argumenten voor en tegen doorlopend aan zich voorbijgaan, tot het allemaal zo door elkaar heen begon te lopen dat het hem zelf ook duizelde en hij wist dat het tijd werd om het allemaal even te laten rusten.

10 woensdag 6 oktober

In de cocktailbar van de Black Prince was het om 11.00 v.m., een uur na openingstijd, zelden druk en de ochtend van woensdag 6 oktober vormde daarop geen uitzondering. De door de moord veroorzaakte schokgolf was intussen aan het wegebben en in de Black Prince begon alles al snel weer normaal te verlopen. Het was verbazingwekkend hoe snel zoiets weer naar de achtergrond verdween, dacht Mrs. Gaye McFee, terwijl ze het zoveelste martiniglas glanzend wreef en netjes terugzette op zijn plek. Maar eigenlijk ook weer niet: juist die ochtend was op Heathrow een binnenkomend lijnvliegtuig neergestort en daarbij waren negenenzeventig mensen omgekomen. En als je naging wat er elke dag op de wegen...

'Wat zal het zijn, jongens?' De spreker was een gedistingeerd uitziende, gezette man van een jaar of zestig met zilvergrijs haar en een rood gezicht. Gaye had hem al vele malen bediend en wist dat het professor Tompsett was (Felix voor zijn vrienden, die hij volgens zeggen niet in groten getale had), emeritus professor in de Elizabethaanse literatuur aan de universiteit van Oxford en de onlangs teruggetreden plaatsvervangend rector van Lonsdale College. Hij was in het gezelschap van een broodmagere man met baard van in de twintig en een vriendelijk ogende man met bril van een jaar of vijfenveertig en zij bestelden alledrie gin met tonic.

'Drie gins met tonic.' Tompsett had een scherp en gebiedend klinkende stem en Gaye vroeg zich af of hij zijn bediende op het College 's ochtends in zijn koffie liet roeren.

'Hoop dat je het als jongeman bij ons naar je zin zult hebben, Melhuish!' Tompsett legde een brede hand op de schouder van zijn metgezel met baard en was algauw in zaken verdiept die Gaye niet meer kon volgen. Er was een groep Amerikaanse militairen binnengekomen en zij begonnen onmiddellijk bij haar informatie in te winnen over de verschillende merken bier, het menu, de pas gepleegde moord en haar privé-adres. Maar zij amuseerde zich wel met Amerikanen en het duurde dan ook niet lang of ze lachte welgemoed met hen mee. De biertap produceerde net als altijd weer meer schuim dan een vloeibare substantie en Gaye zag dat het brildragende lid van het driemanschap uit Oxford geduldig bij het andere uiteinde van de bar stond te wachten.

'Ogenblikje geduld nog, sir.'

'Maak je niet druk. Zoveel haast heb ik niet.' Hij glimlachte kalm naar haar en ze zag heel even iets flikkeren in zijn donkere ogen en haastig rekende ze af met de gemoedelijke Amerikanen.

'Zeg het nu maar, sir.'
'We willen alledrie graag nog een keer hetzelfde. Drie gins met tonic.' Gaye bekeek hem met belangstelling. De waard had haar ooit verteld dat als iemand 'gins met tonic' bestelde in plaats van 'gin met tonic' zoals dat bijna altijd gebeurde, die persoon echt lid was van de wetenschappelijke staf van een universiteit. Ze wou dat hij nog iets zei, want zijn stem met dat speciale Gloucestershire-accent klonk haar aangenaam in de oren. Maar dat deed hij niet. Toch bleef ze aan zijn kant van de bar bezig de martiniglazen voorzichtig nog eens glanzend te wrijven.
'Waar kunnen we jou een plezier mee doen, lekker dier?' en meer van dat soort innemende invitaties kwam regelmatig uit de mond van haar andere gasten, maar Gaye wees hun avances rustig en tactvol van de hand. Ze hield liever de man uit Gloucestershire in de gaten. Tompsett was goed op dreef.
'Hij kwam niet eens naar mijn inaugurele rede in de tijd dat hij een hogere positie had. Wat zeg je me daarvan, Peter, ouwe jongen?'
'Dat neem ik hem niet echt kwalijk,' zei Peter. 'We zitten allemaal boven ons eigen proza te kwijlen, Melhuish, en we maken onszelf wijs dat het toch echt allemachtig mooi is.'
De professor in Elizabethaanse literatuur lachte welgemoed en dronk zijn glas half leeg. 'Ooit eerder hier geweest, Melhuish?'
'Nee. Wel een leuke tent, hè?'
'Enigszins berucht nu, weet je. Vorige week werd hier een moord gepleegd.'
'Ja, daar heb ik over gelezen.'
'Jonge blondine. Verkracht en vermoord, hier pal achter op de binnenplaats. Knap jong ding – als je de kranten mag geloven.'
Melhuish, die pas tot junior fellow op Lonsdale was benoemd, heel intelligent was en dolgraag een goede indruk wilde maken, begon zich wat meer op zijn gemak te voelen in het bijzijn van zijn oudere collega's.
'Ze werd dus ook verkracht?'
Tompsett dronk zijn glas leeg. 'Men zegt van wel. Maar ik heb persoonlijk altijd zo mijn twijfels over die gevallen van verkrachting.'

'Confucius, die beweert dat een meisje met opgeschorte rok sneller loopt dan een man met de broek op zijn hielen, eh?'
De twee oudere mannen glimlachten beleefd om dat afgezaagde grapje, maar Melhuish wenste dat hij het niet nogmaals had opgedist: het viel uit de toon en klonk te familiair. Gaye hoorde de heldere stem van Tompsett het gesprek redden. Dat is geen domme man, dacht ze.
'Ja, ik ben het wel met je eens, Melhuish. We moeten niet te serieus worden als het over verkrachting gaat. Absoluut niet. Gebeurt dagelijks. Ik weet nog dat hier een paar jaar geleden een jong grietje was - jij weet vast wel wie ik bedoel, Peter - opgewekt, vlug van begrip, ijverig, geweldig kind. Ze deed eindexamen in acht vakken en was voor elk vak drie uur bezig. Op donderdagochtend had ze voor de zevende keer examen gedaan - nee, dat was op vrijdag, of was het nu toch... nou ja, doet er niet toe. Ze deed 's ochtends voor de op een na laatste keer examen en hoefde die middag dan nog maar één horde te nemen. Nou, ze ging op haar kamer in Headington lunchen en - ik mag hangen als het niet waar is - werd op de terugweg verkracht. Denk je eens in wat dat voor een schok voor het arme kind geweest moet zijn. Weet je het nog, Peter? Hoe dan ook, ze stond erop toch dat laatste examen te doen en raad eens wat, Melhuish - ze maakte dat laatste examen beter dan alle andere!'
Melhuish lachte hartelijk en pakte de lege glazen.
'Dat verzin je ter plekke,' mompelde Peter.
'Ja, maar het was toch een prima verhaal?' zei Tompsett.
Gaye raakte een paar minuten de draad van hun gesprek kwijt, en toen ze die weer oppakte, had het duidelijk een wat serieuzere wending genomen. Werd ook niet altijd gezegd dat gin een kalmerende uitwerking heeft?
'... hoeft niet per se te zijn verkracht *voordat* ze werd vermoord, hoor.'
'Hè, houd daar nu maar over op, Felix.'
'Beetje weerzinwekkend, geef ik toe. Maar we hebben toch allemaal over de zaak Christie gelezen? Wat een walgelijke, oude smeerlap was dat!'
'Denken ze dat hier ook iets dergelijks is gebeurd?' vroeg

Melhuish. 'Weet je dat ik je dat misschien had kunnen vertellen,' zei Tompsett. 'Ouwe Morse - prima vent! - heeft de leiding bij deze zaak en hij is al meermalen een avond te gast geweest op ons College. Vanavond was hij ook uitgenodigd, maar hij moest afzeggen. Heeft een ongelukje gehad.' Tompsett lachte. 'Is van een trap gevallen! Allemachtig, wie gelooft dat nou? Een vent die de leiding heeft van het onderzoek inzake een moord, valt van zo'n stomme trap!' Tompsett vond het hoogst amusant.

De Amerikanen hadden alle hoop opgegeven en er zat intussen verder niemand meer aan de bar. De drie mannen liepen naar de tafel bij het raam.

'Zeg, het lijkt me het beste dat we nu eens kijken wat ze ons te bieden hebben als lunch,' zei Peter. 'Ik haal wel even de menukaart.'

Gaye stak hem de grote, duur ogende map opengeslagen toe, zoals een neofiet dat wat op een dag is ingezameld, overhandigt aan een eerbiedwaardige priester.

Peter keek de map snel door en daarbij vertoonde zijn gezicht een licht cynische uitdrukking. Hij keek op en zag dat Gaye hem in het oog hield. 'Wat beveel je aan: "Dons Delicatesse" of "Proctors Plezier"?' vroeg hij op gedempte toon.

'Ik zou de steak niet nemen als ik u was,' antwoordde ze even zacht.

'Ben je vanmiddag vrij?'

Ze schatte de situatie een paar seconden in voor ze bijna onwaarneembaar ja knikte. 'Hoe laat zal ik je oppikken?'

'Om drie uur?'

'Waar?'

'Hier voor de deur.'

Om vier uur lagen de twee naast elkaar in het ruime tweepersoonsbed in Peters kamers in Lonsdale College. Zijn linkerarm lag rond haar hals, zijn rechterhand streelde voorzichtig haar borsten.

'Geloof jij dat een jong meisje verkracht kan worden?' vroeg hij.

Gaye dacht over het probleem na. Naar lichaam en geest tevreden lag ze een tijdje naar het bewerkte plafond te kijken. 'Dat moet voor de man knap lastig zijn.'
'Mm.'
'Heb jij ooit een vrouw verkracht?'
'Ik zou jou kunnen verkrachten, elke dag van de week.'
'Maar ik zou het niet toelaten. Ik zou helemaal geen weerstand bieden.'
Hij kuste haar opnieuw op de volle lippen, zij draaide zich gretig naar hem toe.
'Peter!' fluisterde ze in zijn oor, 'verkracht me nog 's!'
Opeens ging de telefoon over, schel en indringend in de stille kamer. Verdraaid!
'O, hallo, Bernard. Wat? Nee. Zit mijn tijd te verlummelen, hoor. Wat? O, vanavond. Ja, om een uur of zeven, geloof ik. Loop even langs en haal me op, dan pakken we er samen snel nog een. Ja. Felix? O, die heeft zich al flink vol laten lopen. Ja. Ja. Nou, verheug ik me op. Ja. Dag.'
'Wie is Bernard?'
'O, een lid van de vakgroep Engels hier. Prima vent. Zijn timing is alleen bar slecht.'
'Beschikt hij ook over een paar kamers zoals jij hier?'
'Nee, nee. Hij is getrouwd, Bernard. Woont in het noordelijk deel van Oxford. Rustige vent.'
'*Hij* verkracht dus geen jonge meisjes?'
'Wat, Bernard? Goeie genade, nee zeg. Alhoewel... nee, ik denk van niet...'
'Jij bent ook een rustige man, Peter.'
'Ik?' Ze liefkoosde hem en daarmee kwam een abrupt, maar definitief einde aan het gesprek over Mr. Bernard Crowther, een rustige getrouwde man uit het noordelijk deel van Oxford.

2 SPEURTOCHT NAAR EEN MAN

11 woensdag 6 oktober

De Botley Road begint onder een lage spoorbrug (doorrijhoogte drie meter vijftig) en loopt vandaar benauwd en smal een paar honderd meter door langs haveloze rijen huurhuizen die in hun vervallen staat dicht opeen langs deze doorgaande weg staan. Maar dan verbreedt de Botley Road zich geleidelijk aan tot een ruime, tweebaans verkeersweg die alle verkeer richting Faringdon, Swindon en de verschillende gehuchten ertussenin verwerkt. Hier staan de huizen niet meer zo heel dicht op elkaar en verschillende zakenlieden uit Oxford hebben zich er gevestigd.
Chalkley and Sons is een langgerekt gebouw van twee verdiepingen waarin een speciaalzaak is gevestigd voor huishoudelijke artikelen, tegelwerk, behang, verf en meubelen. Het is een zaak met een goede naam, die wordt begunstigd door vele (onder de prijs werkende) timmerlieden en (onder de prijs werkende) binnenhuisarchitecten en bijna alle doe-het-zelvers uit Oxford. Helemaal achter in de toonzalen op de begane grond hangt een bordje waarop de weinige klanten die dat zelf nog niet hebben ontdekt, ervan op de hoogte worden gebracht dat je, om bij de formicawerkplaats te komen, naar buiten moet lopen, de binnenplaats over, en dan de tweede straat links inslaan.
In die werkplaats is een jongeman bezig een grote plaat formica op een houten tafel te leggen, een houten tafel waarin in het midden een diepe, forse, overlangse gleuf is uitgesneden. Hij trekt een kleine, automatische zaag over soepellopende glijders naar zich toe en zet de met boze bedoelingen bijgevijlde tanden van de zaag zorgvuldig op de lijn die hij er met potlood op heeft getrokken. Handig tovert hij een stalen liniaal te voorschijn om zijn meting te controleren. Hij schijnt tevreden te zijn met een snelle berekening uit het hoofd, draait een schakelaar om en zaagt te midden van een irriterend gekerm handig en bijzonder snel door het lastige materiaal. Hij geniet ervan dat het zo snel gaat! Verschillende keren herhaalt hij de verrichting: in de lengterichting, zijwaarts, smal, breed, en stapelt de uitgemeten

stroken netjes op tegen de muur. Hij kijkt op zijn horloge: het is bijna 12.45 n.m. Een uur en een kwartier. Hij doet de schuifdeuren achter zich op slot, begeeft zich naar het toilet voor het personeel, wast zijn handen met zeep, kamt zijn haar en keert het pand van Mr. Chalkley en zijn zonen met weinig tegenzin de rug toe. Hij geeft een klapje op een pakketje in de rechterzak van zijn jas die er enigszins bol van staat. Het zit er nog in.
Hij besluit de bus te nemen, ook al is het hooguit tien minuten lopen naar de plek waar hij nu eerst heen wil. Hij steekt over en overschrijdt daarbij net zoveel lijnen - doorlopende, onderbroken, brede, smalle, gele, witte - als je in het verklarende lijstje op een stafkaart kunt vinden. De gemeenteraad van Oxford heeft namelijk haar lange uitputtingsslag tegen de particuliere automobilist verhevigd en langs de Botley Road een stelsel van alleen voor de bus bestemde rijstroken gecreëerd. Er komt al bijna meteen een bus aan en de uit slechts één stugge Pakistani bestaande bemanning kwijt zich zwijgend van zijn veelvuldige taken. De jongeman hoopt altijd dat de bus redelijk vol zit, zodat hij naast een van de jonge meisjes met minirok en knielaarzen aan kan gaan zitten die terugkeren naar het stadscentrum. Maar vandaag is de bus bijna leeg. Hij gaat zitten en kijkt werktuiglijk om zich heen.
Hij stapt uit bij de halte voor de spoorbrug (waar de bus naar rechts moet uitwijken om te voorkomen dat hij wordt gescalpeerd door de ijzeren steunbalken), loopt naar een groezelig straatje achter de armoedige rij huizen langs en gaat een winkeltje binnen. Op de smerige, afbladderende voorgevel van de winkel van Mr. Baines staat boven de deur 'verkoop van kranten, tijdschriften en rookartikelen'. Maar de zaak van Mr. Baines is van dien aard dat hij geen horden brutale jongens en meisjes in dienst heeft om zijn ochtend- en avondkranten te bezorgen en zijn voorraad rookartikelen bestaat ook al niet uit meer dan een stuk of zes meest verkochte sigarettemerken. Verjaarskaarten, ijsjes en snoepgoed verkoopt hij evenmin. Mr. Baines - ja, hij is een sluwe man - gaat ervan uit dat één snelle, ongecompliceerde transactie hem meer winst oplevert dan het dagelijks rondbrengen van kranten of de verkoop van duizend

sigaretten. Want Mr. Baines doet in harde pornografie.

Aan de rechterkant van de smalle winkel staan enkele klanten. Ze bladeren een verbijsterend aantal verschillende, opzichtige, op glanzend papier gedrukte, populaire seksbladen door, met namen die gonzen van zoete verrukkingen: *Huid* en *Haar* en *Liefde* en *Lust* en *Flirt* en *Franje*. Het figuur van de schaars geklede modellen die de omslag van deze werken sieren, is voluit en obsceen uitdagend. Toch wekken degenen die daar komen grasduinen de indruk zich te vervelen, zo ongeïnteresseerd en nonchalant slaan ze de pagina's om. Maar dat is maar schijn. Een door Mr. Baines eigenhandig geschreven kaartje waarschuwt elke mogelijke verspreider van deze exotische vruchten met de woorden 'de boeken moeten gekocht worden'. En Mrs. Baines zit op haar harde kruk achter de toonbank met haar hardvochtige ogen al haar toegewijde klanten in de gaten te houden. De jongeman werpt slechts een vluchtige blik op de galerij van opdringende naaktheid rechts van hem en loopt rechtstreeks naar de toonbank. Hij vraagt hoorbaar om een pakje met twintig Embassy's en duwt zijn pakketje naar Mrs. Baines toe. Deze dame reikt op haar beurt onder de toonbank en schuift de jongeman een zelfde pakketje met bruin papier erom toe. Wat zou Mr. Baines zelf dat goed hebben gevonden! Het is één snelle, ongecompliceerde transactie.

De jongeman gaat bij Bookbinder's Arms aan de overkant naar binnen en bestelt een broodje kaas en een glas bier. Hij wordt net als altijd geplaagd door ongeduld, maar verkneukelt zich inwendig al vol verwachting. Het duurt niet lang meer of het is vijf uur en de reis naar Woodstock verloopt nu stukken sneller, sinds het nieuwe gedeelte van de rondweg is opengesteld. Zijn moeder zal zijn warme maaltijd klaar hebben staan en daarna zal hij alleen zijn. Op zijn eigen perverse manier is hij bijna al bij voorbaat bezig van alles te genieten, omdat het de laatste paar maanden een wekelijks ritueel is geworden. Duur, dat wel, maar de regeling is niet geheel onbevredigend, want voor alles wat wordt teruggegeven, krijg je de helft van de prijs terug. Hij drinkt zijn glas bier leeg.

Soms voelt hij zich nog (een beetje) schuldig – maar niet zo erg

meer. Hij was misschien ooit in bepaalde opzichten fijngevoelig, maar hij weet maar al te goed dat zijn hang naar pornografie een verruwende uitwerking op hem heeft. Als een kwaadaardig kankergezwel heeft zijn gehunker daarnaar zich genesteld in zijn hart, dat er met een steeds sterker wordende wanhoop om schreeuwt dat ogenblikkelijk op een morbide manier aan die hunkering wordt voldaan. Maar hij kan er niets tegen doen.
Stipt om 2.00 n.m. is Mr. John Sanders op woensdag 6 oktober weer in de formicawerkplaats terug en is opnieuw achter de schuifdeuren de cirkelzaag te horen, jankend van de pijn.

Tijdens het schooljaar was het huis van de familie Crowther op woensdag doorgaans van 7.00 n.m. tot 9.00 n.m. verlaten. Mrs. Margaret Crowther volgde samen met een groepje serieuze culturele alleseters van middelbare leeftijd een door de vakbond georganiseerde cursus Klassieke beschaving. De kinderen James en Caroline gingen elke woensdag naar de disco in het vlakbij gelegen buurthuis dat zonder hen ook al veel te vol was. Mr. Bernard Crowther hield niet van popmuziek en evenmin van Perikles.
Op woensdag 6 oktober ging Margaret net als altijd om halfzeven 's avonds van huis. Haar cursus werd een kilometer of vijf verderop gegeven in het pand voor Vervolgopleidingen op Headington Hill, en ze wilde zich graag verzekeren van een veilige en centraal gelegen parkeerplaats voor de trots fonkelende Mini 1000 die Bernard vorig jaar augustus voor haar had gekocht. Handig reed ze achteruit de garage uit (Bernard had erin toegestemd zijn eigen 1100 op de oprijlaan te laten staan, blootgesteld aan de winterse elementen) en draaide de rustige weg op. Ze was er nog steeds niet gerust op of ze wel goed genoeg reed, vooral in het donker, maar desondanks genoot ze van het ritje. Het gaf haar het gevoel vrij en onafhankelijk te zijn – het was haar auto, ze kon gaan en staan waar ze wilde. Op de ringweg haalde ze gewoontegetrouw diep adem en concentreerde ze zich buitensporig. Auto na auto zoefde haar voorbij op de buitenste rijbaan en ze onderdrukte haar instinctieve reactie om haar rechtervoet die het gaspedaal licht indrukte, over

te hevelen naar het rempedaal. Ze was zich bewust van de koplampen van alle auto's die kwamen aanrijden en waarvan de bestuurders, daarvan was ze overtuigd, onbeschaamd zelfbewust en onbevreesd waren. Ze friemelde aan haar veiligheidsgordel en was zo stoutmoedig om een blik op het dashboard te werpen om er zeker van te zijn dat haar koplampen gedimd waren. Niet dat ze die ooit op groot licht had staan trouwens, uit angst dat ze, wanneer ze de koplampen opeens op dimlicht moest zetten, in haar paniek het knopje de verkeerde kant op zou laten klikken en de koplampen helemaal uit zou zetten. Bij de Headington-rotonde wisselde ze vaardig van rijbaan en reed haar rit verder rustig uit.

De eerste keer dat ze zelfmoord had overwogen, had het een heel reële mogelijkheid geleken om daar de auto voor te gebruiken. Maar ze wist nu dat ze het nooit op die manier zou kunnen doen. Autorijden riep bij haar alle primitieve instincten, gericht op veiligheid en zelfbehoud, wakker. En ze kon trouwens ook haar mooie, nieuwe Mini niet in de prak rijden. Er waren wel andere manieren...

Ze nam de tijd om te parkeren, stapte verschillende keren in en uit voordat de auto helemaal naar haar zin veilig was weggestopt en zo fraai midden tussen de auto's ernaast was gezet als ze maar voor elkaar kon krijgen. Daarna ging ze het grote gebouw van vier verdiepingen met een voorgevel van glas binnen dat dienstbaar was aan de noden van de rijpere studenten van de stad. Ze zag Mrs. Palmer, een van haar klasgenoten, de trap opgaan naar kamer C26.

'Hallo, Mrs. Crowther! We hebben u vorige week allemaal gemist. Was u niet lekker?'

'Wat hebben die twee?' vroeg James.

Een kwartier nadat Margaret was weggegaan, had Bernard Crowther de bus naar Lonsdale College genomen, waar hij een of twee avonden per week dineerde. De kinderen waren alleen.

'Dat is toch niks bijzonders?' zei Caroline.

'Ze zeggen nauwelijks nog iets tegen elkaar.'

'Alle getrouwde mensen worden volgens mij zo.'

'Vroeger was het anders.'
'*Jij* maakt het er niet veel beter op.'
'Jij anders ook niet!'
'Hoezo?'
'Ach, houd toch je kop!'
'Mispunt!'
'S... op!'
Ze waren tegenwoordig zelden langer met elkaar in gesprek. Hun ouders hadden het gebekvecht al vele malen aangehoord, zij het met een paar kleine wijzigingen en, in het bijzijn van pa en ma, met een paar concessies aan de fatsoensnormen van de conventionele middenklasse. Margaret raakte er helemaal door van slag en Bernard werd er woedend om, en heimelijk vroegen ze zich allebei af of alle kinderen zo verdorven, humeurig en recalcitrant waren als die van hen. Maar die woensdagavond dachten de ouders geen van beiden aan James en Caroline, omdat ze belangrijkere dingen aan hun hoofd hadden.

Bernard was een van de oudere stafleden van zijn College en het sprak daarom vanzelf dat hij was uitgenodigd voor de herdenkingsbijeenkomst van de voormalige waarnemend rector die vorig jaar zomer met pensioen was gegaan. Het diner zou om 7.30 n.m. beginnen en Bernard kwam een half uur te vroeg bij Peter aan. Hij schonk een gin-vermouth voor zichzelf in en leunde achterover in een vaal geworden leunstoel. Hij mocht Felix Tompsett eigenlijk wel - de oude bliksem. Ja, hij at inderdaad te veel en dronk te veel en had ook heel wat andere dingen te vaak gedaan, als je alle geruchten die over hem de ronde deden, moest geloven (en waarom niet?). Maar hij was een prima 'College-man'. Op zijn advies had het College begin jaren zestig heel wat onroerend goed aangekocht en zijn beoordelingsvermogen ten aanzien van rentetarieven en rentedragende leningen was legendarisch. Vreemd eigenlijk, dacht Bernard. Hij dronk zijn gin op en schoot zijn toga aan. In de docentenkamer zou als aperitief sherry worden geschonken en de twee vrienden begaven zich herwaarts.
'Hé, Bernard. Hoe maak je het, ouwe jongen?' Felix schonk zijn

vroegere collega als welkom een oprechte, stralende glimlach.
'Mag niet klagen,' antwoordde Bernard tam.
'En hoe is het met die knappe echtgenote van je?'
Bernard greep een sherry. 'O, prima, prima.'
'Knappe vrouw,' mijmerde Felix nog even door. Hem was aan te zien dat hij zelf al eerder enthousiast begonnen was zijn afscheidsfeestje te vieren, maar Bernard kon hem niet even joviaal tegemoet treden. Hij dacht aan Margaret en het voortkabbelende gesprek ging langs hem heen... Hij begon net op tijd weer te luisteren om toch op overtuigende wijze mee te kunnen lachen om het opschrift dat Felix onlangs had ontdekt op de muur van het herentoilet in de Minster bar.
'Echt een goeie, niet?' zei Felix en lachte bulderend.
De groep ging naar het vertrek ernaast en zette zich aan het feestmaal van die avond. Bernard vond altijd al dat ze veel te veel te eten kregen en vanavond kregen ze absoluut veel te veel te eten. Hij werkte moeizaam de grapefruitcocktail, de schildpadsoep, de gerookte zalm, de tournedos Rossini, het gebak, de kaas en het fruit naar binnen en dacht ondertussen aan de miljoenen in de wereld die al weken of zelfs maanden niet meer goed hadden gegeten en zag de schokkende beelden van slachtoffers van hongersnoden in Azië en Afrika voor zich...
'Wat ben jij vanavond stil,' zei de kapelaan, terwijl hij Bernard de rode wijn aangaf.
'Neem me niet kwalijk,' zei Bernard. 'Komt vast van al dat eten en drinken.'
'Je moet leren de gaven te aanvaarden waarmee de goede God ons overlaadt, beste jongen. Weet je, naarmate ik ouder word, ga ik twee dingen in het leven steeds meer waarderen, moet ik je bekennen: natuurschoon en de geneugten van de maag.'
Hij leunde achterover en goot een half glas uitstekende rode wijn in de richting van zijn omvangrijke buik. Bernard wist dat sommige mensen van nature dik waren – lag helemaal aan het tempo van de stofwisseling of zoiets. Maar in Belsen had je geen dikke mensen...
Misschien had de goede kapelaan nog wel een paar bekentenissen willen doen, maar daar kwam het niet van omdat er een

dronk op Hare Majesteit werd uitgebracht en de rector opstond en zijn keel schraapte om aan zijn lofrede op Felix Tompsett te beginnen. Ze hadden dat alles allemaal al eens eerder aangehoord. Een paar noodzakelijke veranderingen in de afgezaagde, plechtige bewoordingen – maar in wezen hetzelfde praatje als altijd. Felix zou leemten achterlaten in zoveel aspecten van het College-leven; het zou moeilijk zijn om de leemten op te vullen... Bernard dacht aan Margaret. Waarom lieten ze die leemten niet voor wat ze waren...? Een van de meest vooraanstaande wetenschapsbeoefenaars van zijn generatie... Bernard keek op zijn horloge. 9.15 n.m. Hij kon nog niet opstappen. Anekdotes en gelach... Bernard was er vrijwel van overtuigd dat ze allemaal herinnerd zouden worden aan dat voorval met die ontevreden student die twee jaar geleden Felix' tapijt had ondergepist... Nu weer die al te formele kletskoek. Neusje van de zalm. Huichelaar... Zijn werk over de Elizabethaanse lyrische dichters... Kom nou, de ouwe rakker had zijn tijd hier grotendeels gevuld met het hoogstpersoonlijk research verrichten naar de historische pubs in Oxfordshire. Of met de vrouwen... Voor het eerst vroeg Bernard zich af of Felix soms ook tot Margaret toenadering had gezocht. Dat kon hij maar beter...
Felix sprak goed. Een beetje aangeschoten, beminnelijk, beschaafd – eigenlijk heel ontroerend. Schiet nou op! 9.45 n.m. Het geschenk was aangeboden en om 10.00 n.m. brak het gezelschap op. Bernard repte zich het College uit en rende de Broad door naar St Giles', waar hij meteen een taxi trof. Maar nog voordat de taxi stopte, zag hij voor het in duisternis gehulde huis iets bewegen. Zijn hart ging tekeer van paniekerige wanhoop. James en Caroline stonden naast de voordeur.
'Kon u niet...' begon Caroline.
Bernard hoorde dat eigenlijk niet eens. 'Waar is je moeder?' vroeg hij op scherpe, dringende toon.
''k Weet niet. Wij dachten dat ze met u mee was.'
'Hoelang staan jullie hier al te wachten?' Hij sprak nu op afgemeten, gezaghebbende toon, die de kinderen nog niet vaak gehoord hadden.
'Ongeveer een half uur. Ma is altijd al hier voordat...'

Bernard maakte de voordeur open. 'Bel de HTS in Headington op. Vraag of ze al uit zijn.'
'Doe jij dat maar, Caroline.'
Bernard gaf James met zijn rechterhand een harde klap dwars over zijn gezicht. 'Jij belt!' siste hij.
Hij liep naar het hek. Niemand. Hij bad om het geluid van een auto, maakte niet uit welke. Auto! Er parelde koud zweet op zijn voorhoofd, toen hij pijlsnel naar de garage rende. De deur zat op slot. Hij zocht de sleutel op. Zijn hand trilde hevig. Hij maakte de deur open.
'Wat ben jij in vredesnaam aan het doen?'
Bernard schrok, maar zegende inwendig alle goden die hebben bestaan, bestaan en nog zouden bestaan. 'Waar heb jij gezeten, verdorie?' Op slag was hij niet meer zo doodsbang; in een fractie van een seconde sloeg de angst om in woede – felle, prachtige woede, vermengd met opluchting.
'Als je dat per se weten moet: de startmotor van de Mini heeft het begeven. Ik kon niemand zover krijgen om hem te repareren, en moest uiteindelijk de bus nemen.'
'Had me dat dan laten weten.'
'O, ja, zie je het voor je? Eerst moet ik dus van jou alle garages opbellen en daarna jou en dan zeker ook nog de kinderen.'
Margaret begon nu zelf ook woest te worden. 'Waarom wind je je zo op? Alleen omdat *ik* een keertje te laat ben?!'
'De kinderen hebben een hele tijd staan wachten.'
'Nou, en!' Margaret stormde het huis binnen en Bernard hoorde daarop binnen schelle stemmen. Hij deed het hek aan de straatkant dicht en daarna ook de garage. Hij sloot de voordeur en schoof de grendel ervoor. Hij was gelukkig, gelukkiger dan hij vele dagen en vele uren geweest was.

12 woensdag 6, donderdag 7 oktober

Morse had zichzelf zeven maanden lang beloofd het lelijke, diepe gat boven de keukendeur op te vullen waar de elektricien de bedrading doorheen had getrokken voor een nieuw lichtpunt, maar ook al die tijd telkens weer een uitvlucht verzonnen. Wat hem er nu toe had gebracht om eraan te beginnen, wist hij niet. En het ging ook meteen al allemaal verkeerd. Het pak vulmiddel dat hij een jaar of twee terug had gekocht, was zo hard geworden dat het wel een harde brok beton leek. De spatel die hij gebruikte om eieren te breken en kieren op te vullen, was op mysterieuze wijze van de aardbol verdwenen en de primitieve huishoudtrap had sowieso nooit stevig op zijn vier gammele poten gestaan. Misschien hadden Mr. Edward de Bono en zijn recept voor lateraal denken hem geïnspireerd. Maar wat hem er ook opeens toe had aangezet dat rotgat op te vullen, Morse was verticaal omlaag gestort, als een parachutist in vrije val, van de bovenste tree van de trap, toen de band waarmee werd voorkomen dat de staanders verder uiteenweken dan tot een functionele hoek van dertig graden, opeens knapte en het hele geval onder hem uitschoot en plat op de grond neerklapte. Als Hephaestus die over de kristallen kantelen werd geslingerd, was hij met een pijnlijke smak op zijn rechtervoet neergekomen. Terwijl hij een minuut of twee, drie was blijven liggen, voelde hij zich misselijk en veegde hij het koude zweet weg dat op zijn voorhoofd kwam te staan. Uiteindelijk hinkte hij moeizaam naar de kamer aan de voorkant en ging daar zwaar ademend op de bank liggen. Na een tijdje deed zijn voet iets minder pijn en voelde hij zich ietwat gerustgesteld. Maar een half uur later begon de voet op te zwellen en voelde hij in zijn wreef bij vlagen een zeurende, scherpe pijn. Hij vroeg zich af of hij zou kunnen autorijden, maar wist dat het dom zou zijn om het te proberen. Het was 8.30 n.m. op dinsdag 5 oktober. Er zat maar één ding op. Hij hipte en hopte naar de telefoon en belde Lewis op. Nog geen half uur later zat hij mistroostig op de afdeling Eerste hulp van het Radcliffe Ziekenhuis op de uitslag van de röntgenfoto te wachten. Een jongetje dat naast Morse op de bank zat, kneep zijn linkerhand samen van de pijn (autoportier) en twee mannen die bij een verkeersongeluk ernstig gewond waren geraakt, werden voorbijgereden om met voorrang te worden behandeld. Hij voelde zich iets minder depressief.

Uiteindelijk kwam een Chinese arts naar hem toe die hij bijna

niet kon verstaan. Deze hield zijn röntgenfoto's tegen het licht op een manier waaruit evenveel interesse sprak als van een verveelde gast die een vluchtige blik werpt op een van de vakantiedia's van zijn gastheer. 'Geenbrokken. Swaggelenkruken.'
Van de vakbekwame verpleegkundige aan wie hij nu werd overgedragen, vernam Morse dat er geen botten waren gebroken en dat als behandeling inzwachtelen en krukken werden voorgeschreven.
Hij bedankte verpleegkundige en arts en zeilde beschroomd in de richting van de wachtende Lewis. 'U,' riep de arts hem na. 'U, Mr. Morse. Niewerk tweedagen. U rusten, oké?'
'Ik red me denk ik wel, maar bedankt,' zei Morse.
'U, Mr. Morse. Ubeterwilwor, ja? Niewerk. Twee dagen. Rusten. Oké?'
'Oké.' O nee, hè!
Morse deed in de nacht van dinsdag op woensdag bijna geen oog dicht. Hij had in alle tenen van zijn voet hevige kiespijn. Hij slikte de ene na de andere paracetamol en dommelde toen het licht begon te worden eindelijk in van pure uitputting. Woensdag bleef hij pijn houden en Lewis, die die dag een paar keer langskwam, zag de inspecteur om ongeveer 9.00 n.m. heerlijk diep in slaap vallen.
Toen Lewis hem de volgende ochtend begroette, voelde Morse zich beter. En omdat hij zich beter voelde, begon hij weer aan de moord op Sylvia Kaye te denken en voelde hij zich erg neerslachtig worden omdat zijn gedachten nu niet meer volledig in beslag werden genomen door de wederwaardigheden van zijn rechtervoet. Hij voelde zich net een deelnemer aan een quiz die een paar antwoorden bijna goed heeft, andere op het puntje van zijn tong heeft, maar aan het eind nul punten heeft. Je verlangt er dan altijd naar om opnieuw te beginnen...
Deze zorgelijke gedachten gingen door hem heen terwijl hij daar lag. Lewis liep druk heen en weer. Beste vent, die Lewis. Op het bureau lachen ze zich natuurlijk een ongeluk, dacht hij. Vernederend, van een trap vallen. Maar hij was er eigenlijk niet afgevallen. Hij was erdoorheen gevallen.

'Lewis! Je hebt iedereen verteld wat er is voorgevallen, neem ik aan?'
'Ja, sir.'
'En?'
'Ze denken dat u het hebt verzonnen. Ze denken dat u in werkelijkheid een kater hebt. U weet wel - van te veel port.'
Morse kreunde. Hij zag zichzelf al rondstrompelen en dat dan om de haverklap iemand hem aanhield om te informeren hoe het zover had kunnen komen. Hij zou op papier zetten wat voor rampzaligs hem was overkomen, er fotokopieën van laten maken en die als voorlichtingsmateriaal op het bureau laten uitdelen.
'Nog veel pijn, sir?'
'Ja, natuurlijk. Je hebt aan die rottenen aan alle kanten miljoenen zenuwuiteinden zitten. Dat weet je toch wel, potdorie?'
'Bij een oom van me, sir, rolde een biervat over zijn tenen.'
'Houd daar maar over op,' zei Morse huiverend. De gedachte dat er iets op minder dan een meter afstand van zijn gewonde voet kwam, was onverdraaglijk, en aan een biervat moest hij al helemaal niet denken. Alhoewel? Morse begon beter te worden.
'Zijn de pubs al open?'
'Zin in een pilsje, sir?' Lewis was zo te zien zeer met zichzelf ingenomen.
'Een pint zou er wel ingaan, ja.'
'Dat treft, want ik heb gisteravond juist een paar blikjes meegebracht, sir.'
'Nou, wat let je?'
Lewis zocht een paar glazen op, zette een stoel een flink eind bij 'de voet' vandaan en schonk het bier in.
'Nog iets te melden?' vroeg Morse.
'Nog niet.'
'Mm.'
De twee mannen dronken in stilte. Een paar antwoorden bijna goed... andere op het puntje van zijn tong... Stel, bedacht Morse, dat ik gelijk had of bijna gelijk had. Kon hij maar opnieuw beginnen... Opeens ging hij rechtop zitten, vergat zijn handicap, kreet 'O, me voet!' en liet zich terugzakken in zijn nest van kussens. Hij kon toch zeker opnieuw beginnen! 'Lewis.

Ik wil dat je me een stuk of twee gunsten bewijst. Haal wat schrijfpapier voor me – dat ligt beneden in de secretaire, en kun je ook zorgen voor wat gebakken vis met patat als lunch?'
Lewis knikte. Terwijl hij wegliep om het schrijfpapier te gaan halen, riep Morse hem terug.
'Drie gunsten. Trek een paar van die blikjes open.'

Er zweefde al een paar dagen een gedachte door Morses hoofd, maar die was zo ongrijpbaar als een stuk zeep in een glibberig bad. In den beginne was daar de gedachte, en de gedachte werd woord en Morse ontrafelde de tekst voorzichtig en las de boodschap. *Im Anfang war die Hypothese.* In den beginne was daar de hypothese. Maar voordat hij een hypothese ging formuleren, al was het er maar eentje van de meest bescheiden soort, ging hij zich lekker wassen en scheren, besloot Morse, zodat hij zich naar lichaam, verstand en geest vlotter zou voelen. Langzaam en met veel pijn stapte hij uit bed, laveerde als een krab langs de muren en hinkte ten slotte de laatste paar meter door de badkamer. Het duurde bijna een uur voordat hij klaar was met toilet maken, maar hij voelde zich toen als nieuw. Hij ging op dezelfde onhandige manier terug en liet zijn rechtervoet voorzichtig neerzakken op een comfortabel plekje naast een extra kussen dat aan het voeteneinde in het bed was gepropt. Hij was uitgeput, maar voelde zich heerlijk opgefrist. Hij sloot zijn ogen en viel vast in slaap.
Lewis vroeg zich af of hij hem moest wakker maken, maar de doordringende geur van gebakken beslag met azijn bespaarde hem de moeite.
'Hoe laat is het, Lewis? Ik heb geslapen.'
'Kwart over een, sir. Wilt u de vis en de patat op een bord? Mijn vrouw en ik eten dat altijd zo uit het papier – lijkt op een of andere manier beter te smaken.'
'Dat komt doordat het krantepapier aan de patat blijft plakken, zeggen ze,' antwoordde Morse, terwijl hij het vettige pakketje van zijn brigadier overnam en met smaak begon te eten. 'Weet je, Lewis, misschien hebben we deze zaak wel verkeerd aangepakt.'

'Is dat zo, sir?'
'We hebben gepoogd de zaak op te lossen door de moordenaar op te sporen, mee eens?'
'Ja, dat is toch altijd de bedoeling?'
'Jazeker, maar misschien boeken we betere resultaten wanneer we voor een tegengestelde benadering kiezen.'
'U wilt daarmee zeggen...' Morse wachtte af, maar het was Lewis aan te zien dat hij er helemaal geen idee van had, wat hij daarmee wilde zeggen.
'Ik wil daarmee zeggen dat we de moordenaar moeten zien te vinden om de zaak op te lossen.'
'Ik snap het,' zei Lewis, zonder het te snappen.
'Daar ben ik blij om,' zei Morse. 'Het is zo klaar als een klontje – maar trek eens een paar van die rotgordijnen open, wil je?'
Lewis gehoorzaamde.
'Als,' vervolgde Morse, 'als ik je vertelde wie de moordenaar was en waar hij woonde, zou je erheen kunnen gaan om hem te arresteren, ja toch?' Lewis knikte vaag en vroeg zich af of zijn chef soms met zijn schedel tegen het aanrecht was geslagen, voordat hij op zijn delicate rechtervoet neer was gekomen. 'Ja toch? Je zou hem hier bij me kunnen brengen, je zou ervoor kunnen zorgen dat hij op veilige afstand van mijn ernstige verwonding bleef en dan zou hij ons kunnen vertellen hoe het allemaal in elkaar stak. Hij zou al ons werk voor ons kunnen doen, denk je ook niet?'
Morse rebbelde maar door, met zijn mond vol vis en patat, en Lewis maakte zich serieus zorgen, want hij begon nu toch te betwijfelen of de inspecteur nog wel goed bij zijn verstand was. Een shock was iets vreemds, dat had hij al vele malen bij verkeersongevallen meegemaakt. Het gebeurde wel dat een aantal betrokkenen na twee of drie dagen helemaal kierewiet werd. Dat ging wel weer over natuurlijk... Of was Morse aan de drank geweest? Niet aan het bier. De opengetrokken blikjes waren nog vol. Er scheen opeens een zware verantwoordelijkheid op Lewis' schouders neer te dalen. Hij transpireerde een beetje. Het was warm in de kamer; de herfstzon scheen fel op de ruit van het slaapkamerraam.

'Kan ik iets voor u halen, sir?'
'Yep. Washandje, zeep en een handdoek. Grote goden, je vrouw heeft gelijk, Lewis. Ik eet dit nooit meer van een bord.'
Een kwartier later stapte een verbijsterde brigadier uit de voordeur van Morses flat. Hij maakte zich een beetje ongerust en dat zou nog erger zijn geweest, wanneer hij op dat moment weer in de slaapkamer had gestaan. Dan had hij gehoord dat Morse tegen zichzelf praatte, en gezien dat hij af en toe knikte wanneer hem wat hij van zijn eigen lippen hoorde komen bijzonder aanstond.
'Wel, dames en heren, de eerste hypothese en mijns inziens de allerbelangrijkste hypothese - ook al zal ik er vele, o ja, vele opstellen - luidt als volgt: de moordenaar woont in het noordelijke deel van Oxford. U zult zeggen dat dat een gewaagde hypothese is en dat is het ook inderdaad. Waarom zou de moordenaar niet in Didcot of Sidcup of zelfs in Southampton wonen? Waarom moet hij per se in het noordelijk deel van Oxford wonen? Ik kan nu alleen maar nogmaals tegen u zeggen dat ik een hypothese formuleer, dat wil zeggen een veronderstelling, een bewering, hoe vergezocht ook, waarbij iets wordt aangenomen om erover te kunnen argumenteren; een theorie die dient te worden onderbouwd (of weerlegd - ja, dat moeten we toegeven) door naar feiten te verwijzen. Ik zal dan ook met feiten en niet met holle verzinsels mijn hypothese trachten te staven. *Im Anfang war die Hypothese*, zoals Goethe gesteld zou kunnen hebben. En vergeet nu alstublieft niet dat ik Morse de rechercheur ben, zoals Dickens gezegd zou hebben. O ja, een rechercheur. En een rechercheur heeft voelhorens voor misdaad - hij voelt misdaad aan, moet die aanvoelen voordat hij misdaden aan het licht kan brengen. Er zijn aanwijzingen die duiden op het noordelijke deel van Oxford. Die hoeven we hier niet allemaal de revue te laten passeren, maar de *ambience* is echt te vinden in het noordelijk deel van Oxford. En mocht ik het bij het verkeerde eind hebben, nou ja, dan is er wat ons onderzoek aangaat nog geen man overboord. We leggen een hypothese voor, dat wil zeggen een veronderstelling, een bewering, hoe vergezocht ook... maar dat heb ik allemaal al gezegd. Waar was ik ook

alweer gebleven? O ja. Ik wil dat u mijn eerste hypothese aanvaardt, ook al doet u dat voorlopig, met twijfel, zonder hoop desnoods. De moordenaar is woonachtig in het noordelijk deel van Oxford. Daarnet had ik het over feiten en ik zal u niet teleurstellen. Aristoteles classificeerde de dieren, meen ik, door ze onder te verdelen en onderverdelen wordt ook onze werkwijze. Aristoteles, die grote man, verdeelde in soorten, ondersoorten, genera (Morse begon de draad kwijt te raken) genera, soorten, ondersoorten, enzovoort tot hij uitkwam op – waar kwam hij op uit? – *het afzonderlijke specimen van de soorten.*' (Dat klonk beter.) 'Ik zal ook een verdeling aanbrengen. In het noordelijk deel van Oxford woont, laten we zeggen, een *'x'* aantal mensen. Nu nemen we voorts aan ten behoeve van onze hypothese dat onze moordenaar een man is. Waarom kunnen we ervan uitgaan dat dit feit klopt? Omdat, dames en heren, het vermoorde meisje werd *verkracht*. Dat is een *feit*, en we zullen tijdens het proces de bewijsstukken van eminent medisch personeel voorleggen om...' Morse begon enigszins vermoeid te raken en pepte zichzelf op met nog een blikje bier. 'Zoals ik daarnet al zei: onze moordenaar is van het mannelijke geslacht. We kunnen dientengevolgde ons aantal *x* door, eh, laten we zeggen, vier delen – de vrouwen en kinderen blijven daarmee voor ons buiten beschouwing. Kunnen we nu nog verder gaan met verdelen? zult u vragen. Jazeker. Laten we gissen naar de leeftijd van de moordenaar. Volgens mij – en dat zeg ik met enige schroom, want u zult me er nu wel van beschuldigen deelhypothesen te formuleren – is hij tussen de vijfendertig en de vijftig. Ja, daar zijn redenen voor...' Maar Morse besloot die te laten voor wat ze waren. Zo bijster overtuigend waren ze wellicht niet, maar hij had daar redenen voor en hij wilde zijn hypothese kracht bijzetten. 'We kunnen daarom ons aantal *x* nog weer door twee delen. Dat lijkt het redelijkst, nietwaar? Laat ons voortgaan. Wat mogen we verder nog in alle redelijkheid ten behoeve van onze hypothese aannemen? Ik ben van mening – om redenen die u niet allen, realiseer ik me, volkomen acceptabel zult vinden – dat onze verdachte een getrouwd man is.' Morse ging aarzelend voort, met een steeds groter gebrek aan zelfvertrouwen. Maar de weg die hij nog moest gaan, werd steeds duidelijker zichtbaar; de mist trok op en verdween in de zon. Daarom hernam hij weer zo energiek als in het begin: 'Dit houdt dus opnieuw een vermindering in van *x*. Onze *x* is een hanteerbare eenheid aan het worden, vindt u niet? Maar onze *camera hypothetica* is nog steeds niet zo ondubbelzinnig op onze nietsvermoedende prooi gericht, dat deze zich duidelijk begint af te tekenen. Maar wacht eens! Is onze man niet iemand die regelmatig een borrel drinkt? Dat is in elk geval wel een van onze meer logische beweringen en verleent aan de door ons gevolgde procedure niet alleen de intrinsieke waarde van hypothetische aannemelijkheid, maar ook van uiterste waarschijnlijkheid. Onze zaak is geconcentreerd op de Black Prince, en men brengt geen bezoek aan de Black Prince om de belastinginspecteur te raadplegen.' Morse begon weer te verslappen. Hij kreeg opnieuw last van ritmisch kloppende pijn in zijn voet en zijn gedachten dwaalden een paar minuten af. Lag vast aan die aspirines. Hij sloot zijn ogen en zette zijn forensische monoloog inwendig voort.

Hij behoorde vast ook, ja zeker ten minste ook tot de 5% met het hoogste IQ? Jennifer viel toch zeker niet voor een nitwit? Die brief. Slimme vent met een goede opleiding. *Als* hij die brief althans had geschreven. Als, als, als. Ga door. Hoe staat het nu met onze *x*? Vooruit. Hij is vast voor vrouwen aantrekkelijk. Maar wie zal zeggen wat die heerlijke wezens aantrekt? Maar het antwoord is ja. Ga er maar van uit dat dat zo is. Ga verder met onderverdelen. Auto's! Lieve help, aan auto's had hij niet meer gedacht. Niet iedereen heeft een auto. Aan welke verhouding moest je ongeveer denken? Nee, laat maar, ga verder met onderverdelen. Maar wacht 's even – een *rode* auto. Hij had een beetje het gevoel in een delirium te raken. Nog heel even... Dat was toch wel een heel belangrijke onderverdeling. De *x* zweefde langzaam weg en was nu verdwenen. De pijn was minder hevig. Goed uit te houden... bijna... goed uit te houden...

Hij werd om 4.00 n.m. wakker, doordat Lewis er niet in slaagde zo geruisloos met de voordeur om te gaan dat hij er niet van opschrikte. En toen Lewis bezorgd zijn hoofd om de hoek van de slaapkamerdeur stak, zag hij Morse even fanatiek iets neerkrabbelen als Coleridge gedaan moest hebben toen hij wakker werd en tot de ontdekking kwam dat het gedicht *Kubla Kahn* al helemaal in zijn hoofd was ontstaan en hij het zo kon opschrijven.

'Ga zitten, Lewis. Blij je te zien.' Hij schreef nog een minuut of drie als een bezetene zo snel door. Toen keek hij eindelijk op. 'Lewis, ik ga je een paar vragen stellen. Denk goed na - haast je niet! - en geef me een paar intelligente antwoorden. Je zult moeten gissen, dat weet ik, maar doe je best.'

Wat zullen we nu weer krijgen? dacht Lewis.

'Hoeveel mensen wonen er in het noordelijk deel van Oxford?'

'Wat bedoelt u precies met "het noordelijk deel van Oxford", sir?'

'Ik stel de vragen, jij beantwoordt ze. Denk je gewoon globaal in wat volgens *jou* het noordelijk deel van Oxford is; laten we zeggen Summertown en alles ten noorden daarvan. Nou, zeg 's wat!'

'Ik zou het kunnen uitzoeken, sir.'

'Schat het aantal, man; dat kun je toch verdorie wel doen?'

Lewis voelde zich niet op zijn gemak. Het was maar goed dat hij kon zien dat slechts drie blikjes bier leeg waren. Hij besloot in het wilde weg te gissen. 'Tienduizend.' Hij zei dat op net zo'n zelfverzekerde en onmiskenbaar besliste toon als van een man aan wie wordt gevraagd hoeveel twee plus twee is.

Morse pakte een nieuw vel papier en schreef het aantal op: 10.000. 'Welk gedeelte daarvan bestaat uit mannen?'

Lewis leunde achterover en keek naar het plafond met het zelfvertrouwen van een deskundig statisticus. 'Ongeveer een kwart.'

Morse schreef dit tweede getal netjes en zorgvuldig onder het eerste: 2.500. 'Hoeveel van die mannen zijn tussen de vijfendertig en de vijftig?'

In het noordelijk deel van Oxford heb je heel wat mensen die gepensioneerd zijn, meende Lewis, en heel wat jonge mannen in de woonwijken. 'Ongeveer de helft, nee meer.'

Het derde getal werd genoteerd: 1.250. 'Hoevelen van hen zijn getrouwd volgens jou?'
Lewis dacht na. Toch zeker wel de meesten. 'Vier op de vijf, sir.'
Morse tekende de cijfers van zijn laatste berekening met grote precisie: 1.000.
'Hoevelen van hen gaan regelmatig ergens een borrel drinken - je weet wel wat ik bedoel - in pubs, clubs en dat soort gelegenheden?'
Lewis dacht aan de straat waarin hijzelf woonde. Niet zoveel als sommige mensen wel dachten. De buren aan weerskanten van hem deden dat niet - bekrompen lui! Hij dacht aan de straat in zijn geheel. Lastig, deze vraag. 'Ongeveer de helft.'
Morse paste zijn getal aan en stelde de volgende vraag. 'Je herinnert je die brief nog wel die we in handen kregen, Lewis. De brief waarvan Jennifer Coleby beweerde dat ze er niets van wist?' Lewis knikte. 'Als wat wij dachten klopte, of liever gezegd wat ik dacht klopte, hebben we dan volgens jou niet te maken met een bijzonder intelligente man?'
'Is dat niet een wat erg voorbarige conclusie, sir?'
'Moet je horen, Lewis. Die brief werd geschreven door de man die wij hebben moeten - onthoud dat nu maar - en daarmee maakte hij een grote fout. Het is de beste aanwijzing waarover we beschikken. Waar betalen ze ons anders in vredesnaam voor? Toch om de aanwijzingen na te lopen?' Morse klonk niet erg overtuigd, maar Lewis verzekerde hem dat zij de aanwijzingen moesten nalopen. 'Nou dan?'
'Nou dan wat, sir?'
'Is hij een intelligente man?'
'Een bijzonder intelligente man, zou ik zo denken.'
'Zou jij op het idee komen om zo'n soort brief te schrijven?'
'Ik? Nee, sir.'
'En jij bent toch behoorlijk slim, vind je niet, brigadier?'
Lewis rechtte zijn schouders, haalde diep adem en besloot zijn intellectuele capaciteit niet te bagatelliseren. 'Ik behoor tot de 15% besten, zou ik zo zeggen, sir.'
'Gefeliciteerd! En onze onbekende vriend? Bedenk dat hij niet

alleen weet hoe hij alle lastige woorden moet spellen, maar ook hoe hij ze verkeerd moet spellen!'
'Tot de beste 5%, sir.'
Morse schreef de berekening op.
'Een hoeveelste deel van de mannen van middelbare leeftijd vinden vrouwen aantrekkelijk?' Domme vraag! Morse zag aan Lewis' gezicht dat hij het een belachelijke vraag vond. 'Je weet wel wat ik bedoel. Sommige mannen zijn in de ogen van vrouwen absoluut weerzinwekkend!' Lewis scheen niet overtuigd. 'Over dat soort Romeo's van middelbare leeftijd hoef je mij niets te vertellen. Wij zijn allemaal Romeo's van middelbare leeftijd. Maar sommige mannen zijn in de ogen van vrouwen toch aantrekkelijker dan anderen?'
'Ik heb niet het geluk dat er velen voor mij vallen, sir.'
'Daar vraag ik niet naar. Zeg nou toch in hemelsnaam iets!'
Lewis giste opnieuw in het wilde weg. 'De helft? Nee, meer dan de helft. Drie op de vijf.'
'Meen je dat? Zeker weten?'
Nee, natuurlijk niet. 'Ja.'
Weer een getal. 'Hoeveel leden van deze leeftijdsgroep bezitten een auto?'
'Twee op de drie.' Wat maakte dat nu in vredesnaam uit?
Morse schreef zijn voorlaatste getal op. 'Nog één vraag. Hoeveel mensen hebben een rode auto?'
Lewis liep naar het raam en keek naar het langsrijdende verkeer. Hij telde. Twee zwarte, één beige, één donkerblauwe, twee witte, één groene, één zwarte. 'Een op de tien, sir.'
De laatste paar minuten was Morse in zijn manier van doen tekenen van almaar toenemende opwinding gaan vertonen. 'Poe! Wie had dat nu kunnen denken? Lewis, je bent een genie!'
Lewis bedankte hem voor het compliment en vroeg in welk opzicht hij dan wel een genie was. 'Ik denk, Lewis, dat we op zoek zijn naar een persoon van het mannelijke geslacht, woonachtig in het noordelijk deel van Oxford, gehuwd – waarschijnlijk ook een gezin; hij gaat vrij regelmatig ergens een borrel drinken, soms in Woodstock; hij heeft een goede opleiding genoten, heeft misschien zelfs wel aan een universiteit gestu-

deerd; hij is naar mijn idee tussen de vijfendertig en de vijfenveertig en bezit een zekere charme – het is volgens mij beslist een man voor wie jonge meisjes vallen; en hij rijdt auto – rijdt om precies te zijn in een rode auto.'
'Zou best kunnen, ja.'
'Nou ja, we zitten er hier en daar misschien wel een beetje naast, maar ik verwed er mijn laatste dollar om dat de kans behoorlijk groot is dat hij aan het merendeel van deze categorieën voldoet. En, weet je, Lewis, volgens mij vallen niet veel mannen in die categorie. Moet je kijken.' Hij onverhandigde Lewis het vel papier waarop de getallen stonden.

Noordelijk deel van Oxford?	*10.000*
Mannen?	*2.500*
vijfendertig-vijftig?	*1.250*
Gehuwd?	*1.000*
Drinkt buitenshuis een borrel?	*500*
Intelligentste 5%?	*25*
Charme?	*15*
Auto?	*10*
Rode auto?	*1*

Lewis voelde zich op een schuldbewuste manier verantwoordelijk voor de opmerkelijke uitkomst van die berekeningen. In het wegstervende middaglicht stond hij bij het raam en zag twee rode auto's achter elkaar langsrijden. Hoeveel mensen woonden er nu *werkelijk* in het noordelijk deel van Oxford? Behoorde hij echt tot de 15% intelligentste mensen? 25% was waarschijnlijker. 'Ik ben ervan overtuigd, sir, dat we een groot aantal van die getallen kunnen controleren.' Lewis voelde zich gedwongen stem te geven aan zijn bedenkingen. 'Ik vind trouwens dat je met dat soort cijfers niet maar wat kunt aanrommelen. Je moet...' Vaag herinnerde hij zich dat je gegevens moest onderwerpen aan bepaalde statistische regels; de categorieën moesten in een logische volgorde geordend en in aantal teruggebracht worden; hoe het precies zat, wist hij niet meer. Maar het was allemaal weinig meer dan een ingewikkeld spel om een koortsachtig brein te amuseren. Over een dag of wat was Morse waarschijnlijk weer uit bed. Nu kon hij hem nog maar het beste zo goed mogelijk nalopen en het hem naar de zin proberen te maken. Maar had het iets logisch? Was het eigenlijk wel zo dom? Hij keek nogmaals naar het vel papier met de cijfers en er reed weer een rode auto langs. Negen 'alsen' waren er. Somber staarde hij uit het raam en telde werktuiglijk de eerstvolgende tien auto's. Maar één rode! Het noordelijk deel van Oxford was uiteraard de grootste gok. Maar die vent moest toch ergens wonen? Misschien was die goeie ouwe Morse toch nog niet zo kierewiet als hij had gedacht. Hij keek opnieuw op het vel papier... Nog een belangrijk punt was die brief. *Als* de moordenaar die inderdaad had geschreven.

'Nou, wat vind je ervan, Lewis?'

'Zou een poging waard kunnen zijn.'

'Hoeveel man heb je nodig?'

'Eerst moeten we nog even goed nadenken, vindt u niet?'

'Hoe bedoel je?'

'De plaatselijke autoriteiten kunnen flink wat hulp bieden. En we hebben om te beginnen een aantal bijgewerkte lijsten van inwoners nodig.'

'Ja. Je hebt gelijk. We moeten er goed over nadenken voordat we ook maar iets ondernemen.'

'Had ik ook zo gedacht, sir.'

'En?'

'We zouden er morgenochtend meteen aan kunnen beginnen, sir, als u zich ertoe in staat voelt.'

'We zouden er ook nu meteen aan kunnen beginnen als *jij* je ertoe in staat voelt.'

'Ja, dat is zo.' Lewis belde zijn reeds lang hieronder lijdende vrouw op en pleegde de twee uur daarna overleg met Morse. Nadat hij was vertrokken, reikte Morse naar de telefoon die naast zijn bed stond, en had het geluk de hoofdinspecteur nog op het bureau te treffen. En een halfuur later zat Morse nog te praten, en zichzelf vol spijt te vervloeken omdat hij er niet aan had gedacht de hoofdinspecteur te verzoeken hém te bellen, zodat de kosten niet voor zijn rekening waren.

13 zaterdag 9 oktober

Op zaterdag 9 oktober zat Bernard Crowther 's ochtends in zijn voorkamer achter zijn bureau Milton te lezen, maar niet met evenveel opwinding en plezier als anders. Hij gaf dit semester college over *Paradise Lost* en hij vond dat hij er thuis toch nog wat aandacht aan moest besteden, ook al kende hij het werk grondig. Margaret had de bus naar Summertown genomen om daar boodschappen te doen en buiten stond zijn auto klaar om haar rond het middaguur te gaan ophalen. De kinderen waren niet thuis. Waar ze heen waren, mocht Joost weten.

Hij was verbaasd de bel te horen rinkelen, want er kwamen maar zelden mensen bij hen aan de deur. Hij deed open.

'Hé, Peter! Wat een verrassing! Kom binnen, kom binnen.'

Peter Newlove en Bernard waren al jaren hecht bevriend. Ze waren in hetzelfde schooljaar aan het Lonsdale College begonnen en onderhielden sindsdien een hartelijke en oprechte relatie.

'Wat brengt jou hier? Het gebeurt niet vaak dat wij het genoegen hebben jou hier in het noordelijk deel van Oxford te zien. Ik meende trouwens dat je op zaterdagochtend altijd ging golfen?'

'Daar had ik vanmorgen geen zin in. Beetje kil op de vrije banen, snap je.' Het was sinds twee dagen een heel stuk kouder; de herfst was opeens oud geworden. Het leek guur en onaangenaam weer. Peter ging zitten. 'Op zaterdagochtend aan het werk, Bernard?'

'Bereid me alleen nog wat voor op volgende week.'

Peter keek wat er op het bureau lag. 'Ah. *Paradise Lost*, book I. Dat herinner ik me nog. Daar hebben we aandacht aan besteed voor het eindexamen.'

'Daarna heb je er uiteraard ook nog wel in gelezen.'

'*From morn to noon he fell, from noon to dewy eve, a summer's day*. Nou, wat zeg je me daarvan?'

'Geweldig.' Bernard keek uit het raam en zag dat de witte rijp op zijn kleine stukje grasveld nog steeds niet was gesmolten.

'Is alles goed met jou, Bernard?' vroeg de man uit Gloucestershire abrupt, maar vriendelijk.

'Tuurlijk. Waarom vraag je dat?' Het was Peter duidelijk dat

alles verre van goed was. 'Oh, 'k weet niet. Je leek woensdagavond een beetje gespannen. Roetsjte na het diner weg als een verschrikte haas.'
'Ik was vergeten dat Margaret laat thuis zou komen en ik wist dat de kinderen buiten zouden staan te wachten.'
'O.'
'Was het zo opvallend?'
'O, nee, nee hoor. Ik zag dat alleen maar doordat ik je in de gaten hield. Je leek niet jezelf toen wij samen een borrel dronken, en ik dacht dat je misschien wel iets onder de leden had.' Bernard zei niets. 'Alles oké tussen jou en eh Margaret?'
'O ja. Prima. Ik moet haar tussen twee haakjes om twaalf uur op gaan halen. Hoe laat is het nu?'
'Half twaalf.' Peter kwam overeind.
'Nee, ga nu nog niet! We hebben nog wel even tijd voor een borrel. Wat wil je hebben?'
'Neem jij er dan ook een?'
'Natuurlijk. Whisky?'
'Best.'
Bernard verdween naar de keuken om glazen te halen en Peter ging voor het raam staan vanwaar je uitkeek op de smalle straat. Aan de overkant, twee of drie huizen meer naar links, stond een auto geparkeerd, een witte met vaalblauw, met op het dak een (niet zwaaiend) zwaailicht en op de zijkant in vette, zwarte letters het woord POLITIE. Toen Peter aankwam, had die daar nog niet gestaan. Terwijl hij stond toe te kijken, kwam een agent met een zwart-wit geruite band rond zijn platte pet uit het hek van een voortuin. Een vrouw van middelbare leeftijd liep met hem mee en de twee praatten vrijuit en wezen om beurten alle richtingen van het kompas uit. Er werd verder gepraat en nog eens met de armen gewezen. Wees zij hierheen? De agent had een lijst in zijn hand en was duidelijk een aantal namen aan het nalopen. De vrouw stond daar met haar schort voor, met haar armen om haar middel geslagen om warm te blijven, en kwebbelde eindeloos door.
Bernard kwam binnen; de glazen op het blad rinkelden een beetje. 'Zeg maar ho!'

'Ik zie dat bij jou in de straat een paar misdadigers wonen, Bernard.'
'Wat zei je daar?' Bernard keek verschrikt op.
'Loopt de politie hier altijd zo rond te neuzen?' Peter kwam niet verder. Er werd tweemaal gebeld: schel, gebiedend. Bernard deed open en stond tegenover de jonge agent.
'Kan ik iets voor u doen, agent?'
'Ja, dat denk ik wel, meneer, als u wilt. Het duurt maar even. Is dat uw auto, meneer?' Hij wees naar de rode 1100 voor de deur.
'Ja, klopt.'
'Controleer het alleen maar even, meneer. Er zijn de laatste tijd erg veel auto's gestolen. Controleer daarom alleen maar even.' Hij maakte een aantekening in zijn boekje. 'Weet u uit uw hoofd wat er op het nummerbord staat?'
Werktuiglijk lepelde Bernard het nummer op.
'Dan is die auto dus inderdaad van u, meneer. Hebt u uw kenteken bij de hand, meneer?'
'Moet dat?'
'Nou, als u het niet erg vindt, meneer, het is nogal belangrijk. We controleren zo grondig mogelijk.'
Peter hoorde het gesprek door de open deur en maakte zich vreemd genoeg zorgen. Bernard kwam de kamer in en rommelde in het wilde weg wat in zijn bureau. 'Waar heeft Margaret in hemelsnaam haar... Ze controleren op gestolen auto's, Peter. Ben zo weer terug.' Hij zag asgrauw en kon niets vinden. 'Neem me niet kwalijk, agent,' riep hij. 'Komt u maar even binnen, ja?'
'Dank u, meneer. Maakt u zich geen zorgen als u het kentekenbewijs niet kunt vinden, meneer. U kunt me de verlangde informatie ook best zelf geven.'
'Wat wilt u weten?'
'Volledige naam, meneer?'
'Bernard Michael Crowther.'
'Leeftijd, meneer?'
'Eenenveertig.'
'Gehuwd, meneer?'
'Ja.'

'Kinderen?'
'Twee.'
'Beroep?'
'Docent aan de universiteit.'
'Dat was het wel zo ongeveer, meneer.' Hij klapte zijn boekje dicht. 'O, nog één vraag. Heeft u de laatste tijd uw auto weleens ergens laten staan zonder deze af te sluiten? U weet wel wat ik bedoel. Is hij nu bijvoorbeeld afgesloten?'
'Nee, dat geloof ik niet.'
'Nee, hij is inderdaad niet afgesloten, meneer. Ik heb aan alle portieren gemorreld voordat ik aanbelde. Autodieven kunnen er zomaar mee wegrijden, weet u.'
'Ja, u hebt helemaal gelijk. Ik zal proberen eraan te denken.'
'Maakt u vaak gebruik van uw auto, meneer?'
'Nee, niet zo heel vaak. Rij er wat mee rond in Oxford. Verder niet eigenlijk.'
'U gaat niet met de auto als u bijvoorbeeld ergens iets gaat drinken?'
Peter meende door te hebben wat dit allemaal te betekenen had. Bernard had zeker met drank op achter het stuur gezeten.
'Nee, meestal niet,' antwoordde Bernard. 'Ik ga daarvoor meestal naar Fletcher's. Dat is hier vlakbij; ik ga er altijd lopend heen.'
'Zou u de auto nemen wanneer u buiten Oxford iets ging drinken, meneer?'
'Ja, ik vrees van wel,' zei Bernard langzaam, op een ietwat hulpeloze manier.
'Nou, drink niet te veel als u moet rijden, meneer. Maar daar weet u natuurlijk alles van.' De agent blikte snel de kamer even rond en keek naar de twee glazen met een flinke scheut whisky. Hij zei echter niets meer tot hij bij de deur was. 'Weet u soms of nog meer mensen bij u in de straat een rode auto hebben, meneer? Ik moet bij nog een paar informatie gaan inwinnen.'
Bernard dacht na, maar alles liep door elkaar heen. Hij kon niemand bedenken. Hij deed zijn ogen dicht en legde zijn linkerhand tegen zijn voorhoofd. In de schoolperiode liep hij iedere dag de straat helemaal uit. Rode auto? Rode auto? Die van hem

was de enige, daar was hij bijna wel van overtuigd.
'Zit er maar niet over in, meneer. Ik ga gewoon bij nog een paar mensen langs... U in elk geval bedankt voor de hulp, meneer.' En weg was hij. Maar in deze straat belde hij nergens meer aan om informatie in te winnen, viel Peter op. Hij liep rechtstreeks naar de (niet afgesloten achtergelaten) politieauto en stoof meteen weg.

Een minuut of tien later reed Peter Newlove door naar Woodstock en was blij dat hij nooit was getrouwd. Eén en dezelfde vrouw - dertig, veertig, vijftig jaar! Hem niet gezien! Hij kon zich niet voorstellen dat Bernard die middag in bed zou springen om een half uur onstuimig met Margaret te stoeien. Terwijl... hij dacht aan Gaye terwijl die zich aan het uitkleden was, en zijn rechtervoet duwde het gaspedaal dieper in.

Een enorm opgewonden agent McPherson holde dwars over het plein voor het hoofdbureau van politie van Thames Valley, waar hij eerder die ochtend die zielige, oude Morse pijnlijk overheen had zien strompelen, met zijn armen om de schouders van twee van zijn forse maten. Wauw! McPherson voelde zich als een man die er acht goed heeft in de voetbaltoto. Terwijl hij de paar kilometer van Noord-Oxford naar Kidlington had gereden, had hij zich zo opgetogen gevoeld als nooit tevoren. Er had zich de laatste vier jaar van zijn carrière als agent absoluut niets bijzonders voorgedaan: hij had geen belangrijke boef gearresteerd; hij was niet getuige geweest van een gedenkwaardige overtreding van het Wetboek van Strafrecht of het Burgerlijk Wetboek. Maar vandaag was het geluk bepaald mét hem! Op het moment dat hij de rotonde naar Banbury Road naderde, had hij zijn sirene aangezet en het blauwe zwaailicht, en had hij genoten van de eerbied die hem was betoond door zijn mede-weggebruikers. Hij voelde zich hoogst belangrijk. En waarom ook niet? Hij *was* hoogst belangrijk - althans vandaag.
Eenmaal binnen in het bureau stond McPherson even in tweestrijd. Moest hij aan Lewis rapport uitbrengen? Of moest hij wat hij te weten was gekomen, rechtstreeks doorgeven aan de inspec-

teur? De laatste gedragslijn leek bij nadere beschouwing het meest geschikt. Daarom liep hij de gangen door naar Morses deur, klopte en verstond maar net het gedempte 'binnen' dat aan de andere kant van die deur klonk.
'En, wat kan ik voor je doen, agent?'
McPherson bracht met een indrukwekkende accuratesse en scherpzinnigheid verslag uit, en Morse feliciteerde hem met het feit dat hij zo snel en efficiënt zijn plicht had gedaan.
McPherson was met het compliment bijzonder in zijn nopjes, maar toch ook een beetje verbaasd dat Morse zelf niet van plan leek op stel en sprong de handhavers van de wet in het geweer te roepen. Maar hij had gedaan wat er van hem was verlangd – en had dat goed gedaan.
'Neem me niet kwalijk dat ik niet opsta – jicht, snap je – maar...' Hij schudde McPherson hartelijk de hand. 'Het zal niet onopgemerkt blijven, reken daar maar op.'
Na McPhersons vertrek zat Morse nog een paar minuten in gedachten verzonken. Maar dat was ook al het geval geweest toen de agent was binnengekomen. Om 11.45 v.m. had namelijk Mr. Bernard Crowther opgebeld om mee te delen dat hij een verklaring wenste af te leggen. Wanneer McPherson dat had geweten, zou dat een grote teleurstelling voor hem zijn geweest, ook al had hij de man ertoe gebracht, en Morse had het niet over zijn hart kunnen verkrijgen het hem te vertellen.
Crowther had erop gestaan zelf naar het bureau te komen. De politie mocht hem onder geen beding komen ophalen. Hij stond erop dat de autoriteiten de hoffelijkheid opbrachten om een getuige die vrijwillig wellicht waardevolle informatie kwam verstrekken, niet als een boef te laten opbrengen. Morse was het met hem eens geweest en Bernard had beloofd om 2.30 n.m. bij hem te zijn.

Morse verontschuldigde zich voor zijn immobiliteit en kwam tot de ontdekking dat zijn eerste indruk van Crowther verrassend aangenaam was. Hij was nerveus – dat kon iedereen zo zien, maar de man beschikte over een eigenaardig soort charme en waardigheid; was zo'n schoolmeester van middelbare leeftijd van het type waar de meisjes smoorverliefd op worden. 'Moet u horen, inspecteur – u bent toch inspecteur? – ik ben tot op dit moment nog nooit van mijn leven in een politiebureau geweest. Ik ben er niet van op de hoogte wat bij de politie normale praktijken en procedures zijn. Daarom heb ik voor de zekerheid de verklaring die ik wens af te leggen, uitgeschreven, zij het in alle haast, vrees ik.'

14 zaterdag 9 oktober

Op woensdag 29 september verliet ik 's avonds om 6.45 uur mijn huis aan Southdown Road. Ik reed met de auto naar de rotonde aan het noordelijke uiteinde van de Banbury Road, waar ik linksaf ging en de ongeveer vierhonderd meter over Sutherland Avenue aflegde naar de rotonde aan het noordelijke uiteinde van de Woodstock Road. Het begon al donker te worden en ik deed net als de meeste andere automobilisten, zag ik, de lichten aan. Het was nog niet zo donker dat je al met de koplampen vol aan moest rijden, maar van dat halfslachtige licht waarin het moeilijk autorijden is. Het was in elk geval nog niet donker genoeg om de twee jonge meisjes over het hoofd te zien die een eindje voorbij de rotonde in de berm stonden naast het zelfbedienings-tankstation. Het meisje dat het dichtst aan de weg stond, zag ik duidelijk. Het was een aantrekkelijk meisje met lang, blond haar, witte blouse, korte rok en een jas over haar arm. Het andere meisje was een paar meter doorgelopen en stond met haar rug naar me toe; ze scheen het liever aan haar vriendin over te laten, een lift te versieren. Maar zij had vrij donker haar, geloof ik, en als ik me niet vergis, was ze een paar centimeter groter dan haar vriendin.

Ik moet nu proberen helemaal eerlijk tegen u te zijn. Ik heb me vaak schuldig gemaakt aan romantische dagdromen, zelfs aan vaag erotische dagdromen waarin ik een buitengewoon aantrekkelijke vrouw oppikte en merkte dat zij een zeldzame en verontrustende combinatie van intelligentie en schoonheid vormde. In mijn dwaze fantasieën leidden de inleidende, beschroomde schermutselingen altijd langzaam maar onontkoombaar tot de meest lichtzinnige genoegens. Maar, let wel, dat is altijd een dagdroom geweest en ik maak er alleen maar gewag van om voor mezelf begrijpelijk te maken dat ik toch gestopt ben. Ik zou me niet voor zulke dingen moeten verontschuldigen en me niet schuldig moeten voelen, maar als ik helemaal eerlijk ben, moet ik zeggen dat ik me er wel schuldig over voel en dat dat altijd zo is geweest.

Maar dit terzijde. Ik boog me naar het dichtstbijzijnde portier, duwde het open en zei dat ik naar Woodstock ging; of ze daar iets aan hadden. Het blonde meisje zei 'O, super' of iets dergelijks. Ze draaide zich om naar het andere meisje en zei (geloof ik): 'Heb ik het je niet gezegd?' Toen stapte ze in en kwam voorin naast me zitten. Het andere meisje trok het achterportier open en stapte ook in. Veel werd er niet gezegd, en wat er werd gezegd, was onsamenhangend en teleurstellend. Het meisje naast me zei met tussenpozen telkens opnieuw dat dit 'ech' wel geluk hebben' was (ze sprak op een manier die typerend is voor Oxford) omdat ze de bus had gemist; het meisje dat achterin zat, deed, meen ik, maar één keer haar mond open en dat was om te vragen hoe laat het was. Toen we langs de hekken van Blenheim Palace reden, zei ik dat ik ze niet veel verder kon meenemen en ik begreep dat dat wat hun betrof prima was. Ik zette hen af zodra we in de hoofdstraat kwamen, maar ik heb niet gezien waar ze heengingen. Het lag voor de hand dat ze op weg waren naar een afspraak met hun vriend, en daar ging ik dan ook van uit.

Veel meer is er niet van te vertellen. Wat ik hierboven heb opgeschreven, is een waarheidsgetrouw verslag van de gebeurtenissen die, besef ik nu, later op de avond leidden tot de moord op een van de meisjes die ik een lift had gegeven.

Ik heb daarnet nogmaals doorgelezen wat ik heb opgeschreven, en ben me ervan bewust dat er waarschijnlijk weinig in staat waaraan u wat hebt voor uw onderzoek. Ik besef bovendien dat mijn verklaring aanleiding geeft tot twee vragen: a) waarom ikzelf op 29 september 's avonds op weg was naar Woodstock; en b) waarom ik me niet eerder als ooggetuige heb gemeld. In feite gaat het hier om maar één vraag, en nu ik die kan beantwoorden, heb ik het gevoel dat een grote last van mijn schouders wordt gelicht. Daar staat tegenover dat ik vurig hoop dat wat ik te zeggen heb, door de politie als strikt vertrouwelijk kan worden behandeld, omdat andere mensen, die hier zelf absoluut geen schuld aan hebben, onuitsprekelijk gekwetst zouden worden als dit algemeen bekend werd.

De laatste zes maanden of daaromtrent heb ik een verhouding gehad met een andere vrouw. Het is ons gelukt om elkaar eenmaal per week te ontmoeten, bijna altijd op woensdagavond omdat mijn vrouw en kinderen dan niet thuis zijn en de kans dat er lastige vragen zullen rijzen, niet groot is. Op woendag de 29e was ik op weg naar de zijingang van Blenheim Palace, waar ik deze vrouw om 7.15 n.m. zou ontmoeten. Ik parkeerde mijn auto voor het Bear Hotel en ging lopend verder. We wandelden door de tuinen van Blenheim Palace, rond het meer en tussen de bomen door – het is een prachtig landgoed. Dat was voor ons uiteraard een riskante onderneming, omdat zoveel mensen uit Oxford in Woodstock uit eten gaan. Maar we waren altijd voorzichtig en het was waarschijnlijk mede aan dat risico-element te danken dat het zo opwindend was.

Meer hoef ik niet te vertellen. Ik las het bericht over de moord en zag inspecteur Morse later op de televisie een beroep op het publiek doen. Ik wil graag dat u weet dat ik toen bijna meteen wilde opbellen; ik heb diezelfde avond verscheidene minuten voor een telefooncel aan Southdown Road staan wachten, vastbesloten om me op stel en sprong te melden. Maar nu ben ik me aan het verontschuldigen,

terwijl ik me helemaal niet kan verontschuldigen. Ik ben me er volkomen van bewust, en u zult dat ook zijn, dat ik me in dit late stadium niet geheel uit vrije wil heb gemeld. Toen vanochtend een agent bij me aanbelde, realiseerde ik me dat u me op het spoor bent, en meende ik er goed aan te doen u deze verklaring direct te doen toekomen. Ik hield tegen mijn vrouw het onzinverhaal vol over gestolen auto's dat de agent tegen mij had opgelepeld, en ik heb haar verteld dat ik hierheen zou gaan. Het is me alles waard haar niet te kwetsen (doch het is niet onwaarschijnlijk, besef ik, dat ik haar al heb gekwetst). Daarom zou ik bijzonder dankbaar zijn, als mijn verklaring geheim gehouden kan worden voor zover die, strikt genomen, niet relevant is voor de onderzoeken die u instelt.
Dat het me oprecht spijt dat ik u ongemak en nodeloos extra werk heb bezorgd, zal, neem ik aan, duidelijk zijn uit wat ik hier te kennen heb gegeven. Mocht dat niet het geval zijn, haast ik me nu mijn welgemeende excuses aan te bieden voor mijn egoïstische en laffe handelwijze.
Aldus teken ik,
uw nederige dienaar,
Bernard Crowther.

Morse las de verklaring langzaam door. Toen hij daarmee klaar was, keek hij Crowther over de tafel heen aan, keek vervolgens opnieuw naar de verklaring en las die met nog grotere concentratie nogmaals door. Toen hij uitgelezen was, leunde hij achterover in zijn zwartleren stoel, tilde voorzichtig zijn bezeerde rechtervoet op, legde die over zijn linkerknie en wreef er liefkozend over.
'Ik heb mijn voet bezeerd, Mr. Crowther.'
'O ja? Het spijt me dat te horen. Mijn vrienden uit de medische wereld beweren dat het toetakelen van je voeten of handen, ongeveer het ergste is dat je kan overkomen – heeft iets te maken met de grote hoeveelheid zenuwuiteinden.'
Hij had een aangename stem en manier van doen. Morse keek hem recht in de ogen. Een paar seconden lang vertrokken de

mannen geen van beiden een spier, en Morse meende te onderkennen dat hij in wezen met een eerlijk man te doen had. Maar hij kon tegenover zichzelf niet ontkennen dat hij het een afknapper vond, zo teleurgesteld en ontgoocheld als hij zich voelde. Net als agent McPherson had hij aan een grote prijs in de toto moeten denken, maar het verzenden van telegrammen kon hij uit zijn hoofd zetten: de verwachtingen waren niet best, merkte hij nu. 'Ja.' Hij zette het gesprek weer voort. 'Ik zal vanavond niet rondwandelen in Blenheim Park, meneer.'
'Ik evenmin,' antwoordde Bernard.
'Heel romantisch, neem ik aan, om op die manier vreemd te gaan.'
'Door er zo over te praten, maakt u er iets heel banaals van.'
'Was het dan niet banaal?'
'Misschien wel.'
'Ontmoet u haar nog steeds?'
'Nee. Ik heb mijn tijd als lichtzinnig minnaar gehad, hoop ik.'
'Hebt u haar na die avond nog ontmoet?'
'Nee. Het is helemaal afgelopen. Dat leek het beste.'
'Weet zij dat u die twee meisjes oppikte?'
'Ja.'
'Is ze van streek - omdat het helemaal voorbij is, bedoel ik?'
'Ja, een beetje wel, neem ik aan.'
'En hoe is het met u?'
'Voor mij is het eerlijk gezegd een hele opluchting. Ik ben geen bijster ervaren Casanova en ik had een hekel aan al die leugens.'
'U realiseert zich natuurlijk wel, dat we er heel wat aan zouden hebben als deze jongedame - is ze eigenlijk wel jong?'
Voor het eerst aarzelde Bernard. 'Vrij jong.'
'... als deze jongedame,' vervolgde Morse, 'zich zou melden en uw getuigenverklaring zou bevestigen.'
'Ja, dat besef ik wel.'
'Maar u wilt niet dat ze dat doet.'
'Ik heb liever dat u mijn verhaal niet gelooft dan dat u haar er tegen haar zin bij betrekt.'
'U gaat me niet vertellen wie ze is? Ik beloof u dat ik de zaak persoonlijk zal afhandelen.'

Bernard schudde zijn hoofd. 'Het spijt me, dat kan ik niet doen.'
'Ik kan proberen haar op te sporen, weet u,' zei Morse.
'Dat kan ik u niet beletten.'
'Nee, dat kunt u inderdaad niet.' Morse legde zijn voet behoedzaam weer op het kussen dat op een strategische plek onder zijn bureau was gelegd. 'Het zou zo kunnen zijn, Mr. Crowther, dat u belangrijke informatie achterhoudt.' Bernard zei niets. 'Is ze getrouwd?' drong Morse aan.
'Ik ben niet van plan iets over haar te zeggen,' zei Bernard rustig, en Morse voelde aan dat de man niet te vermurwen was.
'Denkt u dat ik haar kan opsporen?' Er ging een pijnscheut door zijn voet en hij tilde de voet opnieuw op. Ach, laat ook maar zitten, dacht hij. Wat heb ik ermee te maken, als die griet het fijn vindt dat hij onder de bomen haar borsten streelt. Bernard had geen antwoord gegeven en Morse veranderde van tactiek. 'U beseft wel, daarvan ben ik overtuigd, dat dat andere meisje - het meisje dat op de achterbank zat - dat zij ons op haar spoor kan zetten?' Crowther knikte. 'Waarom hebben we volgens u nog niets van haar gehoord?'
'Dat weet ik niet.'
'Kunt u geen reden bedenken?'
Ja, dat kon Bernard wel, dat was duidelijk, maar hij bracht zijn gedachten niet onder woorden. 'Ja, dat kunt u wel, nietwaar, Mr. Crowther? Omdat het precies dezelfde reden zou kunnen zijn als die u had om er weinig voor te voelen u te melden.' Bernard knikte opnieuw. 'Zij zou ons vermoedelijk kunnen vertellen wie Sylvia Kayes vriend was, waar ze hem zou ontmoeten, wat ze van plan waren te gaan doen - ze zou ons wel eens een heleboel kunnen vertellen, denkt u niet?'
'Ik kreeg niet de indruk dat ze elkaar erg goed kenden.'
'Waarom zegt u dat?' vroeg Morse op scherpe toon.
'Tja, ze kletsten niet veel samen. U weet wel hoe dat gaat bij jonge meisjes: over popmuziek, dansen, disco's, vriendjes - zij zeiden gewoon niet veel tegen elkaar - meer niet.'
'U hebt niet haar naam opgevangen?'
'Nee.'

'Hebt u geprobeerd terug te halen of Sylvia haar naam heeft genoemd?'
'Ik heb geprobeerd u alles te vertellen wat ik me kan herinneren. Meer kan ik niet doen.'
'Betty, Carole, Diana, Evelyn... nee?' Bernard reageerde niet. 'Gaye, Heather, Iris, Jennifer...' Morse kon in Bernards ogen niet de minste reactie ontdekken. 'Had ze mooie benen?'
'Niet zo mooi als de benen van dat andere meisje, geloof ik.'
'Die zijn u opgevallen?'
'Ja, wat dacht u dan. Ze zat naast me.'
'Kreeg u een erotische dagdroom?'
'Ja,' zei Crowther eerlijk en zijn stem klonk fel.
'Maar goed dat dat geen misdaad is,' verzuchtte Morse, 'want dan zaten we allemaal achter de tralies.' Hij zag heel even een lichte glimlach op het zorgelijke gezicht van Crowther. Nu zie ik waarom vrouwen hem aantrekkelijk vinden, dacht Morse. 'Hoe laat kwam u die avond thuis?'
'Om ongeveer kwart voor negen.'
'Kwam u altijd zo laat thuis, u snapt me wel, vanwege eh uw eh vrouw en zo?'
'Ja.'
'Eén uur per week, daar bleef het bij?'
'Het duurde nooit veel langer.'
'Was het de moeite waard?'
'Terwijl het aan de gang was, kennelijk wel, ja.'
'U ging die avond niet nog bij de Black Prince langs?'
'Ik ben nog nooit in de Black Prince geweest.' Het klonk heel resoluut. Morse keek weer naar de getuigenverklaring en hem viel het mooie handschrift op; het leek jammer om de verklaring uit te tikken. Hij ondervroeg Crowther nog een half uur en gaf het kort na 4.00 n.m. op.
'We zullen uw auto een tijdje hier moeten houden, ben ik bang.'
'O ja?' Crowther was zo te horen teleurgesteld.
'Ja, misschien vinden we wel iets, begrijpt u – haren of zoiets. Ze kunnen tegenwoordig wonderen verrichten, die jongens van onze forensische dienst.' Hij kwam uit zijn stoel en verzocht Crowther hem zijn krukken aan te geven. 'Ik beloof u één ding,'

zei Morse. 'We zullen uw vrouw erbuiten laten. U kunt tegen haar vast wel een of andere smoes opdissen. Die heeft u per slot van rekening al vaak genoeg verzonnen, nietwaar, meneer?'
Morse strompelde achter Crowther aan de deur uit en droeg de wachtcommandant op vervoer te regelen. 'Laat uw autosleutels alstublieft hier bij mij achter, meneer,' zei Morse. 'Als het goed is, hebt u uw auto begin volgende week weer terug.' De twee mannen schudden elkaar de hand en Crowther hoefde maar enkele minuten te wachten voordat men hem in een politieauto liet stappen. Morse zag hem met gemengde gevoelens gaan. Hij had het idee dat hij tevreden kon zijn over de gang van zaken. Hij moest nu nadenken, niet praten. Maar vreemd was wel die opmerking over de benen van dat andere meisje; volgens Mrs. Jarman liep ze onbeholpen.
Hij trommelde assistentie op en werd naar Crowthers auto geholpen. De portieren stonden open. Hij kroop moeizaam op de voorbank en leunde achterover. Daarbij manoeuvreerde hij zo voorzichtig mogelijk met zijn voet en stak hij zijn benen zo recht mogelijk voor zich uit. Hij deed zijn ogen dicht en stelde zich de benen van Sylvia Kaye voor: lang, gebruind, helemaal tot aan haar korte rok mooi van vorm. Misschien leunde zij ook wel achterover, bedacht hij. 'Seksmaniak!' zei hij bijna onverstaanbaar.
'U zei, sir?' vroeg de brigadier die hem de auto in had geholpen.

Als gevolg van een vreemde samenloop van omstandigheden (of was dat niet zo?) waren in Studio 2 in Walton Street volgens het aanplakbiljet twee seksfilms te zien, waarvan de titels zo waren gekozen dat zelfs iemand die volledig afgestompt was, erdoor werd geprikkeld. De eerste van 2.00 tot 3.05 n.m. was *Danish Blue* (te oordelen naar het uitpuilende vrouwenvlees buiten op de foto's, niet een film over het maken van kaas) en van 3.20 tot 5.00 n.m. was de voornaamste attractie van die week, getiteld *Hot Pants*.
Om 5.00 n.m. vertrokken de eerder aangekomen verslaafden, terwijl in de foyer een klein groepje mannen op toelating stond

te wachten. Een van hen maakte anders altijd deel uit van de vroege brigade, want hij kwam hier iedere week. Maar de firma Chalkley and Sons had hem in de formicawerkplaats twee uur laten overwerken. Daarom kon hij deze week niet blijven zitten en het programma tweemaal zien. Maar de films voldeden toch maar zelden aan zijn abnormaal hoge verwachtingen of aan wat de voorproefjes als reclame voor de te verwachten films beloofden. Zelden keek hij bij deze gelegenheden om zich heen, en het was maar goed dat hij ook op zaterdag 9 oktober zijn ogen afwendde van de mensen die met hem meekeken. Niet meer dan hooguit een meter of twee bij hem vandaan stond namelijk de brigadier die rechercheur Morse als assistent was toegewezen voor het onderzoek naar de moord op Sylvia Kaye. Lewis controleerde zogenaamd de tijden van het eerstvolgende programma, maar zorgde er daarbij wel voor dat hij niet opviel. Dit is zo'n opdracht van Morse die tenminste de moeite loont, dacht Lewis. Als zijn chef geen ongelukje had gehad, had hij deze opdracht vast en zeker zelf uitgevoerd, vermoedde hij.

15 maandag 11 oktober

Het weekend kabbelde voorbij en de bladeren bleven vallen. Morse voelde zich opgewekter; hij kon zijn voet nu alweer vrij goed belasten en maandagmorgen kwam hij tot de slotsom dat hij zijn krukken kon inruilen voor twee stokken. Met dat doel regelde hij het zo, dat McPherson hem met de auto naar de polikliniek van het Radcliffe Ziekenhuis bracht.

Onderweg ondervroeg hij McPherson grondig. Welke indruk had hij zich van Crowther gevormd? Hoe had Crowther in eerste instantie gereageerd? Hoe was hij thuis naar zijn idee? Waarmee was hij bezig geweest toen McPherson aanbelde? Morse kwam tot de ontdekking dat de jonge agent verrassend intelligent en opmerkzaam was, en zei dat ook tegen hem. Ook merkte hij dat de informatie die hem was verschaft, heel wat inhield dat hem interesseerde en zijn nieuwsgierigheid wekte.

'Waar had hij in zitten lezen – heb je dat kunnen zien?'

'Nee, sir. Maar het waren volgens mij boeken over literatuur. Over poëzie, begrijpt u wel?'
Morse ging hier niet op in.
'Hij had een bureau, zei je?'
'Ja, sir. Helemaal bedekt met paperassen, begrijpt u wel?'
Morse nam in gedachten het besluit niet op te tellen hoe vaak hij dat 'begrijpt u wel' al had gehoord en hoe vaak hij dat ongetwijfeld nog te horen zou krijgen. 'Stond er ook een typemachine?' Hij vroeg het heel terloops.
'Ja. Zo'n draagbaar geval, begrijpt u wel?'
Morse vroeg niets meer. De politieauto reed over de ene na de andere kleine binnenplaats van het ziekenhuis, dat er heimelijk op uit leek te voorkomen dat al te veel gewonde burgers rechtstreeks toegang kregen tot de polikliniek, en parkeerde ten slotte op een brede strook beton waarop stond 'Alleen voor ambulances', zonder dat portiers, broeders of parkeerwachters protesteerden. Bij het bemachtigen van een parkeerplaats was het wel eens handig om politieman te zijn.
Morse was op voorhand van mening geweest dat het omruilen van krukken voor stokken binnen een mum van tijd te verwezenlijken was, maar zo zou het niet gaan. Er bleek in de wereld van alle gewonde broeders sprake te zijn van een ongeschonden geloof in maatschappelijke gelijkheid, zodat Morse verplicht was om net als iedereen plaats te nemen en net als iedereen zijn beurt af te wachten, terwijl voor hem net als voor iedereen de gebruikelijke formaliteiten werden afgehandeld. Hij nam plaats op dezelfde bank, bladerde dezelfde oude *Punch* door en was even ongeduldig; hij hoorde dezelfde Chinese arts wiens koelbloedigheid kennelijk geweld werd aangedaan door een jongetje dat er niet in slaagde stil te blijven zitten: 'Jijbeterwilworden, jo'ntje, jijmaarbeter stilsitten.'
Morse staarde somber naar de vloer en zag de benen van verpleegkundigen langskomen. Daar ging je bloed nu niet bepaald van koken. Eén paar uitgezonderd: prachtig waren die! Morse had wel graag gezien hoe die verrukkelijke jongedame er verder uitzag, maar ze was al snel doorgelopen. Dikke, kan-ermeedoor, dunne, gaat-wel – en toen die benen weer en deze keer

bleven ze wonder boven wonder voor zijn neus staan. 'Ik hoop dat er goed voor u wordt gezorgd, inspecteur Morse.'
De inspecteur was zichtbaar met stomheid geslagen. Hij sloeg zijn blik langzaam op en keek vervolgens recht in het trieste, verleidelijke gezicht van dat lieve juffertje met haar donkere ogen, de huisgenote van de afstandelijke miss Jennifer Coleby.
'U weet nog wie ik ben?' vroeg Morse, een beetje onlogisch, vond het meisje dat boven hem uittorende.
'Weet u dan niet meer wie *ik* ben?' vroeg ze.
'Hoe zou ik u hebben kunnen vergeten?' zei de inspecteur en zette zichzelf daarmee eindelijk weer soepeltjes in een hogere versnelling. Wat was ze mooi! 'Werkt u hier?'
'Neem me niet kwalijk, inspecteur, maar u moet van uw leven toch heel wat intelligentere vragen gesteld hebben.' Het uniform stond haar goed - en Morse was altijd al van mening geweest dat een meisje er in een verpleegstersuniform beter uitzag dan in alle mooie pluimage van de modehuizen.
'Ja, dat was niet zo slim van me, hè?' gaf hij toe. Zij glimlachte - op een verrukkelijke manier.
'Ga erbij zitten,' zei Morse. 'Ik wil wel graag even met u babbelen. We hebben vorige keer niet veel tegen elkaar gezegd, hè?'
'Het spijt me, inspecteur, maar dat kan ik niet doen. Ik heb dienst.'
'O.' Hij was teleurgesteld.
'Nou...'
'Blijf dan toch heel even,' zei Morse. 'Ik wil u eigenlijk heel graag een keer ontmoeten, weet u. Kan ik u ontmoeten wanneer uw dienst is afgelopen?'
'Ik heb dienst tot zes uur.'
'O, dan kan ik u wel...'
'Om zes uur ga ik gauw thuis een hapje eten en dan heb ik om zeven uur...'
'... Een afspraak, zeker?'
'Laten we zeggen dat ik dan nog van alles te doen heb.'
'Bofkont,' mompelde Morse. 'Morgen dan?'
'Nee, morgen niet.'

‘Woensdag?’ Morse vroeg zich somber af of het afwerken van de overige dagen van de week wel iets meer was dan een loze formaliteit; maar ze verraste hem.
‘Woensdagavond kan ik u wel ontmoeten, als u wilt.’
‘Ja?’ Morse klonk als een gretige schooljongen. Ze spraken af elkaar om 7.30 n.m. te ontmoeten in de ‘Bird and Baby’ in St Giles’. Morse probeerde op luchtiger toon te spreken. ‘Ik zal u uiteraard thuisbrengen, maar het is misschien beter om u niet af te halen. Het is voor u geen bezwaar om de bus te nemen?’
‘Ik ben geen kind meer, inspecteur.’
‘Mooi. Dan zie ik u dan wel.’ Ze wendde zich af. ‘O, wacht nog ’s even,’ riep Morse. Ze kwam teruggelopen. ‘Ik weet nog steeds niet hoe u heet, miss...’
‘Miss Widdowson. Maar u mag me Sue noemen.’
‘Mogen alleen speciale vrienden u zo noemen?’
‘Nee,’ zei miss Widdowson. ‘Iedereen noemt me Sue.’

De eerste week van de zaak had Morse het volste vertrouwen gehad in zijn eigen bekwaamheden, als een schooljongen die een lastige wiskunde-opgave moet uitwerken en het antwoordenboekje er stiekem naast heeft liggen. Vanaf het allereerste begin had hij naar zijn idee al min of meer het Grote Plan achter deze zaak doorzien. Hij zou een beetje moeten goochelen met het bewijsmateriaal dat hij in handen kreeg, maar hij wist hoe de puzzel in elkaar stak. Om die reden had hij de bewijzen niet, realiseerde hij zich, als bewijzen gezien, maar slechts in verband gebracht met zijn reconstructie van de gebeurtenissen, en die reconstructie van hemzelf was gebaseerd op vooroordelen. Daardoor was het hem niet gelukt een antwoord op zijn probleem te vinden dat ook maar in de verste verte leek op de overeengekomen oplossing in het antwoordenboekje. Stond in het antwoordenboekje dan toch het verkeerde antwoord, begon hij zich nu serieus af te vragen. De avond vóór een belangrijke paardenrace had hij wel eens de lijst van renpaarden en berijders doorgenomen, zijn ogen gesloten en geprobeerd zich voor te stellen hoe de volgende ochtend de koppen op de sportpagina van de krant er uit zouden zien. Dat was hem ook al niet erg goed gelukt. Toch was hij van mening dat hij nog steeds op het goede spoor zat. Hij was een doordouwer – vond hijzelf – maar hij sloot zijn ogen niet voor de mogelijkheid dat Lewis (die nu tegenover hem aan de tafel zat) dat trekje van hem aanzag voor koppigheid, en zijn superieuren voor pure eigenwijsheid.

Maar Lewis zat op dat moment absoluut niet na te denken over de koppigheid van zijn chef. Hij overdacht met grote afschuw wat hem daarnet allemaal was opgedragen.

'Maar kan het er wel mee door, denkt u, sir, om het zo aan te pakken?'

'Dat betwijfel ik,' zei Morse.

'En het is vast ook niet wettelijk geoorloofd.'

'Waarschijnlijk niet.'

'Maar u wilt dat ik het toch doe.' Morse negeerde de niet als vraag bedoelde vraag. 'Wanneer?'

'Je moet er eerst zeker van zijn dat hij niet thuis is.'

'Hoe stelt u zich voor...'

Morse onderbrak hem. 'Allemachtig, man, je loopt niet meer aan de leiband. Gebruik je verstand!'

Met een kwaaie kop liep Lewis de kantine door en bestelde een kop koffie.

'Wat is er mis, brigadier?' Agent Dickson zat daar weer te eten.

'Die etter van een Morse – dat is er mis,' mompelde Lewis, en hij zette zijn kopje zo woest neer, dat de helft van de inhoud eruit vloog en het schoteltje vuil maakte.

'Ik zie dat je je koffie graag half om half hebt, brigadier,' zei Dickson. 'Half in het kopje en half op het schoteltje.' Hij vond het allemaal enorm amusant.

McPherson kwam binnenlopen en bestelde koffie. 'De moordzaak al opgelost, brigadier?'

'Nee, dat hebben we niet, potdorie,' snauwde Lewis. Hij stond op en liet het grauw ogende aftreksel onaangeroerd staan – half in het kopje en half op het schoteltje. 'Wat mankeert hem?' wilde McPherson weten. 'Jemig, hij weet niet wat een bofkont hij is. Verrekte goeie vent, inspecteur Morse. Neem nu maar van mij aan dat, als het hem niet lukt die Woodstock-affaire tot op de bodem uit te zoeken, het niemand lukt.'

Het was een mooi compliment en Morse had zo'n pluim wel kunnen gebruiken. Nadat Lewis was weggegaan, bleef hij daar nog een hele tijd zitten met zijn handen tegen elkaar voor zijn gezicht, vingertoppen tegen vingertoppen, ogen gesloten alsof hij tot een welwillende godheid om licht bad op het steeds minder goed zichtbare pad. Maar Morse nam al heel lang, zij het niet van harte, het bestaan van een bovennatuurlijke macht met een korreltje zout. Hij zat geduldig te vissen in de troebele wateren van zijn gedachten.

Om ongeveer 4.30 n.m. kreeg hij beet en strompelde hij naar de kast waarin het dossier over de moord in Woodstock lag. Ja, ze zaten er allebei in. Hij haalde ze eruit en las ze opnieuw - voor de zoveelste keer, leek het wel. Hij had vast en zeker gelijk. Dat moest gewoon zo zijn. Toch vroeg hij zich af of het inderdaad zo was.

Het eerste (maar het was een witvis, geen haai) dat zijn aandacht trok, was dat én in de brief van de (bijna zeker) gefingeerde werkgever én in de door Crowther afgelegde verklaring de schrijver koos voor de formulering 'ik zou' waar hijzelf 'ik zal' zou hebben geschreven. Hij hoorde zichzelf al dicteren: 'Geachte heer, ik zal erg blij zijn wanneer...' Had hij dan eigenlijk moeten zeggen 'ik zou'? Hij keek het na en stuitte op de term 'conditionalis' - voorwaardelijke wijs. Daarom ging het duidelijk in beide gevallen. 'Zou' was dus de aangewezen formulering. Tja, dacht Morse, zo leren we er iedere dag nog iets bij. Maar er was iemand die dat allemaal al had geweten, en dat mocht ook wel. Hij was immers een Engelse don? Maar hoe zat het met Mr. G... (wat er verder stond, was niet te ontcijferen) die het woord psychologie verkeerd had gespeld? (Potverdrie - dat had hij ook nog niet eens nagetrokken.) Maar Mr. G. was toch zeker ook iemand van de universiteit? zei een stemmetje in Morses achterhoofd. Een heel klein haaitje! Maar wel belangwekkend.

Hij las de documenten nog een keer door. Wacht eens even. Kijk nog eens goed. Dat was geen witvis. Absoluut niet! 'Doch het is niet onwaarschijnlijk...' Die frase dook in elk document op. Een gekunstelde frase. Een woord dat je nog maar zelden hoorde. En wat dat 'niet onwaarschijnlijk' aanging, dat was een

zogenaamde retorische figuur, ofte wel een *litotes*. Uitdrukkingen die dezelfde betekenis hadden, schoten door zijn hoofd. 'Maar de kans zit erin...' 'Maar het zal waarschijnlijk...' 'Maar misschien...' 'Maar ik denk...' 'Maar het zou ook zo kunnen zijn...' Vreemd. Heel vreemd. Een zeer gekunstelde frase.
En het was ook wel erg toevallig dat in beide brieven het woord 'betreuren' viel. Wat zou hijzelf hebben geschreven? 'Het zou me spijten', 'Ik zou het jammer vinden'? Het was toch echt een bijzonder vreemde brief. Had hij in het begin het belang van de brief te hoog ingeschat? Had hij slimmer dan slim willen zijn? Maar men deed dat soort dingen wel. In oorlogstijd wisselden man en vrouw heel veel feitelijke gegevens uit zonder dat de legerfunctionarissen die de brieven censureerden, argwaan kregen. 'Het spijt me te horen dat Archie junior kroep heeft. Schrijf gauw weer,' kon heel goed de militaire boodschap verhullen dat soldaat Smith de eerstkomende zaterdag overgeplaatst werd van Aldershot naar Caïro. Vergezocht? Nee! Morse geloofde dat hij het bij het rechte eind had gehad.
De avondschaduwen vielen over zijn bureau en hij borg het Woodstock-dossier weer op en sloot de kast af. Het begon langzaam te dagen hoe het zat en het leek te klopen met het antwoord in het antwoordenboekje.

16 dinsdag 12 oktober

Dinsdagochtend stopte om 11.00 v.m., een half uur nadat Crowther op de bus naar het stadscentrum was gestapt, voor het huis van de familie Crowther aan Southend Road een busje met het opschrift 'Kimmons Typemachines'. Er stapte een man uit die een lichtgewicht grijs jasje droeg met op de rug 'Kimmons' geborduurd en hij liep het witte hek door, langs het verwaarloosde gazon, en belde aan. Margaret Crowther veegde haar handen af aan haar schort en deed open.
'Meneer?'
'Woont hier een meneer Crowther, mevrouw?'
'Ja.'

'Is hij thuis?'
'Nee, op het moment niet.'
'O. Bent u mevrouw Crowther?'
'Ja.'
'Uw man heeft ons gebeld om te vragen of we naar zijn typemachine wilden komen kijken. Hij zei dat de wagen steeds vastloopt.'
'O, nou, komt u dan maar binnen.'
De typemachinemonteur haalde nogal demonstratief een doosje uit zijn zak, waarin, moest men zich voorstellen, het vereiste gereedschap zat voor het werk dat hij deed, en stapte zichtbaar verlegen het smalle gangetje in. Vandaar ging Margaret hem voor naar de kamer aan de rechterkant van de gang, waar Bernard Crowther zoveel tijd besteedde aan de bestudering van de vermaarde werken van de Engelse literatuur. Hij zag de typemachine meteen.
'Hebt u mij erbij nodig?' Mrs. Crowther scheen het liefst zo snel mogelijk weer haar culinaire taken voort te zetten.
'Nee, nee. Duurt maar een paar minuten - of het moet wel een heel krakkemikkig geval zijn.' Zijn stem klonk gespannen.
'Roep me maar als u klaar bent. Ik ben in de keuken, dus in de buurt.'
Hij keek behoedzaam om zich heen, tikte een paar keer voor de vorm op de typemachine, liet de wagen een paar keer heen en waar gaan en tingelen en luisterde aandachtig. Hij hoorde het gerammel van potten en pannen; hij voelde zich redelijk veilig, maar was toch heel nerveus. Snel trok hij de bovenste la aan de rechterkant van het kleine bureau open: paperclips, balpennen, elastiekjes, gummetjes - niets dat heel verdacht leek. Systematisch doorzocht hij de twee laden eronder en vervolgens de drie aan de linkerkant. Er zat niet veel verschil in. Bundels briefjes, bijeengehouden door een paperclip, omvangrijke agenda's voor College-vergaderingen, dossiermappen, schrijfpapier, nog meer schrijfpapier en nog meer - met lijntjes, blanco, met briefhoofd, klein-folio formaat, folio, A-4. Hij voerde nogmaals zijn aandoenlijke, kleine pantomime op en hoorde als welkom contrapunt in antwoord daarop gerammel van aardewerk. Hij haalde

van elke stapel schrijfpapier één vel, vouwde die netjes op en stak ze in zijn binnenzak. Ten slotte pakte hij nog één A-4tje, draaide het in de typemachine, friemelde aan de wagen en typte snel de volgende twee regels:

Na beoordeling van de vele sollicitaties die we hebben ontvangen, moeten we u tot one spijt medelen

Mrs. Crowther liet hem uit. 'Nou, dan moet het nu in orde zijn, Mrs. Crowther. Stof in de lagers van de wagen, dat was alles.' Lewis hoopte dat het goed klonk.
'Moet ik met u afrekenen?'
'Nee, dat hoeft nu niet.' En weg was hij.

Om twaalf uur 's middags klopte Lewis op Bernard Crowthers deur op de tweede binnenplaats van Lonsdale College en zag hem een einde maken aan een bespreking met een jonge student met een bril op en lang haar.
'Er is geen haast bij, sir,' zei Lewis. 'Ik wil best wachten tot u klaar bent.'
Maar Crowther was klaar. Hij had Lewis vorige week zaterdag ontmoet en wilde zo snel mogelijk vernemen wat er te vernemen was. De jongeman werd terstond weggestuurd met het uitdrukkelijke bevel voor de volgende privé-les een essay te produceren over 'symbolisme in *Cymbeline*', en dat was niet niks. Crowther sloot de deur. 'Zegt u het eens, brigadier Lewis.'
Lewis vertelde hem precies wat er die ochtend was gebeurd. Hij draaide er niet omheen en bekende dat hij het niet plezierig had gevonden om die smoes op te hangen. Crowther toonde zich nauwelijks verbaasd en scheen alleen maar over zijn vrouw in te zitten.
'Maar, meneer,' zei Lewis. 'Als u zegt dat u een man van Kimmons verwachtte om naar uw typemachine te komen kijken, is er niets aan de hand. Dat kan ik u verzekeren.'
'Had u het niet gewoon aan me kunnen vragen?'
'Eh, ja, meneer, dat hadden we kunnen doen. Maar ik weet dat inspecteur Morse het zo geruisloos mogelijk wilde afhandelen.'

‘Ja, daar ben ik wel van overtuigd,’ zei Crowther op nogal verbitterde toon. Lewis stond op om te vertrekken. ‘Maar waarom? Wat verwachtten jullie te ontdekken?’
‘We wilden als het even kon uitvissen, meneer, op welke machine een bepaalde, eh, een bepaalde mededeling getypt was.’
‘En jullie meenden dat ik erbij betrokken was?’
‘We moeten nu eenmaal onderzoeken instellen, meneer.’
‘En?’
‘En wat, meneer?’
‘Zijn jullie er wijzer door geworden?’
Lewis was zichtbaar niet op zijn gemak. ‘Ja, meneer.’
‘En?’
‘Laten we zeggen, meneer, dat we niets... eh... niets belastends geconstateerd hebben. Zo staat het er ongeveer bij, meneer.’
‘Wilt u daarmee zeggen dat jullie meenden dat ik iets op de typemachine uitgetikt had, en dat jullie nu denken dat ik dat niet heb gedaan?’
‘Eh, dat moet u maar aan inspecteur Morse vragen, meneer.’
‘Maar u zei daarnet dat de brief niet op...’
‘Ik heb niet gezegd dat het om een brief ging, meneer.’
‘Maar er zijn mensen die brieven schrijven op de typemachine, nietwaar, brigadier?’
‘Dat klopt, meneer.’
‘Weet u, brigadier, als u zo doorgaat, ga ik me nog schuldig voelen.’
‘Dat spijt me, meneer. Dat was niet mijn bedoeling. Maar bij het werk wat wij doen, moet je feitelijk iedereen verdenken. Meer kan ik u niet vertellen, meneer. We zijn op zoek naar een bepaalde typemachine, maar het was niet de typemachine bij u thuis. Maar er zijn meer typemachines op de wereld, is het niet, meneer?’
Dat sprak Crowther niet tegen. Een grote erker bood een fantastisch uitzicht op het zijdezachte gras op de tweede binnenplaats, glad en groen als een biljarttafel. Voor het raam stond een groot mahoniehouten bureau dat bezaaid was met paperassen, brieven, werkstukken en boeken. Midden tussen die literaire wanorde

stond breed en hoekig op het bureau een grote, oude, gehavende typemachine.

Op de terugweg naar Kidlington reed Lewis door de grote bocht van de brede, door bomen omzoomde St Giles' en hield rechts aan om de Banbury Road door Noord-Oxford te volgen. Toen hij langs het grote gebouw aan zijn rechterhand reed, zag hij daar een vrij lange vrouw met een donkere broek en een lange, zware jas aan lopen die telkens na een paar passen op een vreemd moedeloze, pessimistische manier haar duim opstak. Ze had lang blond haar dat tot halverwege haar rug hing, en dat haar had zo op het oog zijn natuurlijke kleur. Lewis moest aan Sylvia Kaye dingen. Arme meid. Hij reed de blondine voorbij op het moment dat ze net haar hoofd omdraaide, en hij knipperde even hevig met zijn ogen. In wat voor wereld leven we eigenlijk?! De mooie blondine had namelijk een mooie baard en bakkebaarden die helemaal tot aan zijn kin reikten. Interessante gedachte...

Morse had zijn ergernis niet kunnen verbergen, toen Lewis eerder rapport aan hem had uitgebracht en belachelijk snel en zelfverzekerd had vastgesteld dat de brief waar hij zijn hoop op had gevestigd, niet op Crowthers eigen typemachine was geschreven en evenmin op een van de soorten schrijfpapier die met zoveel omzichtigheid uit Crowthers persoonlijke voorraad was gegapt. Zijn enige zorg was toen geweest hoe hij het best de onrechtmatigheden in de werkwijze van de politie kon verdoezelen. Om die reden had hij Lewis onmiddellijk weggestuurd om met Crowther te gaan praten. Naar het verslag van dat gesprek luisterde hij aandachtig, zij het zonder enthousiasme, toen Lewis om 1.00 n.m. terugkwam.
'Het was dus niet bepaald een van de zonnigste ochtenden, brigadier.'
'Nee. Zoiets doe ik liever niet meer, sir.'
Daar kon Morse inkomen. 'Maar we hebben er toch helemaal niets kwaads mee gedaan, Lewis? Over Crowther maak ik me niet al te veel zorgen – die is tegen ons toch ook niet helemaal

eerlijk geweest? Maar Mrs. Crowther... die had moeilijk kunnen doen. In elk geval bedankt.' Dat meende hij zo te horen echt.
'Laat maar, sir. We hebben in elk geval ons best gedaan.' Lewis voelde zich opeens stukken beter.
'Zin in een borrel?' vroeg Morse. De twee mannen vertrokken een stuk opgewekter.

De politiemannen waren geen van beiden op het idee gekomen dat vrouwen die zo intelligent en ervaren zijn als Mrs. Crowther, weleens niet automatisch en zonder vragen te stellen zouden kunnen accepteren dat de Tom, Dick of Harry die zomaar aanbelt, een betrouwbare handelsman is. Daar komt bij dat Mrs. Crowther zelf privé-secretaresse was geweest voordat ze met Bernard trouwde. De typemachine was eigenlijk van haar en zij had diezelfde ochtend nog op diezelfde machine twee brieven uitgetikt: één gericht aan haar echtgenoot en één gericht aan inspecteur Morse, p/a Hoofdbureau van politie van Thames Valley, Kidlington. Aan die typemachine mankeerde helemaal niets, wist ze, en ze had gezien hoe de nerveuze man van Kimmons Typemachines de laden van Bernards bureau opentrok. Ze vroeg zich af waar hij naar zocht, maar het kon haar eigenlijk niets schelen. Ze had zelfs op een naargeestige, vermoeide manier geglimlacht, terwijl ze de deur achter hem dichtdeed. Het duurde niet lang meer of ze was zover dat ze de brieven op de post kon doen. Maar ze wilde zekerheid hebben.

Morse zat het grootste gedeelte van de middag aan zijn bureau te werken. Het rapport over Crowthers auto was binnengekomen, maar bleek weinig te betekenen te hebben. Er was één lange, zwaar gebleekte blonde haar aangetroffen op de vloer achter de stoel links voorin, maar dat was het dan wel zo ongeveer. Geen enkel spoor van het andere meisje. Er waren ook nog andere rapporten binnengekomen, maar ook daarin stond niets dat de voortgang van het onderzoek bleek te bevorderen. Hij ging zich bezighouden met andere kwesties. Hij moest de volgende morgen voor de politierechter verschijnen en daarvoor nog akten van beschuldiging en memoranda lezen. Zijn hersens waren dankbaar dat ze voor de verandering eens tastbare feiten konden opnemen, en terwijl hij de gegevens doornam, was hij zich van geen tijd bewust. Toen hij om 5.00 n.m. op zijn horloge keek, verbaasde het hem dat de middag zo snel was omgegaan. Weer een dag voorbij - bijna voorbij. Morgen kwam er weer een dag, en hij had om een of andere reden een tevreden gevoel. Had die reden iets uit te staan met woensdag en Sue Widdowson? vroeg hij zich af.

Hij belde Lewis op, die op het punt stond naar huis te gaan. Ja, hij kon natuurlijk nog wel even langskomen. Kon hij dan misschien ook nog zijn reeds lang onder zijn werk lijdende vrouw bellen? Zij had waarschijnlijk net de frites in de pan gedaan. 'Je zei, Lewis, dat Crowther ook nog een typemachine heeft in zijn kamers op het College. Ik vind dat we die ook moeten controleren. Niet?'

'U zegt het maar, sir.'

'Maar je zou het deze keer liever doen zoals het hoort, hè?'

'Dat zou wel het beste zijn, denk ik, sir.'

'Je zegt het maar, Lewis.'

Morse kende de rector van Lonsdale College vrij goed en hij belde hem nu direct op. Het verzoek dat Morse hem deed, verbaasde Lewis een beetje. Zijn chef pakte het deze keer inderdaad op gepaste wijze aan. Hij luisterde naar de monoloog. 'Hoeveel typemachines zijn er? Ja. Ja. Ook die... Ja. Zoveel? Maar het is te doen? Ja, dat zou natuurlijk een stuk schelen... Wil je het liever op die manier aanpakken? Nee, maakt mij niets uit... Aan het eind van de week? Goed. Hartstikke bedankt. Maar nu moet je even goed luisteren...'

Morse gaf zijn instructies, bedankte nogmaals overdreven uitvoerig en keek zijn brigadier stralend aan toen hij eindelijk neerlegde. 'Behulpzame man was dat, Lewis.'

'Veel keus had hij toch niet?'

'Misschien niet. Maar het bespaart ons een heleboel tijd en moeite.'

'Het bespaart *mij* een heleboel tijd en moeite, bedoelt u.'

'Lewis, beste vriend, wij vormen toch samen een team, jij en ik?' Lewis knikte instemmend, maar het ging niet van harte.

'Aan het eind van de week hebben we van elke typemachine in Lonsdale College bewijsmateriaal. Wat zeg je me daarvan?'
'Ook van die van Crowther?'
'Uiteraard.'
'Zou het niet wat makkelijker zijn geweest...'
'Om recht op ons doel af te gaan? Jazeker. Maar je zei toch dat je dit wilde doen in overeenstemming met de geweldige, onbevooroordeelde regels van de Engelse wet? We hebben wat Crowther aangaat geen been om op te staan. Hij is waarschijnlijk even onschuldig als mijn tante Freda.'
Van tante Freda had Lewis nog nooit gehoord, laat staan dat hij haar had ontmoet. Daarom zag hij ervan af daar rechtstreeks op te reageren. 'Denkt u dat Crowther de man is die we moeten hebben, sir?'
Morse stak zijn duim in een hoek van zijn mond. 'Dat weet ik niet, Lewis. Dat weet ik gewoonweg niet.'
'Er kwam vandaag een ideetje bij me op, sir,' zei Lewis na een korte stilte. 'Ik meende een meisje te zien, maar toen ik vlakbij kwam en zij zich omdraaide, was het niet een zij maar een hij.'
'Je legt wel erg bondig uit wat je bedoelt, brigadier.'
'Maar u weet wel wat ik bedoel.'
'Ja, dat weet ik zeker. In onze jeugd probeerden wij jongens er ook als jongens uit te zien. Als je er uitzag als een meisje, was je een mietje. Tegenwoordig heb je jonge kerels met oogmake-up en handtassen. Doet je het een en ander afvragen.'
Morse had dus toch niet helemaal begrepen waar hij op doelde en Lewis stelde hem daarvan op de hoogte. Hij was geen ideeenman, daar was hij zich altijd al van bewust geweest, en bracht slechts schoorvoetend te berde wat hij bedacht had. 'Ik bedacht opeens, begrijpt u, sir, dat Mrs. Jarman twee meisjes' (hij had niet verder hoeven gaan, maar Morse hield zich koest) 'bij de bushalte had zien staan. Daar had ze vast gelijk in. Ze praatte zelfs met een van hen en het andere meisje was Sylvia Kaye. Goed. De vrachtwagenchauffeur, Baker, zag daarna dat de meisjes aan de andere kant van de rotonde werden opgepikt door een man in een rode auto. Maar het begon donker te worden. Hij zei dat het twee meisjes waren. *Maar dat zag hij misschien*

verkeerd. Ik zou vanochtend gezworen hebben dat ik een meisje zag – maar ik had ongelijk. Iedereen was onder de indruk van Sylvia – alle ogen waren op haar gericht en geen wonder. Maar stel nou dat de vrachtwagenchauffeur Sylvia en nog een persoon had gezien, en stel dat die andere persoon er uitzag als een meisje, maar toch geen meisje was. *Die andere persoon zou ook een man geweest kunnen zijn.* Het andere meisje dat Mrs. Jarman zag, droeg een broek, weet u nog, sir, en de beschrijvingen die we van Baker kregen, pasten daar zo goed bij dat wij meenden dat het om dezelfde twee mensen moest gaan. Maar stel dat dat andere meisje uiteindelijk besloot niet naar Woodstock te liften. Stel dat ze Sylvia inhaalde en tegen haar zei dat ze toch maar niet naar Woodstock ging, en stel dat Sylvia een man tegen het lijf liep, waarschijnlijk iemand die ze al kende en die daar al langer stond te liften, en die twee samen een lift kregen. Ik weet dat u hier waarschijnlijk zelf ook al aan hebt gedacht, sir' (Morse reageerde in positieve noch negatieve zin – hij had er niet aan gedacht) 'maar ik vond dat ik het toch te berde moest brengen. We hebben pogingen gedaan om de dader te vinden en ik kwam zomaar op het idee dat het best eens zo zou kunnen zijn dat die man misschien steeds al samen met Sylvia in de auto zat.'
'We beschikken over Crowthers getuigenverklaring, weet je nog, brigadier,' zei Morse langzaam.
'Weet ik, sir. Die zou ik graag nog eens willen bekijken als dat mag. Voor zover ik me herinner, had hij niet veel over die andere passagier te zeggen, of wel?'
'Nee, dat is waar,' gaf Morse toe. 'En ik kan er niets aan doen, maar ik denk dat hij eigenlijk meer weet dan hij ons heeft verteld.' Hij liep naar de dossierkast, haalde uit zijn dossiers de verklaring van Bernard Crowther te voorschijn, las het eerste vel door, gaf dit vervolgens aan Lewis en las het tweede vel door. Toen beide mannen uitgelezen waren, keken ze elkaar over de tafel heen aan.
'En, wat denkt u, sir?'
Morse las hardop voor: ' "Het meisje dat het dichtst aan de weg stond, zag ik duidelijk. Het was een aantrekkelijk meisje met lang, blond haar, witte blouse, korte rok en een jas over haar

arm. Het andere meisje was een paar meter doorgelopen en stond met haar rug naar me toe; ze scheen het liever aan haar vriendin over te laten, een lift te versieren. Maar ze had vrij donker haar, geloof ik, en als ik me niet vergis, was ze een paar centimeter groter dan haar vriendin.'' Wat denk jij?'
'Erg duidelijk is het niet, hè, sir?'
Morse zocht de andere relevante passage op. ' ''het meisje dat achterin zat, deed, meen ik, maar één keer haar mond open en dat was om te vragen hoe laat het was.'' Je kon best eens gelijk hebben, weet je dat?' zei Morse.
Lewis liep warm voor zijn theorie. 'Ik heb vaak genoeg horen vertellen, sir, dat wanneer een stel gaat liften, het meisje een been laat zien, om het zo maar eens te zeggen, en de man zich verdekt opstelt. U snapt het wel: opeens te voorschijn komen als de auto stopt, en dan kan de bestuurder geen nee meer zeggen.'
'Maar zo is het die keer niet gegaan, brigadier.'
'Nee. Dat weet ik, sir. Maar het klopt wel zo ongeveer, toch: ''scheen het liever aan haar vriendin over te laten, een lift te versieren.'' ' Lewis vond dat hij het citaat om zijn bewering te staven ook hardop moest voorlezen.
'Mm. Stel de je gelijk hebt: wat is er dan met het andere meisje gebeurd?'
'Zij is misschien wel naar huis gegaan, sir. Kan weet ik waarheen zijn gegaan.'
'Maar ze wilde toch per se naar Woodstock volgens Mrs. Jarman?'
'Ze kan naar de bushalte gelopen zijn.'
'De conducteur herinnert zich haar niet.'
'Maar toen we er hem naar vroegen, dachten we aan twee meisjes, niet aan één.'
'Mm. Misschien wel de moeite waard om nog een keer na te trekken.'
'En dan is er nog iets, sir.' Het tij kwam onontkoombaar opzetten en kabbelde al tegen de zandkastelen aan van Morses Grote Plan.
'Ja?'
'Ik hoop dat u het niet erg vindt dat ik dat zeg, sir, maar Crow-

ther vermeldt dat het andere meisje een paar centimeter groter was dan Sylvia.' Morse kreunde, maar Lewis praatte verder, onbarmhartig als het tij. 'Nu was Sylvia 1.72, als ik me goed herinner. Als Jennifer Coleby het andere meisje was, moet ze op stelten hebben gelopen, sir. Zij is toch maar ongeveer 1.65...'

'Maar snap je dat dan niet, Lewis? Dat zijn nu net de dingen waar hij waarschijnlijk over liegt. Hij probeert ons af te schudden. Hij wil dat andere meisje beschermen.'

'Ik probeer alleen maar af te gaan op de verklaringen waar we over beschikken, sir.'

Morse knikte. Hij meende in alle ernst dat hij maar onderwijzer moest gaan worden - basisschool was wel zo ongeveer zijn niveau. Taalles geven, meende hij, dat kon hij waarschijnlijk maar het beste gaan doen. Waarom had hij nog niet aan dat verschil in lengte gedacht? Maar hij wist wel waarom niet. In het Grote Plan was Crowther de schuldige geweest.

En nu krulden de golven gevaarlijk dicht bij het laatste zandkasteel. Ze hadden de gracht al gevuld en een bres geslagen in de verdedigingswal. Het was 6.00 n.m. en Lewis' tweede portie frites stond koud te worden.

Morse hinkte samen met Lewis het gebouw uit en de twee bleven nog een paar minuten bij de auto van de brigadier staan praten. Lewis voelde zich min of meer een leerling van Morses hypothetische basisschool die zijn meester erop had betrapt dat hij een eenvoudig woord verkeerd spelde. Hij had al een paar dagen nog iets op zijn lever, maar wist niet goed of hij er goed aan deed erover te beginnen. Kon hij het maar beter uitstellen tot morgen? Maar hij wist dat Morse een drukke dag in de rechtszaal voor de boeg had. Hij flapte het er toch maar uit.

'U herinnert zich de brief, sir, met het adres van Jennifer Coleby erop?'

Die kende Morse uit het hoofd. 'Wat is daarmee?'

'Zouden er op het originele exemplaar vingerafdrukken gezeten kunnen hebben?'

Morse hoorde de vraag en staarde wezenloos in de verte. Uiteindelijk schudde hij triest het hoofd. 'Daar is het nu te laat voor.'

De basisschool werd overduidelijk een vaster omlijnd toekomstbeeld terwijl de minuten wegtikten. Het zandkasteel schoof opeens naar voren en bereidde zich voor op een roekeloze val voorover. Het werd tijd dat iemand anders de zaak overnam; hij zou op bezoek gaan bij de commissaris.

Een paar meter bij hem vandaan stopte een politieauto. 'Hulp nodig, sir?'
'Nee, ik red het wel, maar bedankt.' Morse schudde zijn somberheid van zich af. 'Volgende week begin ik weer te trainen. Bij de eerste de beste thuiswedstrijd zie je me in het eerste team.'
De agent lachte. 'Maar 't is wel vervelend. Vooral wanneer je niet kunt autorijden.'
Morse was zijn auto bijna vergeten. Die stond nu al ruim een week achter slot en grendel. 'Agent, spring bij me voorin, wil je? Het is hoog tijd dat ik uitprobeer hoe het gaat.' Hij ging moeizaam achter het stuur zitten, bewoog zijn voet heen en weer over de rem en het gaspedaal, trapte met zijn voet stevig de rem in en kwam tot de conclusie dat het wel ging. Hij startte, reed de binnenplaats rond, testte zijn vermogen om de juiste dingen te doen, stopte, stapte uit en straalde als een wees die een teddybeer in handen gestopt krijgt.
'Niet slecht, hè?' De agent hielp Morse het gebouw binnen en de gang door naar zijn kamer.
'Morgen kunt u weer autorijden, denkt u niet, sir?'
'Ja, dat denk ik wel,' zei Morse.
Hij ging zitten en dacht aan morgen. De commissaris. In de middag was waarschijnlijk het beste. Hij draaide het nummer van de commissaris, maar er werd niet opgenomen. Hij had 's avonds ook nog een afspraak met iemand anders. Hij verheugde zich op zijn uitje met Sue Widdowson – het had weinig zin te doen alsof dat niet het geval was. Maar wat had hij er een puinhoop van gemaakt. De 'Bird and Baby'! Waarom had hij haar in vredesnaam niet gevraagd mee te gaan naar de Elizabeth, de Sorbonne of de Sheridan? En waarom had hij niet afgesproken dat hij haar kwam ophalen, zoals elke fatsoenlijke vent

gedaan zou hebben? Jennifer Coleby kon het heen en weer krijgen! Maar hij kon het toch zeker alsnog afspreken? Ze zou intussen al wel thuis zijn. Hij keek op zijn horloge: 6.30 n.m. De *Oxford Mail* lag op zijn schoot en hij nam de uit-agenda snel even door. *Hot Pants* en *Danish Blue*, zag hij, waren een week geprolongeerd 'op verzoek van het publiek'. Hij had natuurlijk met haar naar de film kunnen gaan. Maar vermoedelijk niet naar Studio 2. Restaurants. Niet veel bijzonders. Toen zag hij het. 'Sheridan diner-dansant: toegangsbewijs voor twee personen 6 pond. 7.30 - 11.30 n.m. Bar. Vrijetijdskleding.' Hij belde de Sheridan. Ja, er waren nog een paar toegangsbewijzen voor twee personen beschikbaar, maar dan moest hij ze wel vanavond komen afhalen. Mocht hij over zeg een kwartiertje terugbellen? Ja. Ze zouden een toegangsbewijs voor twee personen voor hem vasthouden.

Jennifer Coleby's telefoonnummer stond ergens in het dossier en hij had het algauw gevonden. Hij dacht na over wat hij zou zeggen. 'Miss Widdowson' - dat was het beste. Hij hoopte dat Sue opnam.

Prr. Prr. Hij was opgewonden. Idioot.

'Ja?' De stem van een jong meisje, maar van welk jong meisje? Het kraakte in de hoorn.

'Is dit Oxford 54385?'

'Ja, dat klopt. Kan ik iets voor u doen?' De moed zonk Morse in de schoenen. Het was onmiskenbaar de afstandelijke, heldere stem van Jennifer Coleby. Morse probeerde op een klunzige manier te spreken alsof hij Morse niet was. 'Ik wil miss Widdowson graag spreken als ze thuis is.'

'Ja, ze is er. Wie kan ik zeggen dat er aan de lijn is?'

'O, zeg maar dat het een van haar vroegere schoolvriendjes is,' antwoordde de niet als Morse klinkende stem.

'Ik ga haar meteen halen, inspecteur Morse.'

'Sue! Su-ue!' hoorde hij haar roepen. 'Een van je vroegere schoolvriendjes aan de lijn!'

'Hallo, met Sue Widdowson.'

'Hallo.' Morse wist niet hoe hij zichzelf moest noemen. 'Met Morse. Ik vroeg me even af hoe je het zou vinden als we mor-

genavond niet ergens wat gaan drinken, maar in plaats daarvan naar de Sheridan gaan. Daar is een diner-dansant en daar heb ik kaarten voor. Wat vind je ervan?'
'Goed idee.' Morse vond dat ze een mooie stem had. 'Echt een prima idee. Een paar vrienden en vriendinnen van me gaan er ook heen. Wordt vast heel leuk.'
O nee! dacht Morse. 'Niet te veel, hoop ik. Ik wil je niet hoeven delen met een heleboel anderen, snap je.' Hij zei het luchtig, maar met een bezwaard gemoed.
'Nou, wel een flink stel,' bekende Sue.
'Zullen we dan maar ergens anders heengaan? Weet jij niet nog iets?'
'O, maar dat kunnen we niet doen. U hebt de kaarten toch al. We vinden het vast wel leuk - dat zult u zien.'
Morse vroeg zich af of hij ooit nog zou leren te zeggen waar het op stond. 'Oké. Ik kan je afhalen, als je wilt. Komt je dat goed uit?'
'O, ja, graag. Jenny zou me erheen rijden, maar als u...'
'Afgesproken. Om kwart over zeven haal ik je op.'
'Goed, kwart over zeven. Is avondkleding verplicht?' Dat wist Morse niet. 'Hindert niet - daar kom ik nog wel achter.'
Via een van je vele vriendjes, ongetwijfeld, dacht Morse. 'Goed. Verheug me erop.'
'Ik ook.' Ze hing op en Morse zelf sprak het innemende vaarwel dat hem op de lippen had gelegen, maar niet meer uit. Verheugde hij zich er echt op? Dat soort avonden waren meestal nogal ontgoochelend. Maar het zou hem goed doen. Of zorgen voor zijn verdiende loon. Wat kon het hem schelen? Hij kreeg er in elk geval een degelijke maaltijd en het zou fijn zijn om weer eens een jong meisje in zijn armen te houden en lichtvoetig te dansen op de lichte, fantastische... Goeie hemel, dat was hem helemaal ontschoten! Hij leek wel gek; wat een stomme, belachelijke idioot was hij! Net zomin als hij een rabbi kon uitnodigen voor het nuttigen van een schotel met varkensvlees, kon hij miss Widdowson uitnodigen samen met hem zo'n verrukkelijke, dromerige wals te dansen. Hij hobbelde naar de informatiebalie. 'Bezorg me een auto, brigadier.'

'Over een paar minuten staat er eentje voor u klaar, sir. We moeten...'
'Bezorg me nu een auto, brigadier. En met nu bedoel ik nu meteen.' Het laatste woord galmde luid door de open ruimte en er werden verschillende hoofden omgedraaid. De wachtcommandant reikte naar de telefoon. 'Ik wacht op de gang.'
'Hulp nodig, sir?' De wachtcommandant was een vriendelijke man en kende de inspecteur al verscheidene jaren. Morse wachtte bij de balie. Hij was boos op zichzelf en daar had hij vele redenen voor. Maar hoe hij erbij kwam dat dat hem het recht gaf zich af te reageren op een van zijn oude vrienden, begreep hij zelf niet. Hij verwenste zijn eigen egoïsme en gebrek aan hoffelijkheid.
'Ja, brigadier, wat hulp kan ik wel gebruiken.' Het had Morse die dag niet meegezeten.

17 woensdagmorgen 13 oktober

Oxford en omstreken kreeg op woensdag in de vroege ochtenduren te maken met een uitzonderlijke storm, die daar waar hij woedde, schoorstenen vernielde en televisie-antennes en dakpannen van de daken blies. Het nieuws van 7.00 v.m. maakte melding van een spoor van vernielingen in Kidlington, Oxon, waar een zekere Mrs. Winifred Fisher op het nippertje aan de dood ontsnapte toen het dak van een garage van zijn plaats schoot en door een raam op de bovenverdieping knalde. 'Ik heb er gewoon geen woorden voor,' zei ze. 'Verschrikkelijk.' De draagbare radio stond op het nachtkastje, samen met een telefoon en een wekker die Morse om 6.50 v.m. had gewekt uit een lange, rustige slaap.
Hij stapte uit bed toen de nieuwsuitzending was afgelopen en tuurde tussen de gordijnen door. Zijn eigen garage leek nog helemaal intact. Maar wel vreemd dat hij niet wakker was geworden van de storm. Geleidelijk drong de herinnering aan de gebeurtenissen van gisteren zich aan hem op en nestelde zich als een zware sedimentlaag in zijn hoofd. Verdwenen waren de

engelenscharen die in de slaap over hem hadden gewaakt, en hij ging op de rand van zijn bed over de ruwe stoppels op zijn kin zitten wrijven, terwijl hij zich afvroeg wat deze dag zou brengen. Naarmate de zaak vorderde, leek de grafiek van zijn stemmingen steeds meer op een kartelige bergketen met pieken en dalen, dieptepunten en hoogtepunten.

Om kwart voor acht had hij zich geschoren, gewassen en aangekleed en voelde hij zich fris en vol zelfvertrouwen. Hij spoelde het bezinksel uit de mok die hij gisteravond laat nog had gebruikt, waste het glas af waaruit hij gisteravond laat whisky had gedronken, vulde de ketel en richtte zijn aandacht op een belangrijk probleem.

De laatste paar dagen had hij een buitensporig grote, witte gymschoen aan zijn bezeerde voet gedragen, losjes gestrikt en met opengeknipte hiel. Het werd tijd om weer iets normaals aan te doen. Hij voelde er weinig voor om met zulke buitenissige dingen aan zijn voeten in de rechtszaal te verschijnen en hij kon zich niet voorstellen dat miss Widdowson echt in de wolken zou zijn met een begeleider naar het diner-dansant die aan één voet een gymschoen droeg. Hij had maar twee paar schoenen en een riskant kleine voorraad geschikte sokken, en met zulke beperkte combinatiemogelijkheden zag het er niet echt naar uit dat hij die dag presentabel geschoeid zou zijn. Hij liet zijn voet weer in zijn trouwe gehavende gymschoen glijden en besloot een te groot paar schoenen te gaan kopen bij M and S, zijn favoriete winkel. Het werd een dure dag. Hij dronk een kop thee en keek uit het raam. Het deksel van zijn vuilnisemmer hing tegen het hek aan de voorkant en overal lag rommel. Hij moest eraan denken naar de dakpannen te kijken... Achteraf meende hij dat hij een heel verkeerde kijk had gehad op de gebeurtenissen van de vorige dag. Hij had te dicht op de bomen gestaan en nu meende hij weer hetzelfde vertrouwde bos te zien. Het was nog evenzeer een doolhof, zeker, maar toch nog steeds hetzelfde bos. Hij voelde zich weer helemaal zichzelf, veerkrachtig als altijd, of bijna even veerkrachtig als altijd. Maar wat de drastische gedragslijn aanging die hij had overwogen – hoe zat het daarmee? Hij moest er nog eens over nadenken; hij zat ook nog met een probleem waar hij eerst iets aan moest doen. Waar waren zijn pen, zijn kam en zijn portefeuille? Tot zijn verbazing en grote opluchting vond hij het hele spul bij elkaar op de schoorsteenmantel in de slaapkamer.

De trouwe, oude Lancia stond er nog. Het was een goede koop geweest. Krachtig, betrouwbaar en 450 kilometer met een volle tank. Hij had er vaak over gedacht om hem in te ruilen, maar had er nooit de moed voor kunnen opbrengen. Hij schoof zichzelf voorzichtig in de krappe ruimte tussen het portier aan de kant van de bestuurder en de gewitte muur van de garage. Dat was altijd een lastige manoeuvre en hij werd bepaald niet slanker. Maar het was fijn om weer achter het stuur te zitten. Hij trok de choke van het oude beestje iets verder uit dan anders – de auto had per slot van rekening een week stil gestaan – en startte. Sputter... sputter... sputter... sputter. Nee. Nog een keer de choke uittrekken? Maar hij moest uitkijken dat hij hem niet verzoop. Nog een keer. Sputter... sputter... sputter... sputter... sputter. Vreemd. Hij had nog niet eerder meegemaakt dat hij veel problemen gaf. Maar drie keer was scheepsrecht. Sputter... sputter... sputter... De accu was zeker bijna leeg. Wat vervelend nou. Wacht nou maar een minuut of twee. Laat hem even op adem komen. Nu dan! Sputter... sputter... Kom op nou! Nog een keer. Sputt... 'Dat moet mij nu net weer overkomen,' zei hij bij zichzelf. 'Hoe moet ik in hemelsnaam komen waar ik zijn moet zonder...' Hij zweeg en huiverde onwillekeurig. Voor zijn geestesoog brak een grauwe dageraad aan en werden de purperen mysteries van de ochtend doorschoten door de stralen van de opkomende zon. 'Een zegen was het die vroege ochtend om in leven te zijn.' Wordsworth was dat toch? Kwam vorige week voor in het kruiswoordraadsel in *The Times*. De golven begonnen zich eindelijk terug te trekken van het strand. De schuimkoppen van de brekers rolden onophoudelijk en onvermoeibaar op de kust aan, maar de fut was eruit. Hij zag het Grote Plan voor zich en het laatste kleine zandkasteel had de machtige zee weerstaan.

De chef van Barkers Garage in Oxford was er zo van onder de indruk dat inspecteur Morse op hoffelijke wijze zijn hulp inriep, dat binnen tien minuten een nieuwe accu onderweg was, die binnen vijftien minuten was geïnstalleerd. De wolken waren groot en wit en de zon scheen helder. Open weer, zou Jane Austen het genoemd hebben. Morse raapte het deksel van de vuilnisemmer op en haalde nauwgezet alle rommel uit zijn tuin.

Aan de universiteit van Oxford was het druk die ochtend, de derde volle dag van het herfsttrimester. Eerstejaars met spiksplinternieuwe College-shawls over hun schouders gegooid waren op ontdekkingstocht in de boekwinkels aan de Broad, slenterden een tikkeltje zelfbewust de High en de drukke Cornmarket door, Woolworth en Marks and Spencer en gingen vervolgens, al naar gelang hun voorkeur, de dichtstbijzijnde pubs of koffiehuizen binnen. Om 1.00 n.m. zat Morse in een stoel op de zelfbedienings-schoenenafdeling in de kelder van M and S. Normaal nam hij maat 8, maar nu was hij met geduld en vastberadenheid aan het experimenteren. Aan maat 9 had hij kennelijk weinig, en nadat hij op kousevoeten een behoorlijk aantal keren heen en weer had gelopen tussen rekken en de door hem uitverkoren stoel koos hij voor zwartleren instapschoenen, maat 10. Ze leken erg groot en hij had er natuurlijk op de lange termijn gezien in wezen niets aan. Maar wat kon dat schelen? Hij zou aan zijn linkervoet twee sokken over elkaar heen aantrekken. Goed dat hij daaraan dacht. Hij betaalde de schoenen, trok zijn gymschoen recht, tot grote verbijstering van een stevige, narrig ogende caissière die zo te zien zelf wel maat 10 kon hebben, en liep door naar de afdeling sokken en herenondergoed waar hij zes paar opzichtige dunne sokken kocht. Als dat had gekund, zou hij met lichte tred Cornmarket ingelopen zijn. De auto deed het weer, de rechtszaken waren achter de rug, met de zaak ging het prima.

Anderen waren eveneens inkopen aan het doen. Er werd die ochtend goed verkocht en niet alleen in de grote zaken in de hoofdstraten van het stadscentrum van Oxford. Ongeveer om dezelfde tijd dat Morse, de grootpoot, zijn aankopen onder zijn arm duwde, werd in het vervallen achterafstraatje achter Botley

Rood opnieuw één snelle, ongecompliceerde transactie volvoerd, en men kon stellen dat John Sanders deze keer in elk geval aan het langste eind trok.

18 woensdagmiddag 13 oktober

Op Lonsdale College was woensdag de 13e de eerste avond voor genodigden van het herfsttrimester en Bernard Crowther ging iets eerder van huis dan anders. Om 6.15 n.m. klopte hij bij Peter Newlove aan en liep diens kamers binnen zonder op een reactie te wachten.

'Ben jij dat, Bernard?'

'Ja.'

'Schenk jezelf een borrel in. Kom zo.'

Bernard was langs de portiersloge gekomen toen hij naar binnen ging, en had drie brieven uit zijn postvak gehaald. Twee scheurde hij slordig open en verbande hij haastig naar zijn jaszak. Op de derde stond 'vertrouwelijk' en er zat een kaart in:

> *'Van de rector.*
> *In het kader van haar onderzoek naar de onlangs in Woodstock gepleegde moord wil de politie heel graag de herkomst traceren van een getypte brief die in haar bezit is gekomen en die volgens haar wellicht belangrijk bewijsmateriaal is inzake de onderzoeken die ze instelt. De politie heeft mij gevraagd ervoor te zorgen dat elke typemachine in het College wordt gecontroleerd en ik vraag daarom al mijn collega's aan dit verzoek te voldoen. De thesaurier heeft erin toegestemd deze taak op zich te nemen, en we moeten naar mijn mening, en ook die van de waarnemend rector, zonder meer ingaan op dit gerechtvaardigde verzoek. Dientengevolgde heb ik inspecteur Morse, die het onderzoek naar de moord leidt, ervan in kennis gesteld dat wij als College graag op alle mogelijke manieren onze medewerking verlenen. De thesaurier beschikt over een lijst van alle College-typemachines, maar wellicht zijn er*

in de vertrekken van verschillende fellows ook typemachines aanwezig die van henzelf zijn. Informatie aangaande deze typemachines verzoek ik u onmiddellijk door te geven aan de thesaurier. Dank u voor uw hulp.'

'Wat is er, Bernard? Wil je geen borrel?' Peter was vanuit de badkamer binnengekomen en stond zijn uitdunnende haar te kammen met een uitdunnende kam.
'Heb je ook zo'n kaart gekregen?'
'Ja, ik heb ook een mededeling ontvangen van onze vereerde en eerbiedwaardige rector, als je dat bedoelt.'
'Waar slaat dat allemaal op?'
'Ik zou het niet weten, beste jongen. Mysterieus is het wel, hè?'
'Wanneer moet dat grote onderzoek plaatsvinden?'
'Plaatsvinden? Het is al achter de rug. Naar mijn typemachine in elk geval wel. Vanmiddag kwam een meisje binnen – samen met de thesaurier natuurlijk. Typte een cryptisch bericht uit en was meteen weer weg. Jammer eigenlijk. Lief ding. Ik moet proberen wat meer tijd zoet te brengen in de vertrekken van de thesaurier.'
'Aan mij zullen ze ook niet veel hebben, vrees ik. Dat rotding van mij is in de middeleeuwen gefabriceerd en er heeft al zes maanden geen lint meer in gezeten. Volgens mij is het trouwens "vastgelopen" zoals ze dat noemen.'
'Dat is dan één verdachte minder, Bernard. Wil je nu nog een borrel of niet?'
'Denk je niet dat we vanavond nog lang genoeg kunnen hijsen?'
'Nee, beste jongen, dat denk ik niet.' Peter ging zitten en trok een duur paar zware, bruine golfschoenen aan, maat 10, maar niet aangeschaft op de zelfbedieningsafdeling van Marks and Spencer.

'We kunnen nog wel gauw even iets drinken, denk ik.' Het was bijna 7.30 n.m. 'Wat wil jij?'
'Een droge sherry graag. Ik ben zo terug. Moet even mijn neus poederen.' Ze verdween naar de toiletten. Er zaten maar een paar mensen in de bar en nadat Morse op zijn wenken was

bediend, liep hij met de drankjes naar een hoek van het vertrek en ging zitten.
De Sheridan was het meest modieuze hotel van Oxford en sterren uit de toneel-, film-, sport- en televisiewereld die de stad bezochten, logeerden meestal in dit goed geoutilleerde, grote, stenen gebouw dat je al gauw passeert wanneer je St Giles' doorloopt. Een gestreept zonnescherm strekt zich er uit boven het trottoir en naast de glimmende naamplaat stond een pluimstrijker op de smalle stoeptreden van de draaideuren naar de straat. Morse vermoedde dat de bedrijfsleiding ergens in het gebouw ook nog wel een opgerolde rode loper had staan. Niet dat deze die avond was uitgerold; hij had niet eens een parkeerplaats kunnen vinden op de krappe binnenplaats van het hotel en zich daardoor genoodzaakt gezien zijn auto in St Giles' te parkeren. Dat was nu niet wat je een goed begin kon noemen en ze hadden nog maar weinig tegen elkaar gezegd.
Hij keek naar haar toen ze terugkwam. Ze had haar jas uitgedaan en liep benijdenswaardig elegant naar hem toe. Haar lange, dieprode, fluwelen japon accentueerde daarbij op een aangename manier de lijnen van haar gracieuze lichaam. En opeens begon zijn hart sneller te kloppen, hun ogen ontmoetten elkaar en zij glimlachte. Ze kwam naast hem zitten en net als toen ze naast hem in de auto zat, was hij zich bewust van de vreemde, subtiele belofte van haar parfum.
'Proost, Sue.'
'Proost, inspecteur.'
Hij wist niet hoe hij dat probleem met zijn naam moest aanpakken. Hij voelde zich net een schoolmeester op leeftijd die een afspraakje heeft met een van zijn leerlingen en zich nogal ergert aan dat 'gemeneer', maar het toch niet anders wil omdat hij van mening is dat dat huichelachtig zou zijn. Hij zei daarom maar niets van dat 'inspecteur'. Er kon uiteraard nog verandering komen in die situatie. Morse bood haar een sigaret aan, maar die weigerde ze. Terwijl ze aan haar sherry nipte, vielen Morse de lange, fraai gemanicuurde vingers op: geen ringen, geen nagellak. Hij vroeg haar hoe ze het die dag op haar werk had gehad, en zij vertelde hem dat. Het was allemaal een beetje gespannen.

Ze dronken hun glas leeg en liepen de bar uit en de trappen op naar de Evans Room. Sue tilde haar japon een stukje op terwijl ze de trappen nam, en Morse probeerde te vergeten hoe strak zijn rechterschoen zat en hield zijn linkervoet krampachtig in zo'n gebogen stand dat de schoen er niet helemaal afviel.
De zaal was met een verfijnd gevoel voor decorum ingericht. Rond een kleine, goed glanzend gewreven dansvloer waren met steeds dezelfde tussenruimte tafeltjes neergezet, op de witte tafellakens glansde zilveren bestek en op alle tafeltjes brandde een rode kaars, waarvan de blauw met gele vlammetjes zo spits toeliepen dat ze bijna even delicaat waren, meende Morse, als Sue Widdowson. Er zaten al enkele paren, onder wie, begreep Morse tot zijn verdriet, een aantal vrienden van Sue die hij naar de maan wenste. Een klein orkest speelde een zwoele melodie die in je hoofd bleef hangen, en terwijl zij naar hun tafeltje werden geleid, ging een jong stelletje de dansvloer op, waarbij ze elkaar onafgebroken diep in de ogen keken en hun omgeving en al hun zorgen vergaten.
'Ben jij hier al eens eerder geweest?'
Sue knikte, en Morse volgde het jonge paar met zijn ogen en besloot zijn fantasie niet al te zeer de vrije teugel te laten. Een ober kwam hun de menukaart brengen en dat vond Morse een welkome afleiding.
'Is de wijn gratis?'
'We krijgen samen één fles.'
'Meer niet?'
'Is het niet genoeg?'
'Het is toch een speciale gelegenheid?' Sue gaf zich niet bloot. 'Wat zou je zeggen van een fles champagne?'
'Denkt u er wel aan dat u me weer naar huis moet brengen?'
'We zouden een taxi kunnen nemen.'
'En uw auto dan?'
'Misschien wordt die dan wel weggesleept door de politie.' Sue lachte en Morse keek naar haar witte tanden en volle lippen. 'Nou, wat vind je ervan?'
'Ik lever me willoos aan u uit, inspecteur.' Was dat maar zo, dacht hij.

Er waren nu nog enkele paren aan het dansen en Sue zat naar hen te kijken. 'Dans je graag?' Sue hield haar ogen op de dansenden gericht en knikte. Een jonge Adonis wuifde in hun richting. ''Lo Sue. Alles goed?' Sue stak groetend een hand op.
'Wie is dat?' vroeg Morse agressief.
'Dokter Eyres. Hij is een van de assistent-artsen in het Radcliffe.' Het leek wel alsof ze gehypnotiseerd werd door het tafereel. Maar op het moment dat de champagne werd gebracht, keerde ze terug in Morses wereld en even later werd de conversatie wat meer ongedwongen. Morse babbelde zo gemoedelijk en boeiend mogelijk en Sue leek aangenaam ontspannen. Ze gaven op wat ze wensten te eten en Morse schonk nog een glas champagne in. Het orkest hield op met spelen; de paren op de vloer klapten een paar seconden niet al te enthousiast en gingen weer aan de tafeltjes rondom de vloer zitten. Dokter Eyres en zijn jonge brunette met zwaar opgemaakte ogen kwamen op Morses tafeltje af en Sue leek blij hen te zien.
'Dr. Eyres, dit is inspecteur Morse.' De twee mannen schudden elkaar de hand. 'En dit is Sandra. Sandra, inspecteur Morse.'
Sandra met haar loodkleurige oogleden was ook verpleegkundige, zo bleek, en werkte net als Sue in het Radcliffe Ziekenhuis.
Het orkest begon weer zijn luide muziek te vertolken.
'Mag ik Sue om deze dans verzoeken, inspecteur?'
'Natuurlijk,' glimlachte Morse. Hitsige hufter van een dokter die je bent. Sandra ging zitten en keek met duidelijke belangstelling in haar ogen naar Morse.
'Het spijt me vreselijk, maar ik kan u niet ten dans vragen,' zei hij, 'want ik heb een ongelukje gehad met mijn voet. Maar het is al bijna weer over.'
Sandra was een en al medeleven. 'O, nee toch. Wat is er gebeurd?'
Morse vertelde voor de vijftiende keer in zeven dagen onder welke omstandigheden zijn escapade had plaatsgevonden. Maar Sue was geen moment uit zijn gedachten. Terwijl zij met de assistent-arts naar de vloer liep, dacht hij aan Coleridge:

De bruid is de zaal binnengeschreden,
Rood als een roos is zij.

Hij hield hen in het oog terwijl ze dansten. Hij zag dat Sue's armen strak om de hals van haar partner lagen, haar lichaam zich dicht bij het zijne bevond, en opeens bevond zijn wang zich bijna op haar haren en rustte haar hoofd op zijn schouder. Morse werd misselijk van angst en jaloezie. Hij wendde zijn ogen af van de vrijende paren. 'Weet je, ik denk dat ik deze dans ook nog net kan volbrengen,' zei hij. 'Mag ik?' Hij nam haar bij de hand, leidde haar naar de dansvloer, legde zijn rechterarm stevig om haar middel en trok haar naar zich toe. Hij kwam er echter al snel achter hoe dom dat van hem was geweest. Zijn bezeerde voet functioneerde uitstekend, maar omdat hij zijn andere voet niet meer dan een centimeter van de dansvloer durfde te tillen, schopte hij al gauw om de haverklap tegen de tenen van zijn partner die hem dat niet in dank afnam. Gelukkig was de dans snel voorbij, waarop Morse terugslofte naar zijn veilige tafeltje en zich ondertussen uitputte in slecht verstaanbare verontschuldigingen. Daar zat Sue geanimeerd met dokter Eyres te praten, en nadat Sandra er ook bij was komen zitten, barstte het trio telkens in lachen uit.
Tien minuten eerder had Morse verwacht dat zelfs het sappigste stuk vlees vanavond droog zou smaken als de Dode-Zee-appels, maar hij verorberde zijn maal energiek. Eten kon hij tenminste nog. Dansen kon hij niet, hij had er niet aan gedacht dat hij al van middelbare leeftijd was, Sue verlangde naar iemand anders, maar daar stond tegenover dat hij wel kon eten. En lekker dat het was! Ze zeiden niet veel en toen er wel iets werd gezegd, op het moment dat ze aan de koffie toe waren, kwam dat als een grote verrassing.
'Waarom hebt u me mee uitgevraagd, inspecteur?'
Morse keek naar haar: het blonde, zachte haar was weggekamd uit haar gezicht, haar gezicht zelf was zonder meer verrukkelijk fris, met wangen waarop nu een lichte blos lag van de wijn. Maar het meest betoverend waren die grote, droefgeestige ogen. Had hij er echt een bedoeling mee gehad, toen hij haar mee uit

vroeg? Hij wist het niet goed meer. Hij zette zijn ellebogen op de tafel en liet zijn kin op zijn gevouwen handen rusten. 'Omdat ik je erg mooi vind en omdat ik bij je wilde zijn.'
Sue keek hem een paar seconden aan met vriendelijke ogen die niet knipperden. 'Meent u dat?' vroeg ze zachtjes.
'Ik weet niet of ik dat meende toen ik het vroeg. Maar ik meen het nu wel, en ik geloof dat je dat wel weet.' Hij zei dit zomaar voor de vuist weg, rustig, en terwijl hij dat zei, bleef hij haar strak aankijken. Twee prachtige tranen zag hij ontstaan op haar onderste oogleden en ze stak haar hand uit en legde die op zijn arm.
'Kom, dans met me,' fluisterde ze.
Het was druk op de dansvloer en veel meer dan langzaam heen en weer wiegen op het zwoele, trage ritme van de muziek deden ze niet. Sue liet haar hoofd licht tegen zijn wang rusten, en een wonderlijke vreugde nam bezit van Morse toen hij het vocht van haar ogen voelde. Hij wenste dat de wereld ophield met draaien en dat dit hemelse moment eeuwig voortduurde. Hij gaf haar een kus op haar oor en fluisterde verlegen een paar lievigheidjes, en Sue nestelde zich al dieper in zijn armen en trok hem nog dichter naar zich toe. Toen de muziek ophield, bleven ze zo samen staan en Sue keek naar hem op. 'Kunnen we nu gaan, alsjeblieft. Ergens heen waar we alleen zijn?'
Van de daaropvolgende paar minuten herinnerde Morse zich maar weinig. Als in een droom had hij naast de draaideuren staan wachten en met de armen om elkaar heen waren ze langzaam St Giles' doorgelopen naar zijn auto.
'Ik wil met je praten,' zei Sue toen ze in de auto zaten.
'Ik luister.'
'Weet je, toen je zei dat je het misschien niet had gemeend... misschien niet had gemeend wat je zei. O, ik raak helemaal in de war. Wat ik bedoel, is... je was van plan me iets te vragen, hè?'
'Denk je dat?' vroeg Morse.
'Ja, en je weet best dat dat zo was. Iets over Jennifer. Door haar hebben we toch met elkaar te maken gekregen? Jij meende dat zij iets met die moord in Woodstock te maken had...' Morse

knikte. 'En je was van plan mij naar haar vriendjes en dat soort dingen te vragen.'
Zwijgend zat Morse in het duister van zijn auto. 'Ik ga je daar nu niet naar vragen, Sue. Maak je geen zorgen.' Hij sloeg zijn arm om haar heen, trok haar naar zich toe en kuste teder de zachtste, verrukkelijkste lippen die de Almachtige ooit heeft gemaakt. 'Wanneer kunnen we elkaar weer ontmoeten, Sue?'
Zodra hij dat had gezegd, wist hij dat er iets mis was. Hij voelde hoe haar lichaam verstrakte; ze schoof bij hem vandaan, zocht naar haar zakdoek en snoot haar neus. Het scheelde niet veel of ze barstte in tranen uit. 'Nee,' zei ze, 'we kunnen elkaar niet meer ontmoeten.'
De pijn die Morse nu voelde, was erger dan hij ooit eerder had meegemaakt en op gespannen, ongelovige toon vroeg hij: 'Maar waarom dan niet? Waarom niet? Natuurlijk kunnen we elkaar wel weer ontmoeten, Sue.'
'Nee, dat kan niet.' Haar stem klonk op dat moment zakelijk en resoluut. 'We kunnen elkaar niet meer ontmoeten, inspecteur, omdat... omdat ik verloofd ben en binnen afzienbare tijd ga trouwen.' Ze slaagde er nog net in dat laatste woord uit te brengen, voordat ze haar hoofd tegen Morses schouder duwde en uitbarstte in tranen van vertwijfeling. Morse hield zijn arm stevig om haar heen geslagen en luisterde met onpeilbare droefheid naar haar krampachtige gesnik. De voorruit was inmiddels beslagen door hun ademhaling en Morse veegde het vocht provisorisch weg met de rug van zijn rechterhand. Buiten zag hij de massieve buitenmuur van St John's College. Het was pas 10.00 n.m. en voor de portiersloge stond een groep studenten vrolijk te lachen. Morse kende dat wel. Hij was daar zelf ook student geweest, maar dat was twintig jaar geleden en het leven was sindsdien op een of andere manier aan hem voorbijgegaan.
Zwijgend reden ze naar het noordelijk deel van Oxford en Morse liet de Lancia pal voor Sue's voordeur stoppen. Op dat moment ging de deur open en stapte Jennifer Coleby naar buiten met haar autosleutels in de hand. Ze kwam naar hen toe.
'Hallo, Sue. Wat ben je vroeg thuis.'
Sue draaide het raampje omlaag.

'We willen niet aangehouden worden wegens rijden onder invloed.'
'Komt u binnen nog een kop koffie drinken?' vroeg Jennifer. De vraag werd indirect, want door het autoraampje, aan Morse gesteld.
'Nee. Ik kan, denk ik, maar het best naar huis gaan.'
'Zie je zo dan wel,' zei Jennifer tegen Sue. 'Ging net de auto wegzetten.' Ze stapte in een keurige kleine Fiat en reed soepeltjes weg naar de garage die ze huurde in een straat verderop.
'Goede autootjes, die Fiats,' zei Morse.
'Niks beter dan Engelse auto's, of wel?' vroeg Sue. Ze deed manmoedig haar best zich niet weer zo dwaas aan te stellen.
'Heel betrouwbaar, heb ik me laten vertellen. En als er dan toch iets fout gaat, dan hebben jullie toch een goede importeur hier in de buurt?' Morse hoopte dat het luchtig genoeg klonk, maar het kon hem niet echt schelen wanneer dat niet zo was.
'Ja, om de hoek eigenlijk.'
'Ik vind Barkers zelf ook altijd heel goed.'
'Zij ook,' zei Sue.
'Nou, dan kan ik nu maar beter gaan.'
'Wil je echt niet nog even binnenkomen voor een kop koffie?'
'Nee. Echt niet.'
Sue nam zijn hand en hield die losjes in de hare. 'Je weet dat ik mezelf in slaap zal huilen, hè?'
'Zeg dat nu niet.' Hij wilde niet weer gekwetst worden.
'Ik wou dat je met me naar bed ging,' fluisterde ze.
'Ik wou dat jij altijd met mij naar bed ging, Sue.'
Meer zeiden ze niet. Sue stapte uit, wuifde toen de Lancia langzaam wegreed en draaide zich om naar de voordeur met een gezicht dat verblind was door tranen.

Met een bezwaard hart reed Morse naar Kidlington. Hij dacht aan de eerste keer dat hij het juffertje met de donkere ogen had gezien, en daarna dacht hij aan de laatste keer. Was het maar anders gelopen! Hij dacht aan de droevigste regels poëzie die hij ooit had gelezen:

en die gedachte maakte het er voor hem niet beter op. Hij had geen zin om naar huis te gaan; hij besefte nu pas hoe eenzaam hij was geworden. Hij ging de White Horse binnen, bestelde een dubbele whisky en ging in een lege hoek zitten. Ze had niet eens naar zijn voornaam gevraagd... Hij dacht aan dokter Eyres en de donker-ogige Sandra en veronderstelde zonder een spoortje afgunst dat die waarschijnlijk nu ongeveer samen in bed stapten. Hij dacht aan Bernard Crowther en meende dat de droefheid die deze ervoer vanwege zijn buitenechtelijke verhouding met dat meisje van hem in Blenheim Park, vast nog niet half zo erg was als wat hij nu voelde. Hij dacht aan Sue en haar verloofde en hoopte dat het een goeie vent was. Hij nam nog een dubbele whisky en stapte huilerig en in kennelijke staat op, kort nadat de waard had geroepen dat hij ging sluiten.

Overdreven voorzichtig zette hij de auto weg en hoorde de telefoon gaan voor hij de deur open kon doen. Zijn hart sloeg op hol. Hij rende de gang in, net op het moment dat het gerinkel ophield. Was zij het geweest? Was het Sue? Hij kon natuurlijk terugbellen. Welk nummer had ze ook alweer? Dat wist hij niet. Het stond in zijn dossiers op het hoofdbureau. Hij kon daarheen bellen. Hij pakte de hoorn van het toestel - en legde hem weer neer. Het was Sue vast niet geweest. Als ze het wel was geweest, kon ze nogmaals bellen. Ze had waarschijnlijk al die tijd dat hij in de White Horse had gezeten, geprobeerd hem te bereiken. Was het niet om woest van te worden!? Bel nog een keer, Sue. Alleen maar om me even je stem te laten horen. Bel nog een keer, Sue. Maar de telefoon ging die avond niet meer.

19 donderdag 14 oktober

Bernard Crowther had donderdagochtend een kater. Hij moest om 11.00 v.m. college gaan geven en hij bekeek zijn notities over 'Invloeden op de stijl van Miltons poëzie' met toenemende gevoelens van vrees. Om kwart voor negen had Margaret hem een mok hete zwarte koffie gebracht; ze wist altijd wanneer het weer zo ver was - en zei dat meestal ook. Zij was al vanaf half zeven op, had het ontbijt klaargemaakt voor de kinderen, een paar overhemden en blouses gewassen, de bedden opgemaakt, de slaapkamers gestofzuigd en stond nu in de gang haar jas aan te trekken. Ze stak haar hoofd om de deur. 'Gaat het?' Wat had Bernard er een hekel dat ze het hem zo nog eens onder de neus wreef.

'Ja, prima.'

'Heb je nog iets nodig uit de stad - melk of maagtabletten?' Het leek wel of ze constant op het punt stonden oorlog te gaan voeren en elkaar aanstaarden over een lang betwiste frontlijn. Margaret! Margaret! Kon hij maar met haar praten.

'Nee. Nee, maar bedankt. Luister 's, Margaret, ik moet zo ook al gaan. Kun je niet nog een paar minuten wachten?'

'Nee. 'k Moet ervandoor. Kom je thuis lunchen?'

Wat had dat voor zin? 'Nee. Ik eet wel wat op het College.' Hij hoorde de voordeur dichtslaan en zag haar snel de straat uitlopen, de hoek om en uit het zicht. Hij ging naar de keuken, vulde een glas met koud water en liet er twee bruistabletten aspirine in vallen.

Morse en Lewis overlegden die ochtend van negen tot tien. Er moesten verschillende losse eindjes aan elkaar worden geknoopt en een paar interessante sporen worden nagetrokken. In die bewoordingen legde Morse het althans uit aan Lewis. Nadat Lewis hem had verlaten, werd hij opgebeld door een jonge verslaggever van de *Oxford Mail*, met als resultaat dat in de avondeditie een kort bericht zou verschijnen. De gebruikelijke antwoorden. Hij kon niemand veel vertellen, maar hij probeerde zo zelfverzekerd als maar mogelijk was over te komen. Dat was goed voor het moreel.

Hij pakte het dossier Kaye en las het uur daarop de documenten over de zaak nogmaals door. Om 11.00 v.m. borg hij het dossier op, reikte naar het telefoonboek van Oxford en omstreken, zocht onder de C het nummer op dat hij moest hebben en belde

de bedrijfsleider op van Chalkley and Sons, Botley Road. Hij had pech. John Sanders was die ochtend niet op zijn werk verschenen; zijn moeder had gebeld – zware verkoudheid of zoiets.
'Wat vindt u van hem?' vroeg Morse.
'Het zit wel goed met hem. Rustig, klein beetje bokkig misschien. Maar dat zijn ze tegenwoordig bijna allemaal. Is wel goed voor zijn werk, vind ik.'
'Neem me niet kwalijk dat ik u heb lastig gevallen. Ik wilde alleen maar even met hem babbelen.'
'Over die moord in Woodstock?'
'Ja. Hij vond het meisje, weet u.'
'Ja, ik heb erover gelezen en iedereen heeft natuurlijk geprobeerd er met hem over te praten.'
'Heeft hij er veel van gezegd?'
'Nee, eigenlijk niet. Leek geen zin te hebben om erover te praten. Begrijpelijk, neem ik aan.'
'Ja. Nogmaals bedankt.'
'Graag gedaan. Wilt u zijn adres hebben?'
'Nee, dank u. Dat heb ik al.'

Lewis had ietsjes meer geluk. Mrs. Jarman was thuis; ze was de trap aan het stoffen.
'Maar ik begrijp het niet, brigadier. Ik weet zeker dat het allebei meisjes waren.'
Lewis knikte. ''k Controleer alleen maar een paar dingen.'
'Maar ik heb met een van hen staan praten, zoals u weet, en dat andere arme kind... nou ja, u snapt het wel... En volgens mij waren ze ongeveer even groot, maar het is zo moeilijk om je iets te herinneren, weet u...'
Ja, Lewis wist er alles van. Hij hield haar niet langer af van het stoffen van de trap.
De busconducteur trof hij in de kantine in Gloucester Green aan, waar hij koffie zat te drinken.
'*Eén* meisje dat instapte? Maar u had het eerder over *twee*.'
'Ja, weet ik. Maar we zijn op het idee gekomen dat er misschien maar eentje is ingestapt.'

'Sorry, hoor, maar dat kan ik me niet meer herinneren. Het spijt me, heus, maar het is intussen al een hele tijd geleden.'
'Ja. Maakt u zich geen zorgen. Het was maar een idee, zoals ik al zei. Mocht u toch nog iets bedenken...'
'Ja, dat spreekt vanzelf.'
George Baker was aan het spitten in zijn tuin. ''Allo, maat. Jou heb ik eerder gezien.'
'Brigadier Lewis van de politie van Thames Valley.'
'Ah. Tuurlijk. Wa' kan 'k foorje doen?'
Lewis legde het doel van zijn bezoek uit, maar Georges antwoord was maar ietsje minder ontmoedigend dan dat van de anderen.
'Tja, 't *zou* een vent geweest kenne zijn, ja, maarre al sla je me dood, maat, ik had kenne swere' dat 't allebei vrouwen waren.'
Herinneringen vervaagden en de zaak begon in een impasse te geraken. Lewis ging thuis lunchen.
Om 2.00 n.m. werd hij meegenomen naar het kantoortje van de bedrijfsleider van Barkers Garage aan Banbury Road. Daar zat hij ruim een uur honderden doorslagen van werkbriefjes, klantennota's, grootboeken en allerlei andere archiefstukken over autoreparaties door te nemen van de weken die begonnen op 22 en op 27 september. Hij vond niets. Daarna ging hij terug tot aan begin september, en in het uur dat hem dat kostte, werd hij zich er steeds meer van bewust dat hij er niets mee opschoot. Miss Jennifer Coleby had wel een rekening bij Barkers, maar had haar auto al vanaf juli niet meer voor reparatie gebracht. Ze had de auto ruim drie jaar geleden nieuw gekocht van de garage, op afbetaling, maar hij was intussen bijna afbetaald; geen problemen met betalingen, geen ernstige fabrieksfouten, 6000 km-beurt op 14 juli, waarbij een paar eigenaardigheden werden verholpen. Kosten 13.55 pond. Rekening betaald 30 juli.
Lewis was teleurgesteld, maar niet verbaasd. Morse scheen iets tegen dat mens van Coleby te hebben. Misschien was dat hiermee voorgoed afgelopen? Daar had hij zo zijn twijfels over. Hij liep naar de kiosk aan de overkant en kocht de avondkrant. Een bericht bijna helemaal rechtsonder op de voorpagina trok zijn aandacht.

MOORD IN WOODSTOCK
DOORBRAAK OPHANDEN

'Na intensieve activiteit is de politie er heilig van overtuigd dat de moordenaar van Sylvia Kaye, die op 29 september 's avonds verkracht en vermoord werd aangetroffen bij de Black Prince, binnenkort zal worden gevonden. Inspecteur Morse van het hoofdbureau van politie in Thames Valley, die het onderzoek naar de moord leidt, heeft vandaag gezegd dat al een paar belangrijke getuigen zich hebben gemeld, en volgens hem is het slechts een kwestie van tijd voordat de schuldige zijn gerechte straf ondergaat.'

Lewis meende dat het om een grap moest gaan.

De zelfverzekerde leider van het onderzoek naar de moord zou, mocht hem ooit worden aangeboden met zijn acht platen naar een onbewoond eiland te gaan, 'commissies' hebben geantwoord op de onvermijdelijke vraag wat hem het meest verblijdde dat hij eraan was ontsnapt. Aan de vergadering die op deze donderdagmiddag was belegd om pensioenen, promoties en benoemingen onder de loep te nemen, kwam maar geen eind zoals er ook aan een dorre woestijn geen eind lijkt te komen. Zijn enige bijdrage aan die vergadering was een woord van lof voor agent McPherson. Het leek een te rechtvaardigen excuus om inbreuk te maken op zijn gebruikelijke sarcastische zwijgzaamheid. Om vijf over vijf ging de vergadering eindelijk uiteen en liep hij gapend terug naar zijn kamer, waar hij Lewis aantrof die de vooruitblik zat te lezen op het bezoek, komende zaterdag, aan Blackpool van Oxford United.
'Dit gezien, sir?' Lewis overhandigde hem de krant en wees naar het bericht dat de dag des oordeels voorspelde voor degene die de moord in Woodstock had gepleegd.
Moe als hij was, las Morse het artikel gelaten. 'Ze verdraaien de zaken inderdaad altijd een beetje, hè, die verslaggevers?'

Voor Sue Widdowson was het ook een saaie dag waar geen eind aan leek te komen. Ze had gisteravond verschrikkelijk graag nog een keer met Morse willen praten. Wie weet wat ze dan gezegd zou hebben. Was er iets mis met zijn telefoon? Maar in het kille ochtendlicht had ze beseft hoe dom dat zou zijn geweest. Zaterdag kwam David het weekend over en ze zou hem weer op dezelfde tijd als altijd bij het station opwachten. Lieve David. Ze had vanochtend weer een brief ontvangen. Hij was zo aardig en ze mocht hem bijzonder graag. Maar... Nee! Ze moest gewoon niet meer aan Morse denken. Maar dat was bijna onmogelijk geweest. Sandra had van alles willen weten en dokter Eyres had haar een veel te gewaagde tik op haar billen gegeven, en ze voelde zich afschuwelijk, hopeloos ellendig.

Mrs. Amy Sanders maakte zich zorgen over haar zoon. Hij leek nu al een week of zo lusteloos en niet lekker. In het verleden was hij wel eens een dag of twee niet naar zijn werk gegaan, en zij had meer dan eens een beetje moeten overdrijven wanneer ze voor de heren Chalkey de verschijnselen beschreef van een verzonnen ziekte die haar lieve jongen tijdelijk had getroffen. Maar vandaag was ze echt bezorgd. John had die nacht tweemaal overgegeven en lag te bibberen en te zweten toen ze hem om 7.00 v.m. was gaan roepen. Hij had de hele dag niets gegeten en om 5.00 n.m. had ze naar de huisartsenpraktijk gebeld, ook al wilde haar zoon dat niet. Nee, ze geloofde niet dat er direct haast bij was, maar ze zou erg dankbaar zijn als de dokter een keer langskwam.

Om 7.30 n.m. werd er aangebeld en toen Mrs. Sanders opendeed, zag ze een man staan die ze nog nooit eerder had gezien. Maar ja, artsen bleven tegenwoordig nooit lang op één plek.

'Woont hier Mr. John Sanders?'

'Ja. Komt u binnen, dokter. Ik ben zo blij dat u tijd hebt kunnen vinden om langs te komen.'

'Ik vind het jammer voor u, maar ik ben niet de dokter. Ik ben inspecteur van politie.'

De hôtelier van de Bell in Chipping Norton noteerde de boeking

om 8.30 n.m. zelf. Hij raadpleegde het gastenboek en pakte de hoorn weer op.
'Van morgenavond tot zaterdagavond, zei u?'
'Ja.'
'Ik denk dat we dat wel kunnen regelen, meneer. Tweepersoonskamer. Wenst u een kamer met bad en toilet?'
'Dat zou prettig zijn. En een tweepersoonsbed als u dat hebt. In zo'n lits-jumeaux blijken we nooit zo lekker te slapen.'
'Ja, dat is te regelen.'
'Ik ben bang dat ik geen tijd meer heb om het per brief te bevestigen.'
'O, zit daar maar niet over in, meneer. Geeft u me nu maar gewoon vast uw naam en adres door.'
'Mr. en Mrs. John Brown, Hill Top, Eaglesfield (dat is één woord), Bristol.'
'Staat erop.'
'Mooi. Mijn vrouw en ik verheugen ons erop u te ontmoeten. We komen waarschijnlijk tegen vijven aan.'
'Ik hoop dat u van uw verblijf hier zult genieten, meneer.'
De hôtelier legde de hoorn neer en schreef de namen van Mr. en Mrs. John Brown in het gastenboek. Zijn vrouw had ooit opgeteld hoeveel keer zich in de Bell een John Brown als gast had laten inschrijven. Het waren er in één maand al zeven geweest. Maar het lag niet op zijn weg om zich daar erg druk over te maken. Het ging trouwens om een heel beleefde en goed opgeleide man, zo te horen. En hij had ook een aangename stem; kwam waarschijnlijk uit het westen des lands, net als hijzelf. En er moesten toch ergens wel een of twee John Browns zijn die werkelijk zo heetten.

20 vrijdagmorgen 15 oktober

Morse werd vrijdagochtend laat wakker. *The Times* lag al in de gang op de grond en uit de brievenbus stak één brief. Het was een rekening van Barkers: 9 pond 25. Hij stopte hem bij nog een paar andere rekeningen achter de klok op de schoorsteenmantel.

Eén keer zachtzinnig starten en de auto begon al te ronken. De stokken had hij achterin liggen en hij besloot naar het Radcliffe Ziekenhuis te rijden voordat hij naar het bureau ging. Terwijl hij aansloot bij de geduldig voortkruipende, eindeloos lijkende stroom verkeer op de Woodstock Road, beraadde hij zich op zijn gedragslijn. Misschien zag hij haar wel heel toevallig - zoals de laatste keer was gebeurd. Hij kon ook naar haar vragen. Maar wilde zij dat wel? Hij hunkerde er gewoon naar haar terug te zien en ze zou er zijn, verdorie! Wat lag nu meer voor de hand? Hij had de afgelopen nacht van Sue gedroomd, maar op een vage, ontwijkende manier waardoor hij nu nog steeds aan haar moest denken. Was zij de persoon geweest die hem woensdagavond had opgebeld?

Hij sloeg af, tussen het verkeer door, reed de binnenplaats van het Radcliffe op, stopte op dubbele gele lijnen, greep de dichtstbijzijnde portier in de kraag, gaf hem de stokken en het briefje waarop de drager ervan beloofde ze terug te brengen, en beval hem daarvoor zorg te dragen. Politie!

De weg was vrij toen hij Oxford verliet, en om de minuut vervloekte hij zichzelf hartgrondig. Hij had naar binnen moeten gaan - stomme idioot die hij was. Diep in zijn hart wist hij dat hij geen stomme idioot was, maar daar had hij niet veel aan.

Lewis stond hem op te wachten. 'En, wat staat er op het programma, sir?'

'Ik heb bedacht dat we straks op ons gemak een busritje zullen gaan maken, Lewis.'

O, nou ja. Het was niet aan hem om te bedenken wat daar de reden voor was.

'Ja. Ik heb bedacht dat wij tweeën met de bus naar Woodstock gaan. Wat zeg je me daarvan?'

'Heeft de auto er weer de brui aan gegeven?'

'Nee. Loopt als een zonnetje. En zo hoort het ook. Kreeg vanmorgen de rekening voor die rottige accu. Raad eens hoeveel die kost.'

'Een pond of zes, zeven.'

'Negen pond vijfentwintig!'

Lewis rimpelde zijn neus. 'Het was goedkoper geweest wanneer u naar dat bedrijf in Headington was gegaan waar ze alleen in banden en accu's doen. Die brengen geen arbeidsloon in rekening. Mij is dat altijd heel goed bevallen.'

'Dat klinkt alsof je voortdurend problemen met je auto hebt.'

'Niet echt. Alleen de laatste tijd een paar keer een lekke band.'

'Je kunt toch zeker zelf wel een band verwisselen?'

'Jawel. Tuurlijk wel. Ik ben geen oud wijf, hoor, maar je moet dan wel een reserveband hebben.'

Morse luisterde niet. Hij voelde het bekende getintel in zijn armen van bloed dat koud werd. 'Je bent een genie, brigadier. Geef me de Gouden Gids eens aan. Even kijken – hier heb ik het – maar twee telefoonnummers. Welke zullen we het eerst proberen?'

'Als u de eerste eens nam, sir?'

Een paar seconden later had Morse Cowley Banden en Accu Service aan de lijn. 'Ik moet de baas van het bedrijf spreken. Het is dringend. U spreekt met de politie.' Hij knipoogde naar Lewis. 'O, hallo. U spreekt met inspecteur Morse. Thames Valley... Nee, nee. Daar gaat het helemaal niet om... Ik wil alleen maar dat u in uw boeken de week van 27 september opzoekt... Ja. Ik wil weten of u een accu leverde aan miss Jennifer Coleby, of voor haar een band plakte. C-O-L-E-B-Y. Ja. Welke dag kan ik niet zeggen – waarschijnlijk een dinsdag of een woensdag. U belt me terug? Zoek het alstublieft wel meteen uit, ja? Het is bijzonder dringend. Mooi. U hebt mijn nummer? Mooi. Dag!' Hij draaide het andere nummer en herhaalde het ritueel. Lewis bladerde in het dossier van Sylvia Kaye dat open op Morses bureau lag. Hij bestudeerde de foto's – verbazend duidelijke, grote, glanzende zwart-wit foto's. Hij bekeek opnieuw de kiekjes van Sylvia Kaye zoals ze daar die avond op de binnenplaats van de Black Prince had gelegen. Het was echt een stuk geweest, vond hij. Aan de linkerkant zat in de witte blouse een grote scheur en alleen de onderste van de vier knopen zat nog vast. De linkerborst was helemal bloot en dat deed Lewis sterk denken aan de uitdagende poses van de modellen in pornobladen. Naar deze foto's te oordelen zou het een erotische ervaring geweest kunnen zijn, maar Lewis wist nog hoe het achterhoofd er uit had gezien en hoe gruwelijk de schedel was verbrijzeld. Hij dacht aan zijn eigen lieve dochter – dertien was ze nu; ze begon al een aardig figuurtje te krijgen... Mijn hemel, wat een wereld om kinderen in groot te brengen. Hij hoopte en bad dat het goed met haar zou zijn, en hij voelde een grote, intense behoefte om de man te vinden die Sylvia dat allemaal had aangedaan.

Morse was klaar met bellen.

'Kunt u me vertellen hoe de zaken er nu voorstaan, sir?' vroeg Lewis.

Morse leunde achterover en dacht even na. 'Eigenlijk had ik je al eerder op de hoogte moeten brengen, Lewis. Maar van een paar dingen was ik nog niet zeker en ben ik ook nu nog niet zeker. Vanaf het begin had ik feitelijk al aardig goed door hoe het allemaal zat. Volgens mij was het als volgt. Twee meisjes willen een lift naar Woodstock en we beschikken over een paar vrij degelijke bewijzen dat ze inderdaad werden opgepikt – allebei.' Lewis knikte. 'Maar de automobilist meldde zich niet en ook het andere meisje niet. Toen stelde ik mezelf de vraag: "waarom niet?" Waarom wilden die twee allebei zo graag zwijgen? Een van hen moest zijn mond wel houden – de redenen daarvoor lagen nogal voor de hand. Maar waarom allebei? Het leek me hoogst onwaarschijnlijk dat die twee samen misdaden pleegden. Welke mogelijkheden bleven er dan voor ons dus nog open? Een heel grote kans, mijns inziens, dat zij elkaar kenden. Maar dat leek op een of andere manier niet helemaal te voldoen. De meeste mensen houden geen bewijsmateriaal achter en vertellen zeker geen ingewikkelde leugens, alleen omdat ze elkaar kennen. Maar stel nu eens dat zij samen een op schuldgevoel gebaseerde reden hebben om hun mond toch stijf dicht te houden? En stel dat die op schuldgevoel gebaseerde reden is dat ze elkaar maar al te goed kennen? Stel dat ze – om de dingen maar bij de naam te noemen – een verhouding hebben? Dan ziet het er niet zo rooskleurig voor hen uit, hè? Met een moord op de achtergrond – helemaal niet rooskleurig zelfs.' Lewis wou dat hij opschoot. 'Maar laten we nog een stukje teruggaan. Oppervlakkig bezien wijzen onze getuigenverklaringen erop dat de ontmoeting tussen de twee meisjes en de automobilist puur toeval was; Mrs. Jarmans getuigenverklaring was op dat punt volkomen duidelijk. Na heel wat onnodige problemen zijn we er echter achter gekomen wie de bestuurder van de rode auto was: Crowther. In zijn getuigenverklaring geeft hij toe dat hij een verhouding heeft met een andere vrouw en dat de ontmoetingsplaats voor deze buitenechtelijke escapades Blenheim Park is. En ook geeft hij in zijn eigen getuigenverklaring te kennen dat hij op woensdag 29 september 's avonds een ontmoeting zou hebben met zijn liefje. Wat dit punt aangaat, heb ik een sprong in het duister gewaagd. Stel dat het liefje een van de meisjes was aan wie hij een lift gaf?'

'Maar...' begon Lewis.

'Laat me uitpraten, Lewis. Was het liefje Sylvia Kaye? Ik denk van niet. We weten dat Mr. John Sanders op de 29e een afspraak had met Sylvia, al was het een vage afspraak. Dat bewijst niets, maar Sylvia is de minst waarschijnlijke keuze van de twee. Dat betekent dat we onze andere passagiere overhouden - miss of Mrs. X. Uit Mrs. Jarmans getuigenverklaring komt duidelijk naar voren dat miss X bezorgd en opgewonden leek, en volgens mij wordt niemand bezorgd of opgewonden over een rit naar Woodstock, of het moet zo zijn dat die persoon een afspraak heeft, een belangrijke afspraak zelfs, en niet veel tijd heeft te verliezen. Crowther zei dat ze hooguit een uur de tijd hadden, weet je nog?'

'Maar...' Hij bedacht zich.

'Uit wat Mrs. Jarman heeft gezegd, zijn we ook te weten gekomen dat Sylvia het andere meisje kende. Ze zei zoiets als dat ze er de volgende morgen om zouden lachen. Daarom beproeven we ons geluk op de plek waar Sylvia werkt en treffen daar een buitenissige, absoluut onverklaarbare brief aan, gericht aan miss Jennifer Coleby, die mijn uitgesproken favoriet is voor de miss X-titel. Ik geef toe dat de brief geen afdoend bewijs is, maar wel de moeite van een nader onderzoek waard. Ze is een slim meisje, onze Jennifer. Ze heeft twee spaken om in het wiel te steken. Om te beginnen schijnt ze in een pub aan deze kant van Woodstock te zijn geweest in plaats van in Blenheim Park; verder is de vraag - en die zat en zit me nu nog steeds echt dwars - waarom ze de bus naar Woodstock moet nemen, of gaan liften, als ze een auto heeft. En die heeft ze, weten we. Het lijkt een afdoend bezwaar. Maar is dat wel zo? *Mijn* auto wilde woensdagochtend niet starten omdat de accu leeg was. Jij zei dat je de laatste tijd een paar keer een lekke band had gehad en je beweerde dat je dat zelf kon verhelpen. Je zei dat je geen oud wijf was. Nu is Jennifer Coleby ook geen oud wijf, maar ze is een *vrouw*. Stel dat haar auto niet wil starten. Wat doet ze dan? Haar garage bellen. Dat was zo klaar als een klontje en vandaar jouw bezoek aan Barkers, waar je bot ving. Maar vanmorgen meende ik te doorzien hoe het zat. Ik kreeg een rekening voor mijn auto-accu en jij had het over een firma die alleen in banden en accu's doet. De vraag waar het in feite om gaat is dan: *wanneer* merkte Jennifer dat haar auto het niet deed? Vast niet voor ze thuiskwam van haar werk, om ongeveer 5.30 n.m. Nu doen ze om die tijd tegenwoordig in de meeste garages niet veel meer; al het personeel is naar huis. Maar bij dat bedrijfje van jou dat alleen in banden en accu's doet, houden ze zich, dunkt me, niet aan met de vakbond afgesproken werkuren en daarom is het de moeite waard te proberen hen te bellen. Ik moet aannemen dat Jennifer niemand zo gek kon krijgen dat ze die avond nog naar haar auto kwamen kijken - niet omdat ze dat niet konden doen, maar omdat ze dat *niet op tijd* konden doen. Misschien heeft ze pas om 6.15 of 6.30 n.m. ontdekt dat er iets mis was. Maar ik denk dat ze toch nog geprobeerd heeft er iets aan te laten doen - en daarin niet is geslaagd. Tja, wat moet ze er nu mee aan? Ze kan natuurlijk de bus nemen. Ze heeft dat nog nooit hoeven doen, maar ze heeft de bussen naar Woodstock vaak genoeg zien rijden en daarom geloof ik dat Jennifer het meisje was dat op de avond dat Sylvia werd vermoord bij bushalte 5 werd gezien. Ze komt er een ongeduldige medereizigster tegen, Sylvia, en de twee besluiten te gaan liften. Ze lopen de rotonde voorbij en er stopt een auto: Crowthers auto. Je kunt eigenlijk niet eens van toeval spreken, hè? Hij moet ook in Woodstock zien te komen en hij is er vast zo ongeveer op dezelfde tijd als Jennifer heengegaan. Of hij heeft geweten dat zij het was - het begon al aardig donker te worden - dat weet ik gewoonweg niet. Ik vermoed van wel.' Morse hield op met praten.

'En wat gebeurde er toen volgens u, sir?'

'Crowther heeft ons verteld wat er die paar kilometer die hierop volgden, gebeurde.'

'Gelooft u hem?'

Morse zat na te denken en gaf niet meteen antwoord. De telefoon ging. 'Nee,' zei Morse, 'ik geloof hem niet.' Lewis hield de inspecteur in het oog. Hij kon niet horen wat er aan de andere kant van de lijn werd gezegd. Morse luisterde onbewogen.

'Heel hartelijk bedankt,' zei hij uiteindelijk. 'Om hoe laat komt het u het beste uit? Goed. Dank u.' Hij legde neer en Lewis keek hem vol verwachting aan.

'En, wat zeiden ze, sir?'

'Heb ik het je niet gezegd, Lewis? Je bent een genie.'

'Deed haar auto het inderdaad niet?'

Morse knikte. 'Miss Jennifer Coleby belde op woensdag 29 september 's avonds om kwart over zes de Cowley Banden en Accu Service. Ze zei dat het dringend was - een helemaal lege voorband. Ze konden niet voor zevenen bij haar zijn en zij zei toen dat dat te laat was.'

'We maken vorderingen, sir.'

'Dat kun je wel zeggen, ja. En, zullen we dan nu dat busritje van ons maar gaan maken?'

De twee mannen haalden de 4A naar Woodstock van 11.35 uur. De bus was half leeg en ze gingen bovenin op de voorste bank zitten. Morse zweeg en Lewis overpeinsde de vreemde ontwikkelingen in de zaak. De bus maakte aardig vaart en stopte slechts vier keer voordat hij in Woodstock aankwam. Toen hij voor de derde keer stopte, gaf Morse zijn brigadier een por in de ribben en Lewis keek naar buiten om te zien waar ze waren. De bus was gestopt op een smalle parkeerplaats net buiten Begbroke, bij een groot huis met een rieten dak en een tuin vol tafeltjes en stoeltjes onder vrolijk gestreepte parasols. Hij boog

zijn hoofd naar het onderste gedeelte van het zijraam om de naam van de publieke gelegenheid te zien en las de twee woorden Golden Rose. 'Belangwekkend?' vroeg Morse.
'Zeer,' antwoordde Lewis. Hij vond dat hij best iets terug mocht zeggen.
Ze stapten in Woodstock uit en Morse liep voor Lewis uit. 'Zin in een pilsje, brigadier?' Ze liepen de bar van de Black Prince binnen. 'Goedemorgen, Mrs. McFee. U weet zeker nog wel wie ik ben?'
'Ik herinner me u heel goed, inspecteur.'
'Wat een geheugen,' zei Morse.
'Wat mag het zijn, heren?' Ze kon er kennelijk niet om lachen.
'Twee pinten van uw beste bier graag.'
'Bent u hier uit hoofde van uw beroep?' Haar afkeer van Morses optreden kon de nieuwsgierigheid die ze van nature bezat, niet helemaal onderdrukken.
'Nee. Nee. Gewoon een vriendschappelijk bezoek om u nog een keer te zien.' Hij is in een goede bui vanochtend, dacht Lewis.
'Ik zag in de krant dat u hoopt...' Ze deed haar best om zich de woorden te herinneren.
'Er zit schot in de zaak, nietwaar, brigadier?'
'O ja,' zei Lewis. Per slot van rekening nam hij de helft van die intensieve naspeuringen voor zijn rekening.
'Krijgt u nooit eens een paar uur vrij?' vroeg Morse.
'O, ze maken het feitelijk heel goed met me.' Ze begon wat minder streng over hem te oordelen. Het was altijd fijn om eraan herinnerd te worden hoe hard ze werkte. 'Als u het per se wilt weten: ik heb vanavond en de hele zaterdag en zondag vrij.'
'Waar zullen we heengaan?' vroeg Morse.
De kasteleinse glimlachte professioneel. 'Doe eens een voorstel, inspecteur.' Die slag is aan jou, meid, dacht Lewis.
Morse vroeg om de menukaart en bestudeerde die uitvoerig.
'Hoe is het eten hier?' informeerde Morse.
'Waarom neemt u niet de proef op de som?'
Morse scheen de mogelijkheid te overwegen, maar vroeg in plaats daarvan of er een gelegenheid in de buurt was waar lekkere vis met patat te krijgen was. Die was er niet. Er waren

een paar gasten binnengekomen en de politiemannen vertrokken via de zijingang en liepen de binnenplaats op. Rechts van hen stond een auto waarvan de voorwielen er allebei af waren. Onder de auto lag de waard van de Black Prince, behoorlijk beschermd tegen de smeer en de olie. Hij hanteerde een formidabele moersleutel en naast hem stond de gereedschapskist waarin tot voor kort een lange en zware moersleutel voor het verwisselen van banden had gezeten.

Onopgemerkt door Morse en Lewis omdat zij het pand verlieten, was een jongeman de bar binnengekomen en had een tonic besteld. Mr. John Sanders was kennelijk voldoende hersteld van zijn aanvallen van bibberkoorts om weer deel te nemen aan het sociale leven in Woodstock, ook al was hij nog niet weer bij de firma Chalkley and Sons aan het werk gegaan.

Op de terugweg in de bus was Morse helemaal verdiept in een dienstregeling voor de bussen naar de Midland Counties en een kaart van Oxford. Af en toe keek hij op zijn horloge en maakte een korte aantekening in een notitieboekje. Lewis had honger. Jammer dat er geen gelegenheid was geweest waar je vis met patat kon kopen.

21 vrijdagmiddag 15 oktober

Die middag kwam om 3.30 uur op Morses bureau een dikke envelop terecht waarop stond 'vertrouwelijk - van de rector'. Die had het zorgvuldig en grondig aangepakt - dat was duidelijk. Er bleken in Lonsdale College drieënnegentig typemachines aanwezig te zijn. De meeste waren het eigendom van het College en hadden elk hun weg gevonden naar de kamers van de fellows; meer dan twintig waren het privé-bezit van stafleden van het College. Drieënnegentig vellen papier droegen elk hun eigen nummer en waren keurig gerangschikt tussen een grote paperclip. Op twee andere, aan elkaar geniete vellen papier stond hoe de blaadjes met typewerk erop waren verwerkt. Zo had de typemachine van de rector heel gepast nummer 1 toegewezen gekregen. Morse nam de vellen vluchtig door. Het zou een grotere klus zijn dan hij had gedacht, en hij belde de jongens van het lab. Hij kreeg te horen dat het wel een uur of wat kon duren.

Lewis was die middag grotendeels bezig geweest met het uittikken van zijn rapporten en kwam pas om 4.15 uur weer naar de kamer van Morse.

'Hoop je het weekend vrij te hebben, Lewis?'

'Niet als u me ergens bij nodig hebt, sir.'

'We zullen het vrij druk hebben, ben ik bang. Ik denk dat de tijd rijp is voor een confrontatie. Wat vind jij?'

'Confrontatie?'

'Ja. Een beschaafde, bescheiden confrontatie tussen een zekere miss Coleby en een zekere Mr. Crowther. Hoe denk je daarover?'

'Zou een beetje duidelijkheid kunnen scheppen.'

'Wat je zegt. Denk je dat ze in deze oude tent morgenochtend nog voor vier schone kopjes met koffie kunnen zorgen?'

'Wilt u mij er ook bij hebben?'

'We vormen een team, Lewis, en dat, beste jongen, heb ik je al eerder verteld.' Morse belde naar Town and Gown en vroeg naar Mr. Palmer.

'Met wie spreek ik?' Het was de preutse, kleine Judith.

'Meneer Ploeteraar,' zei Morse.

'Ogenblikje alstublieft, meneer Ploeteraar... ik verbind u door.'

'Heb ik uw naam goed verstaan, meneer? Met Palmer spreekt u.'

'Morse. Inspecteur Morse.'

'O, hallo, inspecteur.' Stomme griet!

'Ik wil miss Coleby even spreken. Vertrouwelijk. Ik vraag me af of...' Palmer onderbrak hem. 'Het spijt me verschrikkelijk, inspecteur, maar ze is er vanmiddag niet. Ze wilde voor een lang weekend naar Londen enne... we tonen ons af en toe een beetje eh flexibel, weet u. Dat draagt soms bij aan eh het gladjes verlopen...'

'Londen, zei u?'

'Ja. Ze zei dat ze het weekend ging doorbrengen bij een paar vrienden. Ze is rond lunchtijd op de trein gestapt.'
'Heeft ze een adres achtergelaten?'
'Het spijt me. Nee, dat geloof ik niet. Ik kan wel proberen eh...'
'Nee. Doet u geen moeite.'
'Kan ik een boodschap doorgeven?'
'Nee. Ik neem contact met haar op zodra ze weer terug is.' Misschien kon hij Sue terugzien... 'Wanneer komt ze trouwens terug?'
'Dat weet ik eigenlijk niet. Zondagavond, neem ik aan.'
'Goed. Dank u wel.'
'Het spijt me dat ik u niet beter...'
'Dat ligt niet aan u,' zei Morse minder hoffelijk dan je mocht verwachten en legde neer. 'Een van onze vogels is gevlogen, Lewis.' Hij richtte zijn aandacht op Bernard Crowther en besloot eerst maar naar het College te bellen.
'Portiersloge.'
'Wilt u me alstublieft doorverbinden met de kamer van Mr. Crowther?'
'Ogenblikje, meneer.' Morse roffelde met de vingers van zijn linkerhand op de tafel. Schiet op nou!
'Bent u daar nog, meneer?'
'Ja, ik ben hier nog.'
'Er wordt niet opgenomen, vrees ik, meneer.'
'Is hij vanmiddag wel bij u aanwezig?'
'Ik heb hem vanmorgen nog gezien, meneer. Ogenblikje.' Drie minuten later zat Morse zich af te vragen of die ellendige portier op zijn gemak de vierhoekige binnenplaats aan het rondwandelen was.
'Bent u daar nog, meneer?'
'Ja, ik ben hier nog steeds.'
'Hij is dit weekend ergens heen, meneer. Naar een of andere conferentie.'
'Weet u wanneer hij terug wordt verwacht?'
'Nee, 't spijt me, meneer. Zal ik u doorverbinden met de administratie?'
'Nee, doet u geen moeite. Ik bel later nog wel een keer.'

'Zoals u wilt, meneer.'
Morse hield de hoorn nog een paar seconden in zijn hand en legde deze uiteindelijk zeer omzichtig neer. 'Ik vraag me af... Ik vraag me af...' Hij was in gedachten verzonken.
'Onze vogels zijn kennelijk *allebei* gevlogen, sir.'
'Ik zou wel eens willen weten of die conferentie ook in Londen wordt gehouden.'
'U denkt toch niet...?'
'Ik weet niet wat ik ervan moet denken,' zei Morse.
En hij wist ook al niet wat hij ervan moest denken, toen een half uur later de bevindingen van het laboratorium doorgebeld werden. Lewis bezag de vreemde reacties van de inspecteur.
'Weet je 't zeker...? Daar ben je echt helemaal zeker van...? Ja. Nou, mijn dank is groot. Kom je ze brengen? Goed. Bedankt.'
'Lewis, er staat je een verrassing te wachten.'
'Met betrekking tot die brief?'
'Ja. Met betrekking tot die brief - de brief die iemand schreef aan de jongedame die nu op bezoek is bij "een paar vrienden" in Londen. Ze zeggen dat ze weten wiens typemachine ervoor is gebruikt.'
'Van wie dan?'
'Dat is nu net wat ik niet snap. Van die man hebben we nog nooit gehoord. Het gaat om een zekere Mr. Peter Newlove.'
'En wat is dat voor een man, die Mr. Peter Newlove?'
'Dat moesten we nu maar meteen uitvissen.' Hij belde voor de tweede keer die middag het Lonsdale College op en merkte dat dezelfde niet al te vlugge portier in de portiersloge de scepter zwaaide.
'Mr. Newlove, sir? Nee, die is niet aanwezig, vrees ik. Maar ik zal het nog even in het boek nakijken... Nee, meneer. Hij is tot

maandag afwezig. Kan ik een boodschap aannemen? Nee? Oké. Dag, meneer.'
'Zo zit dat dus,' zei Morse. '*Al* onze vogels zijn gevlogen. En waarom zouden wij dan wel hier blijven? Daar zie ik het nut niet zo van in, jij wel?' Nee, Lewis ook niet.
'Laten we alleen deze troep nog even opruimen,' zei Morse.

Lewis graaide de paperassen aan zijn kant van de tafel bij elkaar – de foto's van Sylvia Kaye en de zorgvuldig getekende plattegronden van de binnenplaats bij de Black Prince, waarop in fijn kriebelhandschrift tot in de kleinste bijzonderheden was genoteerd wat daar allemaal was aangetroffen. Hij bekeek nog een keer de van dichtbij gemaakte foto's van het meisje zoals zij daar had gelegen, en kreeg de neiging om uit vaderlijke bescherming de wrange naaktheid van haar prachtige lichaam te bedekken.

'Wat zou ik graag de rotzak te pakken nemen die dit heeft gedaan,' mompelde hij.

'Wat zei je daar?' Morse pakte hem de foto's af.

'Het moet een seksmaniak geweest zijn, denkt u niet, sir? Anders ruk je haar toch niet zo de kleren van het lijf en laat je haar niet zo achter dat Jan en Alleman het kan zien. Nee echt, ik wou dat ik wist wie dat heeft gedaan!'

'O, ik geloof niet dat dat veel problemen geeft,' zei Morse.

Lewis keek hem ongelovig aan. 'Wilt u daarmee zeggen dat u *weet* wie de dader is?' Morse knikte langzaam en borg het dossier over Sylvia Kaye achter slot en grendel op.

3 SPEURTOCHT NAAR EEN MOORDENAAR

22 zondag 17 oktober

Sue bracht David zondagavond naar het station, waar hij de trein van 7.13 uur naar Birmingham nam. Ze zei tegen hem dat ze een fantastisch weekend had gehad - en dat was ook zo. Zaterdag waren ze naar de bioscoop geweest, waarna ze heerlijk hadden gegeten bij de Chinees, en verder hadden ze gewoon genoten van elkaars gezelschap. De zondag hadden ze grotendeels doorgebracht in Headington bij Davids ouders thuis, vriendelijke, hartelijke mensen die zo verstandig waren de twee jonge tortelduiven het grootste gedeelte van de dag met rust te laten. Ze hoopten volgend jaar herfst te trouwen, nadat David het jaar onderzoek op het terrein van de metallurgie aan de universiteit van Warwich, waaraan hij na zijn studie was begonnen, had afgerond. Hij had er goede hoop op (omdat hij cum laude was afgestudeerd) dat hij wel ergens een baan als lector kon krijgen, en Sue moedigde hem daarin aan. Ze wilde liever getrouwd zijn met een beginnend docent aan de universiteit, dan met een chemicus die werkzaam was in het bedrijfsleven, of wat metaalkundigen verder nog konden gaan doen. Ze bedacht dat dit het enige aan David was wat niet haar volledige instemming had - dat hij voor metallurgie had gekozen. Dat had iets te maken met haar eigen schooltijd en de afkeer die ze altijd al had gehad van de stank en reepjes zilver in het metaalbewerkingsatelier. Het had ook iets te maken met de *handen* van mensen die met metaal werkten. Hoe geduldig die ook werden gewassen, er bleef vuil achter dat min of meer ingebakken leek.

De trein bleef nog een aantal minuten in het station van Oxford staan, en Sue kuste David ongegeneerd toen hij zich uit het raam van een lege coupé boog.

'Het was fijn je weer te zien, lieveling,' zei David.

'Super.'

'Jij vond het toch ook wel fijn?'

'Natuurlijk.' Ze lachte vrolijk. 'Waarom vraag je dat in vredesnaam?'

David glimlachte. 'Alleen omdat het gewoon fijn is dat te weten.' Ze kusten elkaar nog een keer, en Sue liep een paar meter mee toen de trein begon te rijden. 'Tot over veertien dagen. Vergeet niet te schrijven.'
'Nee,' zei Sue. 'Dag.' Ze wuifde tot de trein het station uit was gereden en een bocht maakte in noordelijke richting. Het rode licht op de achterste wagon danste en knipperde daarbij in de toenemende duisternis.
Langzaam liep ze het perron af, langs de ondergrondse naar de uitgang aan de andere zijde. Ze gaf haar perronkaartje af en liep richting Carfax. Hier moest ze een half uur wachten voor bus 2 langskwam, zodat het al acht uur was toen ze in het noordelijk deel van Oxford uitstapte. Ze stak de weg over en terwijl ze met gebogen hoofd door Charlton Road liep, overdacht ze de laatste twee dagen. Het was haar echt niet mogelijk geweest David te vertellen van woensdagavond. En er was trouwens ook niets van te vertellen, of wel soms? Gewoon een onbelangrijk slippertje. Ze nam aan dat de meeste mensen hun dwaze momenten hadden – ook verloofde mensen – en sommige dingen kon je gewoon niet vertellen. Niet dat David jaloers zou zijn geweest; dat was helemaal niets voor hem, mild, gelijkmatig en evenwichtig als David was. Misschien had ze liever dat hij wel een beetje jaloers was. Maar ze wist, of meende te weten, dat dat niet zo was. Jaloezie had ze al op een kilometer afstand in de gaten. Ze dacht aan Morse. Ze was echt heel gewaagd bezig geweest in de Sheridan met dokter Eyres en Morse was jaloers geweest – razend, heftig jaloers. Ze had er heimelijk van genoten om hem jaloers te maken totdat... Nou ja, ze zou voortaan niet meer aan hem denken... Maar ze had om David nooit gehuild... Ze vroeg zich af of Morse haar geloofde, toen ze woensdagavond zei dat ze zichzelf in slaap zou huilen. Ze hoopte van wel, want het was waar. Daar ging ze weer: ze begon met David en eindigde bij *hem*. Hij had waarschijnlijk helemaal niet meer aan haar gedacht... David! Hij was voor haar dé man. Eenmaal met David getrouwd, zou ze eindelijk gelukkig zijn. Trouwen. Een grote stap, zei iedereen. Maar ze was nu drieëntwintig... Ze hoopte dat Morse *wel* nog een keer aan haar had gedacht... Vergeet

hem! Maar het zou haar niet vergund zijn hem te vergeten. Toen ze bijna thuis was, zag ze de Lancia voor het huis staan. Haar hart bonkte tegen haar ribben en onwillekeurig sloeg een golf van vreugde door haar bloed. Ze ging naar binnen en liep rechtstreeks door naar de zitkamer. Daar zat hij met Mary te praten. Hij stond op toen zij binnenkwam.

'Hallo.'

'Hallo,' zei ze zwakjes.

'Ik kwam eigenlijk langs om miss Coleby te spreken, maar ik begrijp dat ze voorlopig nog niet thuis zal komen. Daarom heb ik hier even gezellig zitten babbelen met Mary.'

Met Mary nog wel! Die kleine, dikke mannenverslindster met allemaal sproeten! Waarom hoepel je niet op, Mary? Mary, waarom laat je ons niet alleen - al was het maar voor een paar minuten? Alsjeblieft! Ze was verschrikkelijk jaloers. Maar Mary scheen heel ingenomen te zijn met de charmante inspecteur en vertoonde nog geen enkel teken van opgeven. Sue ging met haar zomerjas nog aan op de armleuning van een stoel zitten en probeerde de golf van wanhoop te weerstaan die haar dreigde te overspoelen.

Ze hoorde zichzelf zeggen: 'Ze neemt vast de trein van 8.15 n.m. vanaf Paddington. Dan is ze waarschijnlijk tegen tienen hier.'

Over twee uur dus. Twee hele uren. Als Mary nu maar ophoepelde. Misschien vroeg hij wel of ze met hem meeging ergens iets drinken en dan konden ze praten. Maar de golf sloeg over haar heen en ze verliet de kamer en holde naar boven. Morse stond op toen zij wegging, en bedankte Mary voor haar gastvrijheid. Op het moment dat hij de voordeur opentrok, wendde hij zich tot Mary. Wilde ze zo vriendelijk zijn Sue te vragen even naar beneden te komen? Hij wilde nog snel iets met haar bespreken. Mary verdween daarop ook naar boven en verdween zo gelukkig van het toneel. Morse stapte naar buiten, de betonnen oprijlaan op, en Sue verscheen in de omlijsting van de deuropening. Ze bleef daar staan.

'U had iets met me te bespreken, inspecteur?'

'In welke kamer slaap jij, Sue?' Ze stapte naar buiten en kwam naast hem staan. Haar arm raakte even de zijne toen ze naar het raam recht boven de voordeur wees, en Morse voelde een scherpe pijn tussen zijn slapen. Hij was niet groot en zij was op de schoenen met heel hoge hakken die ze droeg, bijna even groot als hij. Zij liet haar arm zakken en op een terloopse, prachtige manier raakten hun handen elkaar. Laat je hand daar maar, Sue. Laat hem daar maar, lieveling. Hij voelde de elektrische schok van het contact en liet langzaam, zacht zijn vingertoppen over haar pols glijden.

'Waarom wilt u dat weten?' Haar stem klonk hees en ademloos.

'Dat weet ik niet. Ik denk om te weten dat jij daarbinnen bent, als ik langsrijd en zie dat achter jouw raam het licht aan is.'

Sue kon het niet meer uithouden. Ze trok haar hand los en wendde zich af. 'U kwam dus voor Jennifer?'

'Ja.'

'Ik zal het aan haar doorgeven – wanneer ze thuiskomt.' Morse knikte.

'U denkt dat ze iets te maken heeft met die moord in Woodstock, hè?'

'Ja, misschien wel iets.'

Ze bleven een moment zwijgend bij elkaar staan. Sue had een mouwloze jurk aan en deed haar best om niet te huiveren.

'Tja, dan moest ik maar eens gaan.'

'Ja. Dag.'

'Dag.' Hij begon in de richting van het hek te lopen en hij was daar bijna, toen hij zich omdraaide. 'Sue?' Zij stond in de deuropening.

'Ja?'

Hij liep terug. 'Sue, wil je niet nog even met me meegaan?'

'O...' Verder kwam ze niet. Ze sloeg haar armen om hem heen en huilde op zijn schouder van vreugde, en ze hoorden geen van beiden het hek opengaan.

'Mag ik er even langs, alsjeblieft?' zei een nuchtere, beschaafde stem en Jennifer Coleby schoof langs hen heen naar binnen.

De anderen die waren uitgezwermd, keerden op dat moment ook net terug. Bernard Crowther was metdezelfde trein als Jennifer

Coleby uit Londen teruggekeerd, maar ze hadden in verschillende delen van de trein gereisd, en niemand die hen op perron 2 zag uitstappen, kon er ook maar het geringste vermoeden van hebben dat die twee zich bewust waren van elkaars bestaan.

Omstreeks deze tijd nam ook Peter Newlove afscheid van een roodharige, stralende vrouw in Church Street, Woodstock. Ze kusten elkaar nogmaals gretig en konden daar kennelijk niet genoeg van krijgen.
'Je hoort nog wel van me, Gaye.'
'Daar reken ik op – en nogmaals bedankt.'
Het was een duur weekend geweest, een heel duur weekend zelfs. Maar het was in Peters ogen bijna elke penny waard geweest.

23 maandag 18 oktober

Maandagochtend kwam Morse tot de slotsom dat het heel gênant zou zijn, maar dat hij toch gewoon zijn werk moest doen. Maar wat zag hij ertegenop! Het grote moment was aangebroken, de ontknoping van de zaak (daarvan was hij helemaal zeker), maar hij had desondanks een gevoel alsof hij de schuldige partij was. Lewis haalde Jennifer Coleby op met zijn eigen auto; Morse kon haar naar zijn gevoel nog maar net het officiële vertoon besparen. Bernard Crowther gaf te kennen dat hij wel op eigen gelegenheid kwam, als dat mocht. Het mocht. Morse had zijn best gedaan om de meest geloofwaardige benaderingen uit te denken, maar hij had zich helaas niet goed kunnen concentreren. Hij besloot alles maar op zijn beloop te laten.
Om 10.25 v.m. kwam Crowther aan, vijf minuten te vroeg, en Morse schonk koffie voor hem in en stelde hem terloops een paar vragen over de 'conferentie'.
'O. U weet vast wel hoe dat altijd gaat. Er komt geen eind aan en je valt er bijna bij in slaap,' antwoordde Crowther.
'Waar ging die conferentie precies over?'
'Over toelating tot de universiteit. Of eindtermen op het hoogste

niveau al of niet verplicht gesteld dienen te worden - daarover werd gediscussieerd. We zijn niet erg populair bij de Schoolraad, weet u. Daar denken ze dat Oxford het laatste bastion is van academisch elitarisme. Maar volgens mij is het eigenlijk...'
Hij kreeg niet de gelegenheid om hier verder op in te gaan. Lewis kwam binnen met Jennifer Coleby en Crowther kwam overeind.
'U kent elkaar?' vroeg Morse. Er was totaal geen cynisme in zijn stem te bespeuren. Vreemd genoeg, althans in de ogen van Morse, schudden Jennifer en Crowther elkaar de hand. 'Goedemorgen' zeiden ze allebei en Morse schonk toch wel enigszins bedremmeld nog twee koppen koffie in.
'U kent elkaar dus inderdaad?' Hij was zo te horen niet meer zo zeker van zichzelf.
'We wonen redelijk dicht bij elkaar in de buurt, nietwaar, Mr. Crowther?'
'Ja, dat klopt. Ik heb u vaak genoeg in de bus zien zitten. Miss Coleby is uw naam, is het niet? U gaat de deuren langs voor de kinderbescherming.'
Jennifer knikte.
Morse stond op en liet de suikerpot rondgaan. Hij kon naar zijn gevoel niet stil blijven zitten.
De eerste paar minuten die nu volgden, zag Lewis zich genoodzaakt zich af te vragen of de inspecteur nu helemaal de kluts kwijt was. Hij 'ahum'de en 'aha'de, zei 'om eerlijk te zijn' en 'we hebben reden om aan te nemen', en slaagde er uiteindelijk in om zijn twee belangrijkste verdachten omzichtig en bijna verontschuldigend te vertellen dat het best eens zo kon zijn dat zij tweeën een verhouding hadden.
Jennifer lachte bijna luidkeels en Bernard glimlachte verlegen. Bernard reageerde er het eerst op. 'Ik voel me echt bijzonder gevleid, inspecteur, en misschien verlang ik er ook wel heel erg naar om inderdaad heimelijk een verhouding met miss Coleby te hebben. Maar het antwoord is nee. Wat kan ik er verder nog van zeggen?'
'Miss Coleby?'
'Ik geloof dat ik twee keer in mijn leven met Mr. Crowther

gepraat heb - om hem een bijdrage te vragen voor de kinderbescherming. Ik zie hem soms in de bus op weg naar het centrum - we stappen bij dezelfde haltes in en uit. Maar ik geloof dat hij altijd bovenin gaat zitten en dat doe ik nooit. Ik heb een hekel aan de stank van sigaretten.'

Morse rookte net zijn derde sigaret en had voor de zoveelste keer het idee dat hij bij Jennifer Coleby altijd het onderspit delfde. Hij wendde zich tot Crowther.

'Ik moet u dit vragen, meneer. Denk alstublieft goed na voordat u antwoord geeft, en denk eraan dat u hier bent in verband met een moord, de moord op het meisje dat met u meereed.' Morse zag dat Jennifers gezicht verbazing uitdrukte. 'Was miss Coleby de andere passagier die u die avond een lift gaf?'

Bernard antwoordde ogenblikkelijk en met zoveel overtuiging dat Morse er op een pijnlijke manier door in verwarring raakte. 'Nee, inspecteur, dat was zij niet. Daar kunt u volkomen zeker van zijn.'

'En u, miss Coleby? Ontkent u dat u de andere passagier was in Mr. Crowthers auto?'

'Ja. Dat ontken ik zeker. Absoluut.'

Morse dronk zijn koffie op.

'Verlangt u van ons dat we iets ondertekenen, inspecteur?' Jennifers stem klonk duidelijk cynisch.

Morse schudde zijn hoofd. 'Nee. Brigadier Lewis heeft genoteerd wat u beiden hebt gezegd. Maar ik heb nog één vraag, miss Coleby, als u het niet erg vindt. Kunt u me het adres geven van de vrienden bij wie u dit weekend in Londen hebt gelogeerd?'

Jennifer haalde een gewone envelop uit haar handtas en schreef er een adres op in Lancaster Gardens. Als dacht ze daar op het laatste moment nog aan, schreef ze ook nog een telefoonnummer op en gaf de envelop toen aan Morse.

'Ze liegen - allebei,' zei Morse toen ze weg waren.

Crowther moest naar het centrum van Oxford en had zijn medeverdachte galant een lift aangeboden. Morse vroeg zich af waar ze het over zouden hebben. Lewis had niets gezegd.

'Hoorde je niet wat ik zei?' vroeg Morse kwaad.

'Jawel, sir.'
'Ik zei dat het eersteklas leugenaars zijn, die twee. LEUGENAARS.' Lewis deed er nog steeds het zwijgen toe. Volgens hem had de inspecteur het mis, echt helemaal mis. Hij had zelf vaak genoeg leugenaars ondervraagd en hij was er vast van overtuigd dat Crowther en Coleby gewoon de waarheid hadden gesproken.
Morse keek zijn brigadier strak aan. 'Vooruit! Voor de draad ermee!'
'Hoe bedoelt u, sir?'
'Wat ik bedoel? Je weet best wat ik bedoel. Jij denkt dat ik geschift ben, hè? Jij denkt dat ik ze niet meer allemaal op een rijtje heb. Jij bent wel bereid te geloven wat alle anderen zeggen, maar *mij* geloof je niet. Kom op. Zeg maar waar het op staat. Ik wil het weten.'
Lewis was van streek. Hij wist niet wat hij moest zeggen, en Morse verloor zijn laatste restje zelfbeheersing. Met vuurspuwende ogen en op vervaarlijk dreigende toon gromde hij: 'Vooruit. Zeg me waar het op staat. Je hebt gehoord wat ik zei. Ik wil het weten.'
Lewis keek hem aan en zag in de ogen van de inspecteur het bittere falen. Hij wenste dat hij alles weer recht kon trekken, maar dat kon hij niet. Hier ging het om de eigenschap die hem vanaf het begin bij Morse geliefd had gemaakt. Om zijn fundamentele eerlijkheid en integriteit.
'Ik denk dat u het mis hebt, sir.' Het kostte heel wat moeite om dat over zijn lippen te krijgen, maar hij zei het en hij verdiende beter dan Morses onbarmhartige repliek.
'Jij denkt dat ik het mis heb? Nou, laat mij jou dan ook iets vertellen, Lewis. Als hier al iemand ongelijk heeft, dan ben *jij* dat – niet ik. Snap je dat? *JIJ* – niet ik. Als je niet de hersens hebt om te doorzien dat die twee slijmerige padden *liegen*, liegen om hun eigen hachje te redden, hoor je eigenlijk niet bij deze zaak betrokken te zijn. Versta je me? *Dan hoor je eigenlijk niet bij deze zaak betrokken te zijn.*'
Dat deed pijn, maar Lewis voelde zich niet persoonlijk gekwetst. 'Misschien moet u inderdaad iemand anders naast u hebben, sir.

Iemand anders bij de zaak betrekken, bedoel ik.'
'Daar kon je wel eens gelijk in hebben.' Morse werd iets kalmer en Lewis voelde dat aan.
'Wat die meneer Newlove aangaat, sir. Moeten we die niet...'
'Newlove? Wie is dat nu weer?' Lewis had iets verkeerds gezegd en de woede en frustratie stegen bij Morse weer tot het kookpunt. 'Newlove? Dit is de eerste keer dat we van die vent horen. Oké - hij bezit een typemachine. Maar dat is toch geen doodzonde? Hij heeft die brief niet geschreven. *Crowther heeft die brief geschreven.* Als je dat niet doorhebt, ben je potdorie zo blind als een mol!'
'Maar denkt u niet...'
'O, smeer 'em, Lewis. Je verveelt me.'
'Betekent dat dat ik niet meer bij de zaak betrokken ben, sir?'
'Weet ik veel. Kan me niet schelen ook. Smeer 'em nou maar en laat me met rust.' Lewis liep de kamer uit en liet hem met rust. Een paar minuten later ging de telefoon. Morse nam op en sloot zich overal voor af. 'Ik ben er niet,' snauwde hij, 'ik ben naar huis.' Hij smeet de hoorn op de haak, maar bleef zitten, verzonken in meedogenloos gepeins. Hij vergat Sue zelfs. Het laatste kasteel was ten slotte ook ingestort. Het had de vloed lang weerstaan, maar er was nu niets meer van over dan een vormeloze hoop zand. Maar nog terwijl het instortte, begon hem, eigenaardig genoeg, iets duidelijk te worden. Hij kwam overeind uit zijn leren stoel, maakte de kast open en haalde er het dossier over Sylvia Kaye uit. Hij sloeg het open bij het begin en bleef er tot laat in de middag in zitten lezen, tot de schaduwen door de kamer kropen en hij merkte dat verder lezen moeilijk werd, en diep in zijn gekwelde hersenen werd een nieuwe, schrikwekkende gedachte geboren.

Om kwart over zeven werd het dramatische nieuws bekend. Margaret Crowther had zelfmoord gepleegd.

24 maandag 18 oktober

Bernard Crowther had Jennifer Coleby in de High afgezet en daarna het geluk gehad in Bear Lane een parkeerplaats te vinden. Zelfs de dons mochten tegenwoordig niet meer voor het College parkeren. Hij had geluncht in de docentenkamer en had 's middags en vroeg in de avond zitten werken. De kinderen waren allebei een week kamperen met school in het nabijgelegen bos van Witham. Bij dergelijke gelegenheden was het gebruikelijk dat de ouders die week één avond op bezoek kwamen, maar de jonge telgen van de familie Crowther hadden tegen hun ouders gezegd dat ze zich die moeite wel konden besparen, en meer woorden waren er niet aan vuil gemaakt. Bernard en Margaret waren hierdoor in elk geval in de gelegenheid om een paar keer fatsoenlijk te eten, zonder de onvermijdelijke patat en tomatensaus die anders overal bij moest.

Rond tien voor half zeven verliet Bernard het College. Het was intussen al niet meer zo druk op de weg, zodat hij op zijn gemak naar huis kon rijden. Hij maakte met zijn yale-sleutel de deur open, stapte naar binnen en hing zijn jas op. Vreemde lucht. Gas?

'Margaret?' Hij zette zijn aktentas in de voorkamer. 'Margaret?' Hij liep door naar de keuken en kwam tot de ontdekking dat de keukendeur op slot zat. 'Margaret!' Hij morrelde aan de knop van de keukendeur, maar deze zat aan de binnenkant stevig op slot. Hij bonsde op de deur. 'Margaret! Margaret! Ben je daar?' Hij kon de gaslucht nu nog beter ruiken. Zijn mond werd helemaal droog en er klonk wilde paniek door in zijn stem. 'Margaret!' Hij holde terug naar de voordeur, door het hek aan de zijkant en morrelde aan de achterdeur. Die zat ook op slot. Hij jankte als een kind. Door het grote raam boven het aanrecht keek hij in de keuken. De lamp was aan en een fractie van een seconde vlamde een laatste kooltje hoop op, gloeide even na en was toen verdwenen. De surrealistische aanblik die hij onder ogen kreeg, was zo vreemd onwaarschijnlijk dat deze zich als iets nietszeggends, als een betekenisloos beeld, vastlegde op de retina van zijn ogen: een wassen beeld met heldere ogen en een frisse kleur en een onveranderlijke, starre glimlach. Wat was ze aan het doen dat ze daar zo op de grond zat? De oven aan het schoonmaken?

Hij raapte een baksteen op die naast de muur lag, sloeg er een ruitje van het raam mee in, en liep lelijke snijwonden in zijn vingers op toen hij naar de klink reikte en het raam van binnenuit openmaakte. Het was bijna alsof hij een stomp kreeg op het moment dat de misselijkmakende gaslucht hem tegensloeg, en het duurde een paar seconden voor hij met zijn zakdoek voor zijn gezicht moeizaam door het raam naar binnen klom en het gas uitdraaide. Margarets hoofd lag op een zacht rood kussen net in de oven. Verdoofd als hij was, niet tot normaal denken in staat, meende hij dat hij het kussen moest terugleggen waar het vandaan kwam: het was van de bank in de zitkamer. Met zombie-achtige schrikogen keek hij neer op de rafelige snijwonden in zijn hand en depte die werktuiglijk met zijn zakdoek. Hij zag het kleverige bruine papier langs de kieren bij de deurposten en het raam en het viel hem op dat Margaret de losse einden net zo netjes had afgeknipt als ze ook altijd deed wanneer ze de verjaarscadeaus voor de kinderen inpakte. De kinderen! Godzijdank waren die niet thuis! Hij zag de schaar op het formica blad boven op de wasmachine liggen en pakte die als een robot op om hem in de la te stoppen. De stank was nog steeds afschuwelijk, om misselijk van te worden, en hij kreeg braakneigingen. Hoe afgrijselijk dit allemaal was, begon nu pas geleidelijk aan tot hem door te dringen zoals een plas inkt wordt opgenomen door vloeipapier. Hij wist dat ze dood was.

Hij ontsloot de keukendeur, liep naar de telefoon in de gang, draaide het nummer van de politie en vroeg op afwezige, verbijsterde toon of ze iemand wilden sturen. Naast het telefoonboek lag een brief met zijn naam erop. Hij raapte de brief op, stak hem in zijn binnenzak en liep terug naar de keuken.

Tien minuten later trof de politie hem daar aan; met een sombere, glazige blik in zijn ogen zat hij naast zijn vrouw, met zijn hand op haar haren. Het schrille geluid van de bel aan de voordeur was niet eens tot hem doorgedrongen.

Morse arriveerde slechts een paar minuten later dan de politieauto en de ambulance. Inspecteur Bell van de gemeentepolitie van Oxford had Morse opgebeld; Crowther had erop gestaan. De twee inspecteurs hadden al een paar maal eerder met elkaar te maken gehad en stonden in de gang op gedempte toon met elkaar te praten. Bernard had zich zonder tegenstand te bieden door een politiearts weg laten leiden, de keuken uit, en zat nu met zijn hoofd in zijn handen in de zitkamer. Hij leek zich niet bewust van wat er gaande was en wat er werd gezegd, maar toen Morse de zitkamer binnenstapte, leek hij in het land der levenden terug te keren.

'Hallo, inspecteur.' Morse legde zijn hand op Crowthers schouder, maar zei niets omdat hij niets wist te bedenken waar de man iets aan had. Er was niets waar je wat aan zou kunnen hebben.

'Ze liet dit achter, inspecteur.' Bernard tastte in zijn binnenzak en trok er de dichtgeplakte envelop uit.

'Die is voor u, hoor, meneer; uw naam staat erop, niet die van mij,' zei Morse rustig.

'Weet ik. Maar leest u hem maar. Ik kan het niet.' Hij legde zijn hoofd weer in zijn handen en snikte zachtjes.

Morse keek zijn collega vragend aan. Inspecteur Bell knikte en Morse maakte de brief voorzichtig open.

Lieve Bernard,

Wanneer jij dit leest, ben ik dood. Ik weet wat dat betekent voor jou en de kinderen, en alleen daarom heb ik het niet al eerder gedaan - maar ik kan het leven gewoon niet meer aan. Ik vind het heel moeilijk om er meer over te zeggen, maar ik wil dat je weet dat het niet jouw schuld is. Ik ben voor jou niet in alle opzichten zo geweest als een echtgenote hoort te zijn, met de kinderen heb ik afschuwelijk gefaald en alles is me zo ver boven het hoofd gegroeid dat ik naar rust en vrede verlang, weg van dat alles. Ik kan gewoon niet meer zo doorgaan. Ik besef hoe egoïstisch ik ben en ik weet dat ik alleen maar voor alles wegloop. Maar ik word gek als ik dat niet doe. Ik moet

het doen – ik heb niet meer de moed om de situatie het hoofd te bieden.
Op je bureau zul je alle stukken die op onze financiën betrekking hebben, aantreffen. Alle rekeningen zijn betaald, uitgezonderd Mr. Anderson voor het snoeien van de appelbomen. We zijn hem vijf pond schuldig maar ik kon zijn adres niet vinden.
Ik denk aan vroeger tijden, toen we zo gelukkig waren. Niets kan ons die afnemen. Zorg voor de kinderen. Het ligt aan mij – niet aan hen. Ik bid dat je niet al te slecht over me zult denken en dat je me kunt vergeven.
Margaret.

Veel troost zou het hem niet bieden, maar Crowther moest het toch een keer onder ogen zien.
'Lees de brief alstublieft, meneer.'
Bernard las hem, maar hij toonde geen emotie. Zijn wanhoop had al het laagst mogelijke peil bereikt. 'Hoe moet het nu met de kinderen?' vroeg hij ten slotte.
'Zit u daar maar niet over in, meneer. Wij zorgen overal voor.' De stem van de politiearts klonk resoluut. Dit soort situaties was hem niet vreemd en hij kende de procedure die vanaf nu moest worden gevolgd. Veel kon hij niet doen, maar het was tenminste iets.
'Luister 's, meneer, ik wil dat u nu...'
'Hoe moet het nu met de kinderen?' Hij was een ontredderde, gebroken man en Morse liet het aan de arts over hem bijstand te verlenen. Hij trok zich samen met Bell terug in de voorkamer en daar viel hem de lijst op van financiële stukken, verzekeringen, aflossingen van de hypotheek, en aandelen die Margaret zo keurig geordend onder een presse-papier op het bureau had achtergelaten. Maar hij raakte er niets van aan. Dat was iets wat alleen een echtgenoot en zijn vrouw aanging, een vrouw die nog had geleefd toen hij Crowther eerder die dag had ondervraagd.
'Je kende hem dus al?' vroeg Bell.
'Ik heb hem vanochtend bij me gehad,' zei Morse. 'Hij was bij me vanwege die moord in Woodstock.'

'O?' Bell keek verbaasd.
'Hij was de man die die meisjes een lift gaf.'
'Denk je dat hij er ook verder bij betrokken is?'
'Weet ik niet,' zei Morse.
'Heeft deze toestand er iets mee uit te staan?'
'Weet ik niet.'
De ambulance stond nog voor het huis te wachten en van achter alle gordijnen in de straat gluurden nieuwsgierige ogen. In de keuken keek Morse neer op Margaret Crowther. Het was de eerste keer dat hij haar zag, en toen tot hem doordrong hoe aantrekkelijk ze moest zijn geweest, verbaasde hem dat. Jaar of veertig? Haar al een beetje grijs, maar een goed, stevig figuur en een gezicht met fijne trekken dat nu verwrongen en blauw was.
'Het heeft geen zin haar hier te houden,' zei Bell.
Morse schudde zijn hoofd. 'Nee, aboluut niet.'
'Het duurt lang, weet je, met dat Noordzee-gas.'
De twee mannen stonden nog een paar minuten op een onsamenhangende manier met elkaar te praten en toen maakte Morse aanstalten om te vertrekken. Maar toen hij naar zijn auto liep, werd hij teruggeroepen door de politiearts.
'Kunt u nog even binnenkomen, inspecteur?' Morse ging het huis weer binnen.
'Hij zegt dat hij met u moet praten.'
Crowther zat met zijn hoofd tegen de rugleuning van de stoel. Hij haalde zwaar adem en het zweet stond op zijn voorhoofd. Hij verkeerde in een toestand van zware shock en had al een kalmeringsmiddel geslikt. 'Inspecteur.' Hij sloeg vermoeid zijn ogen op. 'Inspecteur, ik moet met u praten.' Het kostte hem veel moeite om dit over zijn lippen te krijgen en Morse keek de arts aan, die langzaam zijn hoofd schudde.
'Morgen, meneer,' zei Morse. 'Morgen kom ik bij u langs.'
'Inspecteur, ik moet met u praten.'
'Ja, dat weet ik. Maar niet nu. Morgen. Dan zal het beter gaan.' Morse legde zijn hand tegen Crowthers voorhoofd en voelde daar het klamme vocht.
'Inspecteur!' Maar de bovenhoek van de muren waar Crowther

zijn blik op probeerde te vestigen, viel voor zijn ogen langzaam uiteen; de hoeken vloeiden in elkaar over, beschreven een spiraal en vervaagden.
Morse reed langzaam Southdown Road uit en besefte dat Crowther echt heel dicht bij Jennifer Coleby woonde. Het was een donkere avond en de maan ging helemaal schuil achter laaghangende bewolking. De meeste ramen aan de voorkant vormden rechthoeken licht, afgeschermd door gordijnen, en achter veel van die ramen zag Morse de lichtblauwe, fosforescerende gloed van televisieschermen. Hij keek naar één huis in het bijzonder en keek op naar één raam van dat huis, het raam recht boven de deur. Maar het was donker en hij reed door.

25 dinsdagmorgen 19 oktober

Morse had erg slecht geslapen en werd wakker met een bonzend hoofd. Hij had een hekel aan zelfmoorden. Waarom had ze het gedaan? Was zelfmoord niet meer dan het wegvluchten van een lafaard voor iets wat diepe wanhoop veroorzaakte? Of was het tot op zekere hoogte een moedige daad die een ontaard soort heldhaftigheid blootlegde? Nee, dat toch zeker niet. De levens van zovele anderen waren ermee verstrengeld; lasten werden niet afgelegd - die werden louter van de schouders van de een op die van een ander geschoven. Morses gedachten wilden niet tot rust komen, maar bleven rondwervelen als ging het om een rondgang in een draaimolen waar maar geen eind aan kwam.
Pas na negenen zat hij weer in zijn leren stoel en drapeerde zijn sombere stemming zich over zijn doorzakkende schouders. Hij ontbood Lewis, die vreesachtig aanklopte voordat hij naar binnen ging. Maar Morse herinnerde zich dat onplezierige, nietige voorval van de vorige dag kennelijk totaal niet meer. Hij stelde Lewis op de hoogte van de feiten rond Margaret Crowthers zelfdoding.
'Denkt u dat hij ons iets belangrijks heeft te vertellen, sir?'
Voor Lewis het antwoord op zijn vraag te weten kon komen, werd er op de deur geklopt. Een jong meisje bracht de post, zei

vrolijk 'Goedemorgen' en verdween weer. Er waren een stuk of tien brieven bij die Morse vluchtig bekeek, tot zijn oog viel op een ongeopende envelop waarop 'strikt persoonlijk' stond en zijn naam. Het was precies zo'n envelop als het exemplaar dat hij de vorige avond had gezien.
'Of Crowther ons al dan niet iets heeft te vertellen, weet ik niet, maar zijn overleden vrouw wel, zo te zien.' Hij maakte de envelop netjes open met een briefopener en las Lewis de brief hardop voor.

Beste inspecteur,

Ik heb u nooit ontmoet, maar ik heb in de kranten gezien dat u de leiding heeft van het onderzoek naar de dood van Sylvia Kaye. Ik had u dit al veel eerder moeten vertellen, maar ik hoop dat het ook nu nog niet te laat komt. U moet namelijk weten, inspecteur, dat ik Sylvia Kaye heb vermoord. (De woorden waren tweemaal onderstreept.)
Ik zal proberen mijn gedrag uit te leggen. Vergeef me alstublieft als ik wat warrig overkom, maar het lijkt ook allemaal al zo lang geleden.
Ik weet nu ongeveer zes maanden – in elk geval al zes maanden, maar misschien wist ik het ook al wel veel langer – dat mijn man een relatie heeft met een andere vrouw. Ik beschikte destijds en beschik ook nu nog steeds niet over bewijzen. Maar het is heel moeilijk voor een man om zoiets voor zijn vrouw verborgen te houden. We zijn vijftien jaar getrouwd en ik ken hem heel goed. Het bleek uit alles wat hij zei, uit alles wat hij deed en uit hoe hij keek – hij was vast verschrikkelijk ongelukkig, denk ik.
Op woensdag 22 september verliet ik om 6.30 n.m. het huis om naar mijn avondcursus in Headington te gaan – maar ik ging er niet meteen heen. In plaats daarvan bleef ik even voorbij Banbury Road in mijn auto zitten wachten. Het wachten leek vreselijk lang te duren en ik wist eigenlijk niet wat ik zou gaan doen. Om kwart voor zeven kwam Bernard – mijn man – naar de kruising bij Charlton Road

gereden en sloeg toen rechtsaf, richting de noordelijke rotonde. Ik reed zo goed mogelijk achter hem aan – dat vermeld ik omdat ik niet zo'n goede automobiliste ben – en het werd trouwens ook steeds donkerder. Het was niet druk op de weg en ik kon hem twee of drie auto's voor me uit goed zien. Bij de Woodstock Road-rotonde reed hij de A34 op. Maar hij reed te snel voor mij en ik bleef steeds verder achter. Ik meende dat ik hem kwijt was – maar ze waren op twee plaatsen met werkzaamheden aan de weg bezig en het verkeer moest invoegen omdat over een afstand van een kilometer of twee maar één rijbaan beschikbaar was. Voorop reed een langzame, zware vrachtwagen en ik haalde de achterstand al gauw weer in – hij reed maar zes of zeven auto's voor me uit. Bij de eerstvolgende rotonde sloeg de vrachtwagen af naar Bladon, en het lukte me Bernard in het oog te houden en ik zag hem de eerste weg links nemen naar Woodstock. Ik raakte een beetje in paniek en wist niet wat ik moest doen – ik draaide de eerste de beste straat in, parkeerde de auto en liep terug. Maar het was een hopeloze situatie. Ik reed terug naar Headington en kwam maar twintig minuten te laat voor mijn avondcursus.

De woensdag daarna, 29 september, ging ik ruim tien minuten eerder van huis dan anders, reed weer naar Woodstock, parkeerde mijn auto wat verderop in het plaatsje en liep terug naar de straat die Bernard de week daarvoor was ingereden. Ik wist niet waar ik het best kon gaan staan wachten en vond het allemaal zo raar, dat ik wel moest opvallen, meende ik, maar ik ontdekte een vrij veilig plekje links van de weg. Ik was doodsbang dat Bernard me zou zien – als hij tenminste kwam – maar ik bleef daar toch staan wachten en hield iedere auto in de gaten die de hoek omkwam. Het was kinderspel om de auto's de straat in te zien draaien – en ook de inzittenden te bekijken. Om kwart over zeven kwam hij aangereden en ik stond hevig te trillen. Hij was niet alleen – een jong meisje met lang, blond haar en een witte blouse aan zat voorin naast hem. Ik meende dat zij mij ook moesten zien omdat de auto maar een meter of zeven bij mij vandaan de parkeerplaats van de Black Prince opreed. Mijn benen bibberden en het bloed bonsde in mijn oren, maar iets dwong me door te zetten. Ik liep behoedzaam naar de parkeerplaats en nam heimelijk het plein in ogenschouw. Er stonden al verschillende auto's en het duurde wel een paar minuten voordat ik die van Bernard zag. Ik schuifelde voorzichtig achter een auto langs – naar de linkerkant van de parkeerplaats – en toen zag ik hen. De auto stond aan dezelfde kant helemaal achteraan, met de kofferbak naar de muur toe – hij moet er achteruit ingereden zijn. Ze zaten voorin – zaten een poosje te praten. Ik voelde me van binnen koud worden van woede. Bernard met een slonzige blondine – een jaar of zeventien was ze, zo te zien! Ik zag dat ze elkaar kusten. Toen stapten ze voor uit en achter in. Meer kon ik verder niet zien – dat werd me tenminste bespaard.

Ik kan niet precies uitleggen wat ik voelde. Terwijl ik het nu zit op te schrijven, lijkt het allemaal zo smakeloos – en op een of andere manier ook zo onbelangrijk. Ik was eerder woedend dan jaloers – dat weet ik nog wel. Witheet van woede was ik dat Bernard me zo te schande maakte. Een minuut of vijf later stapten ze weer uit. Ze zeiden iets tegen elkaar, maar ik kon niet verstaan wat. Er lag een moersleutel – een lange moersleutel voor het verwisselen van banden – die vond ik op de parkeerplaats en ik raapte hem op. Ik weet niet waarom. Ik was zo bang en zo kwaad. En opeens werd de auto gestart en gingen de koplampen aan en was de hele parkeerplaats verlicht. De auto reed weg, de parkeerplaats af, en daarna leek de duisternis nog donkerder dan tevoren. Het meisje stond nog op de plek waar hij haar had achtergelaten, en ik sloop achter de drie of vier auto's tussen ons in langs en naderde haar van achteren. Ik zei niets en ik weet zeker dat zij me niet hoorde aankomen. Zonder dat het me veel moeite kostte, sloeg ik haar hard op haar achterhoofd. Het

was net alsof ik droomde. Ik voelde niets – geen berouw geen angst – niets. Ik liet haar achter waar ze lag, tegen de achtermuur. Het was nog steeds heel erg donker. Ik wist niet wanneer of hoe ze gevonden zou worden – en het kon me niet schelen ook.
Bernard heeft steeds geweten dat ik Sylvia Kaye heb vermoord – hij passeerde me toen ik op de terugweg was naar Oxford. Hij moet me gezien hebben, want ik zag hem ook. Hij reed een tijdje pal achter me en moet het nummerbord hebben gezien. Ik zag zijn auto zo duidelijk als maar kan, toen hij me inhaalde.
Ik weet waar u Bernard van hebt verdacht. Maar u had het bij het verkeerde eind. Ik weet niet wat hij u heeft verteld – maar ik weet dat u met hem gesproken hebt. Als hij leugens heeft opgedist, was dat alleen maar om mij te beschermen. Maar mij hoeft niemand meer te beschermen. Zorg voor Bernard en laat hem niet te veel lijden omwille van mij. Hij deed wat honderden mannen doen en daarvan geef ik mezelf de schuld en niemand anders. Ik ben geen goede vrouw voor hem geweest en ook geen goede moeder voor zijn kinderen. Ik ben gewoon verschrikkelijk moe – zo moe van alles dat ik me geen raad meer weet. Wat ik heb gedaan, spijt me nu ontzettend – maar ik realiseer me dat dat geen excuus is. Wat kan ik verder nog schrijven – wat valt er verder nog te melden?
Margaret Crowther.

Morses stem stierf weg en het was heel stil in het vertrek. Lewis vond het hardop voorlezen van de brief heel ontroerend, bijna alsof Margaret Crowther er bij aanwezig was. Maar zij zou nooit meer van zich laten horen. Hij dacht aan zijn bezoek aan haar en had er wel enig idee van hoe vreselijk ze de laatste paar maanden moest hebben geleden.
'U meende toch al dat het zo ongeveer in elkaar stak, sir?'
'Nee,' zei Morse.
'Komt wel een beetje als een schok, hè? Zo'n beetje als een donderslag bij heldere hemel.'

'Van haar stijl ben ik niet weg,' zei Morse. Hij gaf de brief aan Lewis. 'Ze gebruikt veel te veel gedachtenstreepjes naar mijn zin.' Het commentaar leek harteloos en niet van belang. Lewis las de brief zelf nog een keer.
'Maar ze is in elk geval wel een goede, foutloze typiste, sir.'
'Wel een beetje vreemd, vind je niet, dat ze haar naam eronder typte in plaats van haar handtekening eronder te zetten.'
Geef Morse een brief en zijn fantasie neemt een hoge vlucht tot in het rijk van de stralend ogende serafim. Lewis kreunde inwendig.
'U denkt toch wel dat zij die brief heeft geschreven, sir?'
Met tegenzin toomde Morse de wilde paarden in. 'Ja. Zij heeft hem geschreven.'
Lewis meende de gevoelens van de inspecteur wel te begrijpen. Er moest nog het een en ander in orde gemaakt worden natuurlijk, maar de zaak was nu in wezen opgelost. Hij had meesttijds wel genoten van de samenwerking met de opvliegende, wispelturige inspecteur, maar nu... De telefoon ging en Morse nam op. Hij zei een keer of tien 'Ja, dat snap ik' en legde neer.
'Crowther ligt in het Radcliffe - hij heeft een lichte hartaanval gehad. Hij mag ten minste twee dagen geen bezoek ontvangen.'
'Hij had ons waarschijnlijk toch niet veel meer kunnen vertellen,' meende Lewis.
'O jawel,' zei Morse. Hij leunde achterover, legde als een ondeugende schooljongen zijn handen op zijn hoofd en staarde met nietsziende blik de verste hoek in. Lewis meende er goed aan te doen te blijven zwijgen, maar naarmate de minuten wegtikten, werd hij rusteloos en daar voelde hij zich niet prettig bij.
'Hebt u zin in een kop koffie, sir?' Morse scheen hem niet te horen. 'Koffie? Wilt u koffie?' Morse deed hem denken aan een stokdoof persoon die zijn gehoorapparaat heeft uitgezet. De ene na de andere minuut verstreek voordat de grijze ogen de wereld om hem heen weer scherp in beeld kregen.
'Nou, daarmee is in elk geval één ding opgehelderd, Lewis. We kunnen Mrs. Crowther dus van onze lijst met verdachten schrappen, hè?'

26 dinsdagmiddag 19 oktober

Rond de middag zat Peter Newlove in zijn kamers. Hij verwachtte niemand. Normaal was Bernard misschien ongeveer op dit tijdstip komen binnenvallen voor een borrel, maar die ochtend had het bericht snel de ronde gedaan door het College: Margaret had zelfmoord gepleegd en Bernard had een hartaanval gehad. En dat dubbel tragische nieuws had niemand harder getroffen dan Peter. Hij had Margaret goed gekend en had haar sympathiek gevonden, en Bernard was zijn beste vriend op die academische, oppervlakkige manier waarop aan de meeste universiteiten die uit verschillende autonome afdelingen bestaan, vriendschappen ontstaan. Hij had naar het ziekenhuis gebeld, maar Bernard mocht op zijn vroegst pas donderdag bezoek hebben. Hij had bloemen gestuurd; Bernard hield van bloemen en had nu geen vrouw meer die ze hem kon sturen... Hij had ook navraag gedaan naar de kinderen. Zij waren gaan logeren bij een tante in Hedon, maar Peter kon zich absoluut niet voorstellen dat dat een regeling was waar ze veel steun aan hadden.

Er werd op de deur geklopt. 'Hij is open.'

Hij had inspecteur Morse nog niet eerder ontmoet en was aangenaam verrast dat de borrel die hij aanbood, werd geaccepteerd. In onomwonden, ondubbelzinnige bewoordingen legde Morse uit waarvoor hij was gekomen.

'En die was *daarop* getypt?' Newlove keek fronsend naar de draagbare schrijfmachine die open en bloot op de tafel stond.

'Geen twijfel over mogelijk.'

Newlove leek licht verbaasd, maar zei niets.

'Kent u een jongedame die Jennifer Coleby heet, miss Jennifer Coleby?'

'Nee, ik ben bang van niet.' Newloves frons werd dieper.

'Ze werkt in de High, niet ver hiervandaan. Town and Gown. Verzekeringsmaatschappij.'

Newlove schudde zijn hoofd. 'Misschien heb ik haar wel eens gezien, maar ik ken haar niet. Ik hoor die naam nu voor het eerst.'

'En u hebt ook nooit naar iemand met die naam geschreven?'

'Nee. Hoe zou dat ook kunnen? Ik heb nog nooit van die vrouw gehoord, zoals ik daarnet al zei.'
Morse tuitte zijn lippen en vroeg door. 'Zou iemand anders uw typemachine gebruikt kunnen hebben, meneer?'
'Tja, dat weet ik eigenlijk niet. Bijna iedereen zou dat hebben kunnen doen, neem ik aan. Ik doe de boel niet vaak op slot, feitelijk alleen als er vellen met opgaven liggen.'
'Wilt u daarmee zeggen dat u uw deuren open laat staan en iedereen zomaar kan binnenlopen en uw drank en uw boeken kan gappen - of uw typemachine?'
'Nee, zo ligt de zaak niet. Maar er komen wel heel wat stafleden binnenvallen.'
'Wie in het bijzonder - kunt u dat zeggen?'
'Eh, we hebben hier bijvoorbeeld dit trimester een nieuwe, jonge don, Melhuish. Hij is de laatste tijd aardig wat keertjes langsgeweest.'
'En wie nog meer?'
'En een stuk of tien anderen.' Hij voelde zich zo te horen niet op zijn gemak.
'Hebt u een van die, eh, vrienden van u ooit gebruik zien maken van uw typemachine?'
'Eh, nee. Ik geloof van niet.'
'Zij gebruiken gewoonlijk die van henzelf, denkt u niet?'
'Ja, dat zal wel.'
'Dat zal wel? Dat is zeker zo, of denkt u van niet?'
'Nee.'
'U begrijpt er dus niets van?'
'Aan mij hebt u niet veel, dat weet ik. Maar ik snap er echt helemaal niets van.'
Morse gooide het opeens over een andere boeg. 'Kende u Mrs. Crowther?'
'Ja.'
'U hebt gehoord wat er met haar is gebeurd?'
'Ja,' zei Newlove rustig.
'En met Bernard Crowther?' Newlove knikte. 'Hij is een van uw beste vrienden, begrijp ik?' Weer knikte Newlove. 'Ik ben vanmorgen in zijn kamer geweest, meneer. Grofgezegd, heb ik

er rondgeneusd. Maar ik moet vaak rondneuzen, weet u. Bijzonder blij maakt me dat niet.'
'Ik begrijp het,' zei Newlove.
'Ik vraag me af of u het inderdaad begrijpt, meneer.' Aan de manier waarop hij de woorden afbeet, was te horen dat hij nu ongeduldig werd. 'Hij valt vaak bij u binnen - klopt dat?'
'Heel vaak.'
'En denkt u dat hij naar u toe zou komen, als hij iets nodig had?'
'Liever naar mij dan naar iemand anders, bedoelt u?'
'Ja.'
'Ja, dan zou hij naar mij toekomen.'
'Wist u dat voor zijn typemachine een komma nog te veel gevraagd is?'
'Nee, dat wist ik niet,' loog Newlove.

Nadat hij Morse bij het Lonsdale College had afgezet, had Lewis zelf ook nog een en ander te doen. Hij kon met de beste wil van de wereld niet begrijpen wat de zin was van die ene opdracht, maar Morse had gezegd dat deze van levensbelang was. Iets had de inspecteur nieuw leven ingeblazen. Maar het was niet de opgewekte, uitgelaten Morse van de eerste dagen van de zaak. Hij had iets grimmigs over zich gekregen en Lewis vond hem af en toe behoorlijk angstaanjagend. Hij hoopte maar dat ze niet nog meer brieven kregen waarop Morse zijn op de verkeerde dingen gerichte scherpzinnigheid kon botvieren.
Hij bracht de officiële politieauto tot stilstand op de kleine binnenplaats van het gezondheidscentrum van Summertown dat op de hoek van Banbury Road en Marston Ferry Road stond. Het was een fraai opgetrokken groot gebouw van rode baksteen met stoeptreden die omhoogvoerden naar een wit portiek voor de voordeur - een van de vele mooie, grote huizen die aan het eind van de negentiende eeuw door de gegoede burgers aan de Banbury Road waren gebouwd. Lewis werd verwacht en hoefde maar een minuut of wat te wachten voordat hij de spreekkamer mocht binnengaan van de oudste arts van het centrum.
'Dat is alles, brigadier.' Dokter Green overhandigde Lewis een

dossier. 'Weet u zeker dat alles erin zit, dokter? Inspecteur Morse heeft me opdragen er vooral voor te zorgen dat ik alles meekreeg.'

Dokter Green deed er even het zwijgen toe. 'Het enige wat er niet bij zit... is eh een verslag van eh een gesprek dat we hadden eh wellicht gehad hebben met miss Kaye over eh haar seksleven. U begrijpt vast wel, brigadier, dat er eh een ethische kant eh is aan de eh relatie van een arts met de eh patiënt en dat die relatie eh vertrouwelijk van aard is.'

'U bedoelt te zeggen dat ze aan de pil was, dokter.' Lewis stapte als politieman stoutmoedig met zijn laarzen over het terrein dat de engelachtige Green uit fijngevoeligheid bang was te betreden.

'Eh... dat eh heb ik niet gezegd, wel, brigadier? Ik zei eh dat we eh dat het ongepast, eh ja, ongepast is om eh te verklappen welke eh vertrouwelijke mededelingen we eh in de spreekkamer horen.'

'Als ze *niet* aan de pil was geweest, zou u ons dat dan wel hebben verteld?' vroeg Lewis argeloos.

'Eh dat is eh een eh heel moeilijke vraag. U eh wij eh u legt me min of meer eh woorden in de mond, is het niet, eh brigadier? Ik zeg alleen maar eh...'

Lewis vroeg zich af wat de arts tegen een patiënt zou zeggen die een kwaadaardig gezwel had. In dat geval werd het vast eh een eh bijzonder eh lang gesprek, daarvan was hij overtuigd. Hij bedankte de beste man en verliet hem zo snel als maar mogelijk was. Toch lukte het hem pas halverwege de stoeptreden naar het portiek de onophoudelijk eh zeggende Green af te schudden. Hij moest beslist zijn vrouw vertellen over eh dokter Green.

Zoals afgesproken pikte Lewis Morse om één uur voor Lonsdale College op. Hij vertelde de inspecteur hoezeer dokter Green het te kwaad had gehad met zijn geweten over het probleem van de beroepsmatige geheimhouding, maar Morse stond daar cynisch tegenover en was er dus niet van onder de indruk.

'We wisten toch al dat ze aan de pil was?' Dat had Lewis zich moeten herinneren. Hij had de rapporten gelezen; Morse had hem nog speciaal gevraagd die zich zo goed mogelijk eigen te maken. Op dat tijdstip had dat niet zo erg belangrijk geleken. Had Morse er toen misschien al wel het belang van ingezien? Dat betwijfelde hij, en het geval wilde dat zijn twijfels volledig gerechtvaardigd waren.

Terwijl Lewis de stad uitreed, verzocht Morse hem bij de Woodstock-rotonde af te slaan en bij het motel te stoppen. 'We nemen een pint en een sandwich, oké?'

Ze namen plaats in de Morris Bar en Morse verdiepte zich in het medische dossier over Sylvia Kaye. Afgezien van regelmatige onderbrekingen, besloeg het haar hele, bedroevend korte leventje, van de milde vorm van geelzucht toen ze twee dagen oud was, tot een vervelende armbreuk in de maand augustus voor ze overleed. Mazelen, wratten op vingers, middenoorontsteking, dysmenorroe, hoofdpijn (myopie?). Een niet bijzonder opzienbarende ziektegeschiedenis. De meeste aantekeningen waren vrij goed leesbaar, want de aartsapostel van besluiteloosheid, de consciëntieuze Green, had, vreemd genoeg, een mooi duidelijk, sierlijk handschrift. Direct contact met Sylvia had hij alleen gehad over de laatste twee aandoeningen, de hoofdpijn en de gebroken arm. Morse schoof Lewis het dossier toe en liep weg om de glazen nog eens te laten vullen. Een aantal bijzonderheden was trouwens al in het post-mortem rapport opgedoken, maar zulke dingen onthouden was niet Lewis' sterkste punt.

'Heb jij wel eens een gebroken arm gehad?' vroeg Morse.

'Nee.'

'Ze zeggen dat het erg pijnlijk is. Heeft iets te maken met de zenuwuiteinden of zoiets. Net als wanneer je je voet bezeert, Lewis. Dat doet heel, heel erg pijn.'

'U kunt het weten, sir.'

'Ja, maar als je net als ik in wezen een sterk gestel hebt, genees je snel.' Lewis ging er maar niet op in. 'Is het je opgevallen,' vervolgde Morse, 'dat Green nog een afspraak met haar had op de dag voor ze stierf?'

Lewis sloeg het dossier weer op. Hij had het stukje daarover gelezen, maar niet op de datum gelet. Hij zocht het weer op en zag dat Morse gelijk had. Sylvia was op dinsdag 28 september in het gezondheidscentrum van Summertown geweest met een brief

van de orthopedisch chirurg van het Radcliffe Ziekenhuis. Daarin stond: 'Arm nog steeds erg stijf en vrij veel pijn. Verdere behandeling noodzakelijk. Voortzetting van fysiotherapie aanbevolen volgens eerder gemaakte afspraken – op dinsdag- en donderdagmiddag.'
Lewis kon zich het consult voor de geest halen. En opeens kwam hij op een bepaalde gedachte. Dat had je als je met Morse samen was. Zijn verdenkingen leken nu evenzeer zomaar uit de lucht gegrepen als het geval was bij de inspecteur. 'U denkt toch zeker niet dat eh...' Het werd bij hem al even erg als bij Green.
'Dat wat?' vroeg Morse met een vreemd ernstig gezicht.
'Dat Green een verhouding had met Sylvia?'
Morse glimlachte vaag en dronk zijn glas leeg. 'Dat zouden we kunnen uitvissen, neem ik aan.'
'Maar u zei dat deze medische gegevens heel belangrijk waren.'
'Dat was nog zwak uitgedrukt.'
'Bent u dan te weten gekomen wat u wilde weten?'
'Ja. Dat zou je kunnen zeggen. Laten we zeggen dat ik alleen maar iets bevestigd wilde zien. Ik heb Green gisteren over de telefoon gesproken.'
'Deed eh hij eh deed hij eh eh,' bootste Lewis na. Het was het enige luchthartige moment in de laatste sombere dagen van deze zaak.

Sue had dinsdagmiddag vrij en ze was er blij om. Op de afdeling Eerste hulp werken was vermoeiend, vooral voor haar voeten. De andere meisjes waren niet thuis, en ze maakte wat toast voor zichzelf klaar en ging in de kleine keuken met haar mooie, trieste ogen naar de witte vloertegels zitten staren. Ze had David beloofd dat ze hem zou schrijven, en daar moest ze zich nu toch echt vanmiddag toe zetten. Ze vroeg zich af wat ze zou schrijven. Ze kon hem over haar werk vertellen en ze kon hem vertellen hoe fijn het was geweest dat ze hem het afgelopen weekend had gezien en ze kon hem vertellen dat ze zich er enorm op verheugde hem weer te zien. Maar echte vreugde leek te ontbreken. Ze verweet zichzelf verbitterd haar eigen egoïsme, maar ook al deed ze dat, ze wist dat ze meer bezig was met haar eigen wensen en haar eigen verlangens dan met die van iemand anders. Dan met die van David - met die van David al helemaal niet. Het had geen zin, het was volstrekt onmogelijk, het was bijzonder dwaas, ja zelfs gevaarlijk om aan hem te denken - dat wil zeggen, om aan Morse te denken. Maar ze verlangde zo erg naar hem. Ze hunkerde ernaar dat hij zou bellen - ze hunkerde ernaar hem alleen maar even te zien. Als ze maar contact met hem had... Zo zat ze daar in de kleine keuken naar de witte tegels te staren, overmand door zelfverwijt, eenzaamheid en mismoedigheid.

Jennifer had het dinsdagmiddag druk. Palmer had haar een concept-brief doen toekomen en wilde dat ze die doornam. Voor praktisch alles moest na de Kerst de premie met 10% worden verhoogd en daarvan moesten de cliënten van de maatschappij op de hoogte worden gesteld. Een beste man, dacht Jennifer, maar erg intelligent is hij feitelijk niet. De eerste alinea van zijn brief deed denken aan de bedrieglijke oefeningen in Latijns proza die ze had moeten maken. 'Die' volgde op 'die' en daarop volgde nog weer een 'die'. Ze verbeterde de alinea met een onverschrokken zelfvertrouwen: hier een punt, daar een nieuwe alinea, hier een beter woord - veel duidelijker. Palmer wist dat zij verreweg het intelligentste meisje op kantoor was en over belangrijke stukken raadpleegde hij haar altijd voor de definitieve versie werd opgesteld. Maar ze bleef hier niet zo lang meer. Ze had de afgelopen week naar twee banen gesolliciteerd. Maar ze dacht er niet over om dat al aan iemand te vertellen, ook niet aan Mr. Palmer. Niet dat ze hier geen plezier in haar werk had - verre van dat. En ze verdiende bijna evenveel als Mary en Sue samen... Sue! Ze dacht aan zondagavond, toen ze uit Londen was teruggekeerd. Wat was ze blij geweest dat zij hen zo aantrof! Ze haalde zich het tafereel weer voor de geest en er speelde een wrede glimlach rond haar lippen.
Ze bracht de verbeterde brief naar Mr. Palmers kamer, waar Judith haar best deed het heel gematigde tempo bij te houden waarin haar werkgever een brief dicteerde. Ze overhandigde hem de brief. 'Ik heb een paar suggesties opgeschreven.'

‘O, hartelijk bedankt. Ik heb hem zomaar even snel opgesteld, weet je. Het eerste het beste dat bij me opkwam, opgeschreven. Ik begreep wel dat hij eh je weet wel, nog niet eh nog niet echt helemaal af was. Hartelijk bedankt, hoor. Heel fijn.’
Jennifer deed er het zwijgen toe. Ze ging weg, en terwijl ze de gang doorliep naar de kamer van de typistes, speelde opnieuw die onplezierige glimlach rond haar mooie mond.

De derde van het drietal, de onbevreesde, kleine, dikke, sproetige Mary werkte voor Radio Oxon. Bij de BBC was haar waarschijnlijk de waardige benaming ‘scriptgirl’ verleend, maar bij het plaatselijke radiostation had ze een baantje zonder vooruitzichten. Net als Jennifer had ze erover lopen denken van baan te veranderen, maar zij was minder goed gekwalificeerd dan Jennifer. Die had voor bepaalde vakken op het hoogste niveau eindexamen gedaan en had ook nog steno- en typdiploma’s. Jennifer was op school vast een goede leerling geweest, meende Mary. Zelfverzekerd, wist eigenlijk altijd alles... Het liep eigenlijk best goed, dat met hun drieën samenwonen, maar ze zou er geen traan om laten wanneer ze moest verhuizen. Sue was een beste meid; ze mocht Sue wel, ook al was die de laatste tijd nogal humeurig en afwezig. Problemen met mannen. Was ze gevallen voor die politieman, die inspecteur? Dat zou zij haar niet verwijten. Sue was tenminste menselijk. Of dat ook voor Jennifer gold, daar was ze nog niet zo zeker van.
Na de lunch kwam die dinsdag een van de assistenten een babbeltje met haar maken. Hij had een baard, een luchtige manier van doen, vijf kleine kinderen en een oog dat steeds weer op andere dames viel. Mary deed niet echt haar best om hem ervan af te houden haar het hof te maken.

27 donderdag 21, vrijdag 22 oktober

Bernard Crowthers toestand was volgens de hoofdzuster van zijn afdeling ‘bevredigend’, en donderdagmiddag zat hij rechtop in bed om zijn eerste bezoeker te ontvangen. Morse was er,

vreemd genoeg, kennelijk niet op uit geweest te benadrukken dat hij voorrang had, want hij had afgezien van zijn recht om de eerste van de rij te zijn.
Peter Newlove was blij te zien dat zijn oude vriend er zo levenslustig uitzag. Op een natuurlijke, rustige manier praatten ze een paar minuten met elkaar. Een aantal dingen moest gewoon gezegd worden, maar toen Peter die had gezegd, begon hij over andere dingen en hij wist dat Bernard dat begreep. Het was bijna tijd om te gaan. Maar Bernard legde een hand op de arm van zijn vriend en Peter ging weer naast het bed zitten. Een zuurstofslang hing over het metalen hekwerk achter Bernards hoofd en aan de andere kant van het bed stond een apparaat met allerlei knoppen eraan op wacht.
'Ik moet je nog iets vertellen, Peter.'
Peter boog zich iets naar voren om hem beter te kunnen verstaan. Het praten kostte Bernard nu meer moeite en hij haalde voor elke zin diep adem. 'We kunnen morgen weer met elkaar praten. Maak jezelf nu niet van streek.'
'Blijf alsjeblieft.' Terwijl Bernard doorpraatte, was aan zijn stem te horen dat hij gespannen was en per se iets kwijt moest. 'Ik moet het je vertellen. Je weet alles van die moord in Woodstock?' Peter knikte. 'Ik heb die twee meisjes een lift gegeven.' Hij ademde weer moeizaam en er verscheen een vage glimlach rond zijn lippen. 'Vreemd eigenlijk. Ik zou een van die twee toch al ontmoet hebben. Maar ze misten de bus en ik gaf hun een lift. Dat bedierf natuurlijk alles. Zij kenden elkaar en – nou ja, ik werd daardoor afgeschrikt.' Hij rustte even uit, en Peter keek zijn oude vriend strak aan en probeerde te voorkomen dat deze aan zijn ogen zag dat hij hem niet geloofde.
'Om een lang verhaal kort te maken, ik bleef uiteindelijk met dat andere meisje achter. Denk je dat eens in, Peter! Ik bleef uiteindelijk met het andere meisje achter! En dat was me er eentje, goeie hemel nou, dat was me er eentje! Kun je me verstaan, Peter?' Hij leunde achterover, schudde triest zijn hoofd en haalde nog een keer diep adem.
'Ik vrijde met haar – achter in de auto. Ze zorgde ervoor dat ik zo geil werd als een oude bok. En daarna... daarna liet ik haar

achter. Dat is het vreemde ervan. Ik liet haar achter. Ik reed terug naar huis. Meer is er niet van te zeggen.'
'Je liet haar achter bij de Black Prince, bedoel je?'
Bernard knikte. 'Ja. En daar hebben ze haar gevonden. Ik ben blij dat ik het jou nu heb verteld.'
'Ga je het ook aan de politie vertellen?'
'Dat wilde ik nu net aan jou vragen, Peter. Weet je, ik...' hij zweeg even. 'Ik weet niet of ik je dit moet vertellen, en je moet me beloven dat je het nooit of te nimmer aan iemand zult doorvertellen' - hij keek Peter angstig aan, maar scheen ervan overtuigd te zijn dat hij hem kon vertrouwen - 'maar ik weet bijna wel zeker dat ik die avond nog iemand anders op die binnenplaats zag. Ik wist natuurlijk niet wie het was.' Met elke keer dat hij sprak, raakte hij steeds meer uitgeput, en Peter kwam bezorgd overeind.
'Niet weggaan.' De klim tegen de heuvel op was bijna achter de rug. 'Ik wist niet wie het was - het was zo donker. Maar ik zat erover in. In een pub er vlakbij nam ik een whisky en toen reed ik naar huis.' De woorden kwamen nu heel langzaam. 'Ik reed haar voorbij. Wat een stomme idioot was ik. Ze zag me.'
'Wie bedoel je? Wie reed je voorbij, Bernard?'
Bernards ogen waren gesloten en hij leek het niet te horen. 'Ik ben het nagegaan. Ze ging niet naar haar avondcursus.' Hij deed zijn zware ogen open; hij was blij dat hij het nu aan iemand had verteld, en blij dat die persoon Peter was. Maar Peter keek verbijsterd en begreep er kennelijk niets van. Hij stond op, boog zich over Bernard heen en sprak zo rustig, maar tegelijk ook zo duidelijk als maar mogelijk was in zijn oor.
'Bedoel je dat je denkt dat... dat *Margaret* haar heeft vermoord?' Bernard knikte.
'En dat ze daarom...' Bernard knikte nogmaals met een vermoeid hoofd.
'Ik kom morgen terug. Probeer te rusten.' Peter maakte aanstalten om te gaan en was ook al onderweg, toen hij zijn naam weer hoorde roepen.
Bernards ogen waren open en hij hield met moeite, maar toch gebiedend zijn rechterhand omhoog. Peter keerde op zijn schre-

den terug. 'Nu niet, Bernard. Probeer een beetje te slapen.'
'Ik wil mijn excuses aanbieden.'
'Excuses aanbieden?'
'Ze hebben ontdekt welke typemachine er was gebruikt, hè?'
'Ja. Het was de mijne.'
'Ik heb die gebruikt, Peter. Dat had ik je moeten vertellen.'
'Denk er maar niet meer over na. Wat maakt het uit?'
Maar het maakte wel uit. Dat wist Bernard, maar hij was te moe om nog goed te kunnen nadenken. Margaret was dood. Dat was de verpletterende realiteit. Nu kreeg eigenlijk pas de volslagen ontreddering vat op hem, die werd veroorzaakt door die ene verschrikkelijke realiteit: *Margaret was dood.*

Hij ging liggen en dommelde weg; droomde hoewel hij niet echt sliep. Hij zag het allemaal weer voor zich, met alle personages bijeen die er een rol in hadden gespeeld, maar op een afstandelijke, onpersoonlijke manier, alsof hij zich helemaal niet in zijn eigen lichaam bevond.
Toen hij hen zag, had hij meteen geweten dat zij het was, maar hij kon niet begrijpen waarom ze aan het liften was. Ze wisselden geen woord en zij ging achterin zitten. Ze moest, net als hij, hebben aangevoeld hoe riskant het opeens was geworden; het was onmiskenbaar dat ze het andere meisje kende. Hij had het bijna een opluchting gevonden, toen ze zei dat ze in Begbroke uitstapte. Hij verzon een smoes - sigaretten kopen - en bezorgd fluisterden ze tegen elkaar. Ze konden het voor die avond maar beter vergeten. Hij maakte zich zorgen. Hij kon het zich niet veroorloven risico te lopen. Maar hij kon haar toch zeker later nog wel oppikken? had ze gevraagd en was steeds bozer geworden. Hij had onderweg ook wel aangevoeld dat ze jaloers moest zijn geweest, omdat het meisje voorin hem probeerde te versieren. Niet dat hij haar daarin ook maar enigszins had aangemoedigd. Toen nog niet in elk geval. Maar hij maakte zich echt zorgen en dat had hij ook tegen haar gezegd. Ze konden elkaar de volgende week weer treffen; hij zou haar daarover op de gebruikelijke manier schrijven. Zo hadden ze een halve minuut geagiteerd tegen elkaar staan fluisteren - niet langer - terwijl ze

de Golden Rose nauwelijks één stap waren binnengegaan. In haar ogen waren irritatie en een zweem blinde woede te zien geweest. Maar hij snapte wel hoe ze zich voelde. Hij verlangde ook weer naar haar - even vurig als altijd.
Hij stapte weer in de auto en reed door naar Woodstock. Nu ze vrij spel had, leek het blonde meisje nog minder last van remmingen te hebben. Ontspannen en onverbloemd sensueel leunde ze achterover. De bovenste knoop van haar dunne, witte blouse zat niet dicht en de blouse zelf deed denken aan een zijdezachte zaaddoos die op het punt stond open te barsten, en haar borsten eronder zetten uit als door de zon gerijpte zaden.
'Wat doet u voor werk?'
'Ik ben in dienst van de universiteit.'
'Als docent?'
'Ja.' Hun ogen ontmoetten elkaar. Dat was zo doorgegaan tot ze in Woodstock aankwamen. 'Zeg, waar zal ik je afzetten?'
'O, maakt eigenlijk niet uit.'
'Heb je een afspraak met je vriend?'
'Over een half uur pas. Ik heb nog tijd zat.'
'Waar heb je afgesproken?'
'In de Black Prince. Weet u waar die is?'
'Heb je zin om eerst nog met mij iets te gaan drinken?' Hij was heel zenuwachtig en opgewonden.
'Waarom niet?'
Er was een plek vrij op de binnenplaats en hij reed er achteruit in tot tegen de muur helemaal links achteraan.
'Het is misschien niet zo'n goed idee om hier iets te gaan drinken,' zei ze.
'Nee, daar kon je wel eens gelijk in hebben.'
Ze ging weer achterover in de stoel liggen en haar rok kroop daarbij op tot rond haar dijen. Haar benen waren gestrekt, lang, uitnodigend, een stukje uit elkaar.
'Bent u getrouwd?' vroeg ze. Hij knikte. Haar rechterhand speelde af en toe zomaar even met de versnellingspook; haar vingers streelden de knop. De raampjes besloegen steeds verder van hun ademhaling en hij boog zich naar het handschoenenvak aan de andere kant van het dashboard. Zijn arm raakte licht de

hare toen hij dat deed, en hij voelde dat ze haar lichaam iets naar voren duwde. Hij vond de doek en veegde daarmee weinig enthousiast haar zijraam schoon. Hij voelde de druk van haar rechterhand tegen zijn been toen hij enigszins over haar heen hing, maar ze nam niet de moeite die hand weg te halen. Hij legde zijn linkerarm over de rugleuning van haar stoel en zij draaide zich naar hem toe. Haar volle lippen waren uiteengeweken en op een verwachtingen wekkende manier ging ze er met haar tong overheen. Hij kon haar niet langer weerstaan en kuste haar met abrupte, hartstochtelijke overgave. Haar tong kronkelde zijn mond binnen en haar lichaam draaide zich zover naar hem toe dat haar borsten zich tegen hem aan drongen. Hij streelde met zijn rechterhand haar benen en zwolg in puur dierlijke vreugde toen zij licht heen en weer begon te wiegen en haar benen nog uitnodigender spreidde. Ze onderbrak het lange, koortsachtige gezoen, likte aan zijn oorlelletje en fluisterde: 'Maak de knopen van mijn blouse los. Ik heb geen bh aan.'

'Laten we achterin kruipen,' zei hij hees. Zijn erectie was kolossaal.

Al te vlug was het allemaal voorbij en hij voelde zich schuldig over zijn eigen reacties. Hij wilde bij haar vandaan. Ze leek nu heel anders - alsof ze in één minuut een gedaantewisseling had ondergaan.

'Ik moest maar gaan.'

'Nu al?' Ze maakte langzaam haar blouse dicht, maar de betovering was nu verbroken.

'Ja. Ik ben bang van wel.'

'Je hebt er toch wel van genoten?'

'Natuurlijk. Dat weet je best.'

'Wilt u het nog wel een keer doen?'

'Ja, dat weet je best.' Hij begon er steeds heviger naar te verlangen bij haar uit de buurt te komen. Had hij daarbuiten nu iets gezien of verbeeldde hij zich dat maar? Een gluurder misschien?

'Je hebt me niet verteld hoe je heet.'

'Jij hebt mij ook niet verteld hoe je heet.'

'Sylvia. Sylvia Kaye.'

'Hoor eens, Sylvia.' Hij deed zijn best om haar zo liefdevol als hij maar kon opbrengen toe te spreken. 'Denk je niet dat het maar het beste zou zijn als we, nou ja, je weet wel, hieraan terugdenken als aan iets moois dat tussen ons is gebeurd. En voor maar één keer. Vanavond, hier.'

Daarop werd zij lastig en scherp van tong. 'Je wilt me niet terugzien, hè? Jij bent al net als de rest. Een vluggertje en weg ben je.' Ze praatte nu ook anders. Ze klonk als een alledaagse slet, als zo'n goedkope, stugge hoer die je oppikt in een zijstraat in Soho. Maar ze had natuurlijk wel gelijk – helemaal gelijk. Hij had gekregen wat hij wilde. Maar zij ook? Was ze een prostituée? Hij dacht aan de tijd dat hij onder dienst was en aan de mannen die syfilis hadden opgelopen. Hij moest maken dat hij wegkwam, uit deze claustrofobische auto en van deze donkere, miezerige binnenplaats. Hij stak zijn hand in zijn zak en vond een biljet van een pond. Maar op wat losse muntstukken na, had hij verder geen geld bij zich.

'Een bilje' van een pon'! Eén rottig bilje' van een pon'! Jemig – je denk' zeker dat ik een goedkoop snolletje ben. De volgende keer zorg je ervoor dat je wa' gel' op zak heb, vrien', want anders hou' je je poten maar thuis.' Hij schaamde zich diep en voelde zich een loeder. Ze stapte uit en hij volgde haar voorbeeld.

'Ik kom wel te weten wie je ben', rotven'. Reken daar maar op!'

Wat er daarna was gebeurd, dat wist hij niet. Hij herinnerde zich dat hij nog iets had gezegd, en hij herinnerde zich vaag dat zij nog iets had teruggezegd. Hij wist nog dat zijn koplampen de binnenplaats hadden verlicht, en hij wist nog dat hij op een opening in het verkeer had staan wachten toen hij de hoofdstraat bereikte. Hij wist ook nog dat hij de rit even had onderbroken om een dubbele whisky te kopen en dat hij snel had gereden op de tweebaansweg; daarbij een auto was genaderd, die voorbij was gegaan en pijlsnel door de nacht was gereden, terwijl het hem duizelde. En op donderdagmiddag had hij in de *Oxford Mail* van de moord op Sylvia Kaye gelezen.

Het was natuurlijk dom geweest om die brief te schrijven, maar Peter zou nu in elk geval niet meer in de problemen komen. Iets op papier zetten – daarmee vroeg je altijd om moeilijkheden, maar het was tot op dat moment altijd een handige regeling geweest die weinig om het lijf had. Zij had die trouwens voorgesteld en het leek noodzakelijk. De postbezorging was in het noordelijk deel van Oxford echt een verschrikking - om 10.00 v.m. of nog later momenteel - en niemand scheen er iets op tegen te hebben dat de meisjes op kantoor brieven kregen. En het gebeurde maar al te vaak dat hij pas op het laatste moment helemaal zeker van zijn zaak was. Soms draaide het uit op een ingewikkelde warboel, maar het was meesttijds een zeer soepel werkende regeling geweest. Ze hadden samen een goed systeem uitgewerkt. Een heel slim systeem feitelijk. Niemand keek ook eigenlijk naar de datum. Soms had hij er ook nog een kort bericht in verwerkt - zoals die laatste keer... Morse was vast behoorlijk bijdehand, maar was toch niet zo slim geweest dat hij het helemaal had doorzien... Hij had Morse uiteraad niet de hele waarheid kunnen vertellen, maar hij had evenmin de vooropgezette bedoeling gehad hem te misleiden. Een beetje wel natuurlijk. Dat gedoe over de lengte bijvoorbeeld... Hij wilde Morse graag spreken. Onder andere omstandigheden hadden ze elkaar misschien wel beter kunnen leren kennen, vrienden kunnen worden...

Hij dommelde helemaal weg en het was donker toen hij weer wakker werd. De lampen verspreidden gedempt licht. De geruisloze, witte gedaante van een verpleegkundige zat aan een tafeltje helemaal aan de andere kant van de zaal, en hij zag dat de meeste andere patiënten lagen te slapen. De echte wereld drong zich opeens weer aan hem op, en Margaret was dood. Waarom? Waarom? Was het zoals ze in de brief geschreven had? Hij vroeg zich of hoe hij het leven ooit weer het hoofd zou kunnen bieden, en hij dacht aan de kinderen. Wat hadden ze tegen hen gezegd?

Scherpe, zeer pijnlijke verkrampingen schoten door zijn borst en hij wist opeens zeker dat hij dood zou gaan. De verpleegkundige stond bij hem, en nu de dokter. Hij was doornat van het zweet. Margaret! Had zij Sylvia vermoord of hij? Wat deed het ertoe? De pijn ebde weg en hij voelde zich vreemd vredig.

'Dokter,' fluisterde hij.

'Rustig aan, Mr. Crowther. U voelt zich zo wel beter.' Maar Crowther had een fikse hartaanval gehad en zijn levenskansen waren gering.
'Dokter. Wilt u iets voor me opschrijven?'
'Ja, natuurlijk.'
'Voor inspecteur Morse. Schrijf maar op.' De arts haalde zijn notitieboekje te voorschijn en schreef de korte boodschap op. Met een zorgelijke blik in zijn ogen keek hij Crowther aan. Diens pols werd snel zwakker. Het apparaat werkte; de zwarte knoppen waren op het maximumniveau gezet. Bernard voelde dat hij een zuurstofmasker over zijn gezicht kreeg, en zag op een eigenaardig lucide manier de kleinste bijzonderheden van alles wat zich bij hem in de buurt bevond. Doodgaan was stukken makkelijker dan hij ooit had gehoopt. Makkelijker dan leven. Met verrassende kracht sloeg hij het masker weg en sprak zijn laatste woorden.
'Dokter. Zeg tegen mijn kinderen dat ik van ze heb gehouden.'
Zijn ogen gingen dicht en hij leek in een diepe slaap te vallen. Het was 2.35 v.m. Hij stierf diezelfde ochtend om 6.30 voor de zon in het streperige grijs aan de oostelijke hemel was opgegaan en voor er op de vroege ochtend luidruchtig met ziekenhuiswagentjes door de gangen werd gereden.

Morse keek op hem neer. Het was 8.30 v.m. en het stoffelijk overschot van Bernard Crowther was bijna twee uur geleden onopvallend weggereden naar het mortuarium van het ziekenhuis. Morse had Crowther sympathiek gevonden. Intelligent gezicht; knappe man eigenlijk wel. Volgens hem moest Margaret ooit veel van hem hebben gehouden; in wezen was dat waarschijnlijk ook altijd zo gebleven. En dat gold niet alleen voor Margaret, maar ook nog voor iemand anders, nietwaar, Bernard? Morse keek naar het velletje papier in zijn hand en las nogmaals wat erop stond. 'Voor inspecteur Morse. Het spijt me erg. Ik heb u zoveel leugens verteld. Laat *haar* alsjeblieft met rust. Zij heeft er niets mee te maken. Hoe zou dat ook kunnen? Ik heb Sylvia Kaye vermoord.'
De voornaamwoorden waren verwarrend; dat had althans de arts

gevonden toen hij het korte bericht opschreef. Maar Morse begreep het wel en hij wist dat Bernard Crowther de waarheid had geraden voordat hij stierf. Hij keek nogmaals naar de dode: de voeten waren steenkoud en hij zou het nooit meer over groene velden hebben.
Morse draaide zich langzaam om en vertrok.

28 vrijdagmorgen 22 oktober

Later op diezelfde vrijdagmorgen zat Morse op zijn kamer Lewis op de hoogte te stellen van de ontwikkelingen van die ochtend.
'Weet je, het probleem met deze zaak is steeds niet zozeer geweest dat ze ons domweg leugens vertelden, maar dat ze ons zo'n geraffineerde combinatie van leugens en de waarheid vertelden. Maar we zijn Godzijdank bijna in de laatste fase.'
'We zijn er dus nog niet klaar mee, sir?'
'Hoe kun je dat nou denken. We kunnen de zaken toch niet zo onaf laten voor wat ze zijn? Het is altijd aardig om over een bekentenis te beschikken, weet je, maar wat doe je als je met *twee* bekentenissen zit?'
'Misschien komen we nooit te weten hoe het nu echt zit, sir? Ik denk namelijk dat ze alleen maar elkaar probeerden te dekken, sir - de schuld op zich namen voor wat de ander had gedaan.'
'Wie heeft het volgens jou gedaan, brigadier?'
Lewis wist al voor wie hij koos. 'Ik denk dat zij het heeft gedaan, sir.'
'Pff!' Nou ja, hij had vijftig procent kans gehad om het goed te raden, maar zat fout. Tenminste, Morse meende dat hij fout zat. Maar *die* was de laatste tijd nu niet bepaald goed in vorm geweest, toch?
'Vooruit,' zei Morse. 'Vertel eens. Wat bracht je ertoe voor die arme Mrs. Crowther te kiezen?'
'Volgens mij kwam ze erachter dat Crowther wat met die andere vrouw had en ik denk dat ze hem inderdaad gevolgd is en in Woodstock gezien heeft. Als ze daar niet was geweest, had zc een aantal dingen die ze genoemd heeft toch niet kunnen weten?'

'Ga door,' zei Morse.
'Neem nu bijvoorbeeld dat ze wist waar de auto op de binnenplaats geparkeerd stond. Dat ze achter in de auto gingen zitten – *wij* wisten dat niet, maar het lijkt overeen te komen met het bewijsmateriaal waarover we beschikken, want we troffen een van Sylvia's haren op de achterbank aan. Ik ben gewoon van mening dat ze dat niet allemaal kan hebben verzonnen. En ze kan die dingen ook niet uit de kranten hebben gehaald, want daarover is niets in druk verschenen.'
Morse knikte instemmend. 'En laat mij je dan nog iets vertellen, Lewis. Ze was niet aanwezig op haar cursus in Headington die woensdagavond. Ze is in ieder geval op de absentielijst niet aangekruist. Ik heb dat nagekeken.'
Lewis was dankbaar voor het ondersteunend bewijs. 'Toch gelooft u niet dat zij het heeft gedaan, sir?'
'Ik weet dat het niet zo is,' zei Morse eenvoudig. 'Moet je horen, Lewis. Als Margaret Crowther die avond in een moorddadige stemming had verkeerd, zou ze Bernards schedel bewerkt hebben met die moersleutel – niet zo'n stuk onbenul als Sylvia was.'
Lewis leek verre van overtuigd. 'Volgens mij ziet u dat verkeerd, sir. Ik weet waar u op doelt, maar vrouwen zijn allemaal verschillend. Je kunt niet simpelweg zeggen dat een vrouw dit wel en dat niet zou doen. Je hebt vrouwen die tot alles in staat zijn, maakt niet uit wat. Ze was vast ontzettend jaloers op die andere jonge vrouw die haar zomaar haar echtgenoot afhandig maakte.'
'Maar ze laat niet merken dat ze jaloers is; ze geeft te kennen dat ze "witheet van woede" was, weet je nog?' Nee, dat wist Lewis niet meer, maar hij zag zijn kans. 'Maar waarom wilt u opeens zo graag geloven wat zij te kennen geeft, sir? Ik heb u, dacht ik, horen zeggen dat u haar *niet* geloofde.'
Morse knikte waarderend. 'Dat bedoel ik nu net. Het is in alle opzichten een mengeling van waarheid en bedrog. Onze taak is het nu om het kaf van het koren te scheiden.'
'En hoe doen we dat?'
'We hebben om te beginnen wat psychologisch inzicht nodig. En

ik denk dat ze de waarheid sprak, toen ze beweerde dat ze woedend was. Dat klinkt mij wel plausibel in de oren. Ik ben er vrij zeker van dat ze beweerd zou hebben dat ze jaloers was in plaats van woedend, als ze alles had verzonnen. En als ze woedend was, dan zou die woede zich op haar man hebben gericht en niet op Sylvia Kaye.'

Lewis vond dat allemaal maar pover en armzalig. 'Met psychologie heb ik nooit veel opgehad, sir.'

'Je bent niet overtuigd?'

'Nee, niet echt, sir.'

'Dat neem ik je niet kwalijk,' zei Morse. 'Ik ben er zelf ook niet echt helemaal van overtuigd. Maar het zal je deugd doen te weten dat we niet afhankelijk zijn van mijn capaciteiten als psycholoog. Denk nu toch eens even na, Lewis. Ze beweerde dat ze de binnenplaats opliep, dicht langs de kant bleef – dat wil zeggen aan de linkerkant – en achter de auto langs schuifelde. Ze zag Crowther helemaal aan de andere kant van de binnenplaats, eveneens aan de linkerkant. Klopt?'

'Ja.'

'Maar als we het bewijsmateriaal mogen geloven en ik zie geen enkele reden om dat niet te doen, lag de moersleutel in of naast de gereedschapskist helemaal rechts achteraan op de binnenplaats. Het wapen waarmee Mrs. Crowther beweert Sylvia te hebben vermoord, bevond zich minstens twintig meter van de plek waar zij stond. Ze schrijft in haar verklaring dat ze niet alleen woedend, maar ook bang was. En dat wil ik wel geloven. Wie zou niet bang zijn? Bang voor wat er gaande was, bang voor het donker misschien; maar bovenal *bang dat iemand haar zou zien*. En toch vraag jij van me te geloven dat ze de binnenplaats overstak en een moersleutel opraapte die bijna zeker ten minste vier tot vijf meter van de plek lag waar Bernard stond met zijn hitsige blondine? Onzin! Over die moersleutel heeft ze in de krant gelezen.'

'Iemand zou die moersleutel verplaatst kunnen hebben, sir.'

'Ja, dat zou iemand best gedaan kunnen hebben. Wie, denk je?'

Lewis had het gevoel dat dit redetwisten van hem met Morse in deze stemming bijna evenzeer heiligschennis was als toen Mozes met God redetwistte op de Sinaï. Hij had trouwens vanaf het begin door moeten hebben dat dat met die moersleutel niet goed zat. Dat dat niet het geval was geweest, was feitelijk bijzonder kwalijk. Maar hem had iets anders in Margarets verklaring dwarsgezeten. Vanaf het begin had het zo duidelijk een misdaad geleken, gepleegd door een man en niet door een vrouw. Hij had zelf die eerste avond op Sylvia neergekeken en ook zonder het rapport van een patholoog-anatoom wel geweten dat ze was verkracht. Haar kleren waren gescheurd en iemand had onmiskenbaar het moment niet kunnen afwachten om haar lichaam te betasten. Het had hem niet verbaasd, en Morse evenmin, dat in het rapport had gestaan dat het zaad langs haar benen omlaag druppelde en dat er blauwe plekken zaten rond haar borsten. Maar dat klopte allemaal niet met Margaret Crowthers getuigenverklaring. Ze had hen achter in de auto zien zitten, beweerde ze. Maar had ze daar gelijk in? De haar was achter in de auto gevonden, maar dat bewees niet veel, of wel? Die kon daar op wel honderd verschillende manieren terecht zijn gekomen. Nee. Er klopte hoe dan ook niets van. Het was hem een raadsel. Hij bracht zijn gedachten onder woorden en Morse luisterde aandachtig.

'Je hebt gelijk. Het is een probleem dat mij heel wat zorgen heeft gebaard.'

'Maar het is nu geen probleem meer, sir?'

'O nee. Als dat ons enige probleem was, hoefden we ons nergens meer druk over te maken.'

'Maar u denkt dat dat nog wel nodig is, sir?'

'Ik vrees dat we nog een paar woelige dagen tegemoet gaan.' Morses gezicht zag er grauw en afgetobd uit en zijn stem klonk gespannen toen hij doorpraatte. 'Er is nog iets wat ik je had moeten vertellen, Lewis. Nadat ik vanmorgen het Radcliffe had verlaten, ging ik bij Newlove langs. Die was gistermiddag bij Bernard op bezoek geweest en was best bereid om over hem te praten.'

'Leverde dat iets op wat we nog niet wisten, sir?'

'Ja, ik denk dat je dat wel kunt stellen, tot op zekere hoogte. Newlove wilde niet over de persoonlijke kant van de situatie praten, maar hij vertelde me dat Crowther met hem had gesproken over de avond van de moord. Het kwam dicht bij wat we al wisten of wat we bij stukjes en beetjes te weten zijn gekomen. Op één ding na, Lewis. Crowther beweerde dat hij meende dat er die avond *nog iemand anders op de binnenplaats was*.'

'Maar dat wisten we toch al, sir?'

'Wacht nu eens even, Lewis. Laten we ons gewoon eens het tafereel voor de geest halen, voor zover dat kan. Crowther stapt voor uit en kruipt op de achterbank, ja? Sylvia Kaye doet hetzelfde. Nu was er bijzonder weinig ruimte op de plek waar de auto stond, en dat was zeker niet de plek of de gelegenheid voor ouderwetse hoffelijkheid. Ik ga er dan ook vanuit dat zij aan haar kant uitstapte en ook aan haar kant weer achterin stapte en hij aan zijn kant hetzelfde deed. Met andere woorden: ze zaten achterin aan dezelfde kant als ze voorin hadden gezeten – hij rechts, zij links. Nu mag Crowther zich wel in een vreemde houding hebben gewrongen, maar ik denk toch dat hij meesttijds met zijn rug naar de plek zat of lag waar zijn vrouw stond. Maar Bernard had geen ogen in zijn achterhoofd en Margaret was waarschijnlijk doodsbang dat ze werd gezien, zoals we daarnet al zeiden. Dit leidt dus maar tot één conclusie volgens mij, en er is ook geen andere conclusie mogelijk: Crowther heeft zijn vrouw die avond niet gezien. Ik ben er wel van overtuigd dat zij daar aanwezig was, maar ik geloof niet dat hij haar heeft gezien. Maar hij zag wel iemand anders. Met andere woorden: *er was die avond nog iemand anders op de binnenplaats*, iemand die veel dichter bij hem in de buurt kwam dan Margaret op enig moment; iemand die heel dicht bij de gereedschapskist stond, en iemand van wie Crowther een vage glimp opving terwijl hij achter in zijn auto zat. En volgens mij is dat waarschijnlijk de persoon geweest, Lewis, die Sylvia Kaye heeft vermoord.'

'Volgens u was het dus ook Bernard niet?'

Vreemd genoeg leek Morse nu voor het eerst te aarzelen. 'Hij zou het natuurlijk wel gedaan kunnen hebben.'

'Maar ik zie niet in wat voor motief hij ervoor gehad zou kunnen hebben. U wel, sir?'

'Nee,' zei Morse, 'ik ook niet.'

Hij keek mismoedig de kamer rond.
'Bent u verder nog iets wijzer geworden bij Mr. Newlove, sir?'
'Ja. Crowther vertelde hem dat hij zijn typemachine had gebruikt.'
'Newloves typemachine, bedoelt u?'
'Dat verbaast je, als ik je zo hoor?'
'Wilt u daarmee zeggen dat Crowther die brief dan toch echt heeft geschreven?'
Morse keek hem aan op een manier waaruit bleek dat Lewis hem deerlijk teleurstelde. 'Daar heb je toch zeker nooit aan getwijfeld?'
Hij trok een la van zijn bureau open en haalde er een dichtgeplakte, witte envelop uit die hij Lewis overhandigde. Deze was geadresseerd aan Jennifer Coleby. 'Ik wil dat je bij haar langsgaat, Lewis, haar die envelop geeft en bij haar blijft terwijl ze hem openmaakt. Er zit één vel papier in en een retourenvelop die aan mij is geadresseerd. Zeg tegen haar dat ze de vraag moet beantwoorden die ik heb gesteld, en haar antwoord in de envelop moet stoppen en vervolgens de envelop moet dichtplakken. Is dat duidelijk?'
'Zou het niet eenvoudiger zijn haar op te bellen, sir?'
Morses ogen begonnen opeens te schitteren van woede, maar hij sprak rustig en beheerst toen hij zei: 'Je moet dus bij haar blijven, zoals ik daarnet al zei, Lewis, en wanneer ze haar antwoord heeft opgeschreven, moet jij erop toezien dat de envelop goed wordt dichtgeplakt. Ik wil niet dat jij ziet welke vraag ik heb gesteld, snap je, en ook niet dat jij het antwoord ziet dat zij geeft.' De stem had nu een kille klank, en Lewis knikte maar gauw dat hij het had begrepen. Hij had nog nooit helemaal beseft hoe angstaanjagend de inspecteur kon zijn, en hij was blij dat hij kon maken dat hij wegkwam.

29 vrijdagmiddag 22 oktober

Nadat Lewis was weggegaan, ging Morse aan Sue zitten denken. Er was zoveel gebeurd sinds maandag, maar bijna al die tijd had

Sue toch nog steeds de voornaamste plaats in zijn gedachten ingenomen. Hij moest haar nog een keer zien. Hij keek op zijn horloge. Twaalf uur. Hij vroeg zich af wat ze aan het doen was, en spoorde zichzelf er opeens toe aan in actie te komen.

'Spreek ik met het Radcliffe?'

'Ja.'

'Afdeling Eerste hulp, alstublieft.'

'Ik verbind u door, meneer.'

'Hallo. Afdeling Eerste hulp.' Het was Sue niet.

'Ik wil miss Widdowson graag even spreken.'

'U bedoelt stafverpleegkundige Widdowson.' Dat had hij niet geweten.

'Haar voornaam is, geloof ik, Susan.'

'Het spijt me, meneer. We mogen geen telefoontjes van buiten aannemen, tenzij...'

'Het zou om een noodgeval kunnen gaan,' kwam Morse hoopvol tussenbeide.

'Gaat het om een noodgeval, meneer?'

'Nee, eigenlijk niet.'

'Dan spijt het me, meneer.'

'Moet u horen, u spreekt met de politie.'

'Het spijt me, meneer.' Dat had ze vaker gehoord, dat was duidelijk.

Morse begon zo langzamerhand weer boos te worden. 'Is de directrice aanwezig?'

'U wilt doorverbonden worden met de directrice?'

'Ja, inderdaad.'

Hij moest zeker twee minuten wachten. 'Hallo. Met de directrice spreekt u.'

'Mevrouw, ik bel u vanuit het hoofdbureau van politie van Thames Valley. Met inspecteur Morse spreekt u. Ik wil stafverpleegkundige Widdowson even spreken. Ik begrijp dat u daar bepaalde regels voor hanteert en die zou ik normaal ook niet willen overtreden...'

'Is het dringend?' *Vox auctoritatis*.

'Eh, laten we zeggen dat het belangrijk is.'

De eerstvolgende paar minuten legde de directrice koeltjes en

glashelder de reglementen uit die golden voor het afgeven van privé-post aan, en het aannemen van binnenkomende telefoongesprekken voor 'mijn' verplegend personeel. Ze omschreef nauwkeurig de regels en de redenen waarom die regels waren ingesteld, en Morse zat ondertussen heen en weer te draaien aan zijn bureau en met de vingers van zijn linkerhand op een karakteristieke manier op zijn bureaublad te trommelen.
'Weet u, u hebt er geen idee van hoeveel officiële brieven en telefoontjes al mijn afdelingen elke dag ontvangen. En als daar dan ook nog allemaal privé-brieven en -telefoontjes bij zouden komen, waar blijven we dan? Ik heb mijn best gedaan, en meen daarin geslaagd te zijn, om...'
Morse liet haar uitspreken. Terwijl zij aan het woord was, had een hoogst onwaarschijnlijke gedachte bij hem postgevat. Hij wilde bijna dat ze de saaie lijst van restricties nogmaals afwerkte. 'Ik ben u bijzonder dankbaar, mevrouw. Ik moet u echt mijn verontschuldigingen aanbieden...'
'O, dat is helemaal niet nodig. Ik vond het plezierig om met u te praten. Sta me nu alstublieft toe u voor zover mogelijk behulpzaam te zijn.' Ze was nu bereid om alles voor hem te doen, maakte niet uit wat, dat wist hij. Maar de situatie was veranderd. Er was nu een heel kleine, zeer vergezochte mogelijkheid, terwijl daarvan hiervoor absoluut geen sprake was geweest. Hij brak het gesprek zo snel mogelijk af, ook al smeekte de directrice nu bijna om een kans om hem een gunst te bewijzen. Maar daar had hij geen behoefte aan; het was intussen al duidelijk welke gedragslijn hij nu moest volgen.

Sue zat te lunchen in de tijd dat Morse een einde maakte aan zijn langdurige telefoongesprek met de vrouw die direct boven haar stond. Zij zat ook aan hem te denken. Had ze hem maar eerder leren kennen! Ze wist heel zeker dat hij haar leven veranderd zou hebben. Maar was het daar nu ook al te laat voor? Dokter Eyres zat naast haar en nam elke gelegenheid te baat die hij kon benutten zonder de fatsoensnormen te overschrijden, om lichamelijk contact met de mooie stafverpleegkundige tot stand te brengen. Maar Sue vond het vreselijk dat hij zo dicht bij haar zat en had een hekel aan zijn insinuerende opmerkingen. Daarom stond ze zo snel mogelijk op van tafel en liet het toetje maar voor wat het was. O Morse! Waarom heb ik je niet eerder ontmoet? Ze liep terug naar de polikliniek en ging op een van de harde banken zitten. Afwezig pakte ze een hele oude *Punch* op en sloeg werktuiglijk de verbleekte pagina's om... Wat moest ze doen? Hij was op grote afstand gebleven sinds die ellendige avond waarop Jennifer was thuisgekomen. Jennifer! En ze was nog wel zo dom geweest om Jennifer in vertrouwen te nemen. David? Ze moest David schrijven. Hij zou vreselijk van streek zijn, maar om nu veertig, misschien zelfs wel vijftig jaar met iemand samen te leven, met iemand naar bed te gaan - met iemand van wie je eigenlijk niet echt hield...

Op dat moment zag ze hem. Daar stond hij, met een zorgelijke, kwetsbare blik in zijn grijze ogen. Haar ogen schoten vol tranen en ze voelde zich ongelooflijk blij. Hij kwam naast haar zitten. Hij ondernam niet eens een poging om haar hand vast te houden - dat hoefde ook niet. Ze praatten, ze wist niet waarover. Het deed er ook niet toe.

'Ik moet gaan,' zei ze. 'Probeer je gauw langs te komen?'

Het was al half twee geweest.

Morse wist zich geen raad van verdriet. Hij keek Sue langdurig en strak aan, en hij besefte dat hij vreselijk veel van haar hield.

'Sue?'

'Ja?'

'Heb je een foto van jezelf bij je?'

Ze rommelde in haar handtas en vond er een. 'Niet z'n erg mooie eigenlijk, hè?'

Morse keek naar de foto. Ze had gelijk. Deze deed haar niet goed tot haar recht komen, maar het was wel degelijk zijn Sue. Hij stopte hem voorzichtig in zijn portefeuille en stond op om te gaan. Er zaten al patiënten te wachten: patiënten met armen en benen dik in het gips; patiënten met verband om hun hoofd en pols; een slachtoffer van een verkeersongeval met bloed rond de mond en een lijkbleek gezicht. Het was tijd om te gaan. Hij raakte even haar hand aan en bij wijze van een teder, lief vaarwel ontmoetten hun vingers elkaar. Ze keek hem na toen hij enigszins hinkend wegliep door de celluloid flapdeuren.

Het was bijna kwart voor twee toen Morse van het Radcliffe Ziekenhuis naar de brede, door bomen omzoomde St Giles' liep. Hij dacht aan uitstellen wat hij nu het eerst moest doen. Maar het moest toch een keer gebeuren en hij was nu toch waar hij daarvoor zijn moest.

Morse bleef aan de rechterkant van St Giles' lopen in de richting van het Martyrs' Memorial en ging de eerste de beste snackbar die hij tegenkwam, de Wimpy Grill, binnen. De kleine, getaande Italiaan die er beefburgers op een hete bakplaat stond om te keren, gaf zelf aan 'niet spreken het Engels zo goed, signor' en riep prompt zijn slonzige jonge serveerster erbij. Morse liep weg terwijl er alleen maar hoofden werden geschud en druk gebaren werden gemaakt; het werd nog een hele klus. Een paar meter verderop ging hij de 'Bird and Baby' binnen, waar hij een pint bier bestelde en een paar minuten een ernstig, rustig gesprek met de barkeeper voerde die toevallig ook de eigenaar van de bar was en die in lunchtijd altijd zelf achter de bar stond. Het speet hem, maar nee. O ja, het zou hem zeker zijn opgevallen, maar nee. Sorry. Het werd nog een lange, ontmoedigende klus, maar wel een die alleen Morse zelf kon afhandelen.

Systematisch werkte hij de stuk of tien gelegenheden af die ervoor in aanmerking kwamen aan Cornmarket voorbij de ABC-bioscoop, stak bij Carfax over en begon aan de andere kant. In een kleine ('hier worden snacks geserveerd') lunchroom naast het reusachtige gebouw van Marks and Spencer vond hij de persoon waarnaar hij op zoek was. Het was een grijsharige, nogal gezette vrouw met een vriendelijk gezicht en een vriendelijke manier van optreden. Morse sprak verscheidene minuten met haar en ook deze keer werd er vaak geknikt en gewezen. Maar deze keer werd er niet vaag naar buiten gewezen, steegjes of zijstraten in. Nee, deze keer werd er naar een klein vertrek gewezen, achter de winkel, waar in deze gelegenheid de snacks werden geserveerd. Er werd, om precies te zijn, naar een bepaald tafeltje gewezen dat in de verste hoek van de ruimte stond, met aan weerskanten ervan één stoel. Die twee stoelen waren nu

allebei onbezet, maar op het rood-met-wit gestreepte tafelkleed stonden een olie- en azijnstelletje, een smerige asbak en een fles tomatensaus.
Het was 3.45 n.m. Morse liep naar het tafeltje en ging zitten. Hij wist dat de zaak nu bijna afgerond was, maar opgetogen was hij niet. Zijn voeten deden pijn, vooral de rechter, en hij had grote behoefte aan iets wat hem zou opvrolijken. Opnieuw haalde hij de foto van Sue uit zijn portefeuille en keek naar het gezicht van de jonge vrouw op wie hij zo hopeloos verliefd was.
De grijsharige serveerster kwam naar hem toe.
'Kan ik iets voor u halen, inspecteur? Neem me niet kwalijk dat ik niet doorhad dat u misschien...'
'Geef me maar een kop thee, liefje,' zei Morse. Dat was beter dan niets.

Om 4.45 n.m. was hij pas weer op zijn kamer. Op zijn bureau lag een briefje van Lewis. Zijn brigadier hoopte dat het goed was dat hij wat vroeger naar huis was gegaan. Mocht hij hem nodig hebben, dan moest hij hem maar bellen. Zijn vrouw was grieperig en de kinderen waren onhandelbaar.
Morse verfrommelde het briefje en gooide het in de prullenbak. Onder het briefje lag de brief die Lewis bij Jennifer Coleby had opgehaald. Morse overtuigde zich ervan dat de envelop goed dicht was geplakt, legde die toen ongeopend in de onderste la aan de linkerkant van zijn bureau en draaide de sleutel in het slot om.
Hij zocht een nummer op in het telefoonboek en hoorde het eentonige 'prr prr, prr prr'. Hij keek op zijn horloge: bijna 5.00 n.m. Het zou feitelijk niets hebben uitgemaakt als hij was weggegaan, maar hij wilde alles nu maar meteen afhandelen. 'Prr prr, prr prr.' Hij wilde het al opgeven, toen er werd opgenomen.
'Hallo?' Het was Palmer.
'Ah. Blij dat ik u toch nog te pakken heben gekregen, meneer. Met Morse spreekt u.'
'O.' De kleine directeur klonk niet bepaald vrolijk. 'U hebt geluk. Ik was net aan het afsluiten, maar het leek me toch maar

het beste om terug te gaan en op te nemen. Je weet het maar nooit in dit vak. Had belangrijk kunnen zijn.'
'Het is belangrijk.'
'O.'
Palmer woonde in de deftige Observatory Street aan het eind van Woodstock Road. Ja. Hij kon Morse wel ergens ontmoeten – natuurlijk kon hij dat – als het belangrijk was. Ze spraken af elkaar die avond om 8.30 n.m. te treffen in de Bull and Stirrup in Walton Street, niet ver uit de buurt.
Het was een armoedig ogende, slecht verlichte pub die wel wat weghad van een boerenschuur; zo'n gelegenheid dus waar je niet blij van werd en waar de aandacht van de sjofele gasten zich voornamelijk richtte op poen, darts en de voetbalpool. Morse wilde de zaak afhandelen en zo snel mogelijk weer de benen nemen. Het zat hem echter niet meteen mee, want Palmer was achterdochtig en niet zonder meer bereid mee te werken, maar hij kon tegen Morse niet op, want die wist te veel. Onwillig, maar onmiskenbaar wel eerlijk deed Palmer zijn miserabele verhaaltje.
'Ik neem aan dat u vindt dat ik u dat eerder had moeten vertellen?'
'Ik weet niet. Ik ben zelf niet getrouwd.' Het liet Morse zo te horen volmaakt onverschillig. Het was 9.00 n.m. en hij ging ervandoor.
Hij reed met een wel wat hogere snelheid dan vijftig kilometer de Woodstock Road door, maar toen hij voor zich een politieauto bespeurde, minderde hij vaart tot de wettelijk toegestane snelheidslimiet. Hij draaide de Woodstock-rotonde rond, het beginpunt van heel die ellendige toestand, en reed richting Woodstock. Bij het plaatsje Yarnton sloeg hij af en parkeerde de Lancia voor het huis van Mrs. Mabel Jarman, waar hij hooguit een paar minuten bleef.
Op weg naar huis ging hij bij het hoofdbureau langs. De gangen waren in duisternis gehuld, maar hij nam niet de moeite om er het licht aan te doen. In zijn kamer ontsloot hij de onderste la links van zijn bureau en haalde er de envelop uit. Zijn hand trilde licht toen hij zijn briefopener pakte en de envelop netjes

opensneed. Hij voelde zich als een cricketspeler die niet heeft gescoord en er het scoreboek op nakijkt om te zien of hij het geluk heeft dat een door een andere slagman gemaakte run per abuis op zijn naam is gezet. Maar Morse geloofde niet in wonderen en voor hij de envelop openmaakte, wist hij al wat er op het briefje stond. Hij zag het briefje; hij las het niet. Hij bezag het synoptisch, niet als de som van de losse woorden en letters. Er gebeuren geen wonderen.
Hij draaide het licht uit, deed de deur van zijn kamer op slot en liep terug door de in duisternis gehulde gang. Het laatste stukje was op zijn plaats gevallen. De legpuzzel was compleet.

30 zaterdag 23 oktober

Vanaf het ontbijt was Sue bezig geweest met pogingen om David een brief te schrijven. Een keer of twee had ze al een half vel volgeschreven voordat ze het papier verfrommelde en op een nieuw vel begon, maar meestal had het haar al na één ellendig korte zin ontbroken aan ontwijkende uitdrukkingswijzen. Ze waagde nog een poging.

Lieve David,
Je bent zo aardig en zo lief voor me geweest, dat ik besef dat deze brief een afschuwelijke schok voor je zal zijn. Maar ik vind dat ik het je moet vertellen – het is niet eerlijk om ook maar iets voor jou verborgen te houden. Het zit zo, dat ik op iemand anders verliefd ben geworden en dat ik...

Wat kon ze nog meer schrijven? Ze kon het daar niet gewoon bij laten... Ze verfrommelde de laatste versie en voegde die bij de groeiende verzameling stevige proppen papier.

Een somber kijkende Morse zat diezelfde ochtend in zijn zwartleren stoel. Weer zo'n roerige, rusteloze nacht. Hij moest nodig op vakantie.

'U ziet er moe uit, sir,' zei Lewis.
Morse knikte. 'Ja, maar we zijn nu aan het eind van de rit.'
'O ja, sir?'
Morse scheen zichzelf op te beuren. Hij haalde een keer diep adem en zei: 'Ik heb een keer of twee de verkeerde bocht genomen, zoals je weet, Lewis, maar door stom geluk ging ik toch steeds de goede kant uit - zelfs die avond van de moord. Weet je nog dat we toen op de binnenplaats stonden? Ik weet nog dat ik opkeek naar de sterren en dacht dat die wel heel veel geheimen moesten kennen, zoals ze daar op alles neerkeken. Ik weet ook nog dat ik toen al het hele beeld probeerde te onderscheiden, niet alleen de stukjes die het hele beeld vormen. Er was iets heel vreemds aan die avond, weet je, Lewis. Het leek toch echt om een seksmoord te gaan. Maar schijn bedriegt, hè?'
Het had er veel van weg dat hij bedwelmd was, zoals hij daar op een zangerige manier zat te praten, bijna alsof hij aan de drugs was. 'Nu kun je er natuurlijk voor *zorgen* dat iets er een beetje vreemd uitziet, maar met dat soort sluwe moordenaars heb ik nog niet te maken gehad. Het kan ook wel zijn dat zoiets gewoon *toevallig zo is*, hè? Als Sylvia verkracht was waar ze werd gevonden, was dat wel vreemd, niet? Ik weet dat het die avond heel donker was op de binnenplaats, maar er reden voortdurend auto's af en aan met de koplampen vol aan. Je moet wel erg veel van je fantasie vergen om te denken dat iemand gek genoeg is om een meisje te verkachten in het volle licht van de koplampen van automobilisten.' Lewis had de indruk dat hij zich een beetje ontspande en zijn ogen staarden ook niet meer zo dof voor zich uit. 'Of denk jij daar anders over?' Dat was meer iets voor de chef.
'U zult wel gelijk hebben, sir.'
'Maar het maakte een vreemde indruk. Een jonge blondine met fraaie benen vermoord en verkracht of verkracht en vermoord. In welke volgorde dat ook was gebeurd, alles wees in dezelfde richting. We moesten een lustmoordenaar zien te vinden. Maar ik was daar niet zo zeker van. Iemand verkrachten is niet zo eenvoudig, heb ik me laten vertellen, als de jongedame niet zo erg meewerkt, en ik achtte het niet waarschijnlijk, zoals ik

daarnet al zei, dat Sylvia op de binnenplaats was verkracht. Dan zou ze geschreeuwd en gekrijst kunnen hebben - tenzij ze al dood was natuurlijk. Maar ik ben een beetje huiverig wat dat soort zaken aangaat, en ik ging ervan uit dat de kans niet erg groot was dat we te maken hadden met een necrofiel zoals je die bij Christie tegenkomt. Waar komen we dan op uit?' Lewis hoopte dat dat een retorische vraag was, en dat was het ook. 'Nou, laten we onze aandacht maar eens beurtelings richten op die twee componenten afzonderlijk - op verkrachting en moord. Laten we ervan uitgaan dat het om twee verschillende acties gaat - niet om één. Laten we ervan uitgaan dat ze gemeenschap had met een man - dat is in elk geval een feit waaraan niet getwijfeld hoeft te worden. Laten we er voorts van uitgaan dat dat geheel met haar goedvinden gebeurde. Er is één bewijsje om deze bewering te staven. Sylvia was geen feministe, maar ze had geen bh aan, en dat vond ik zo al niet ongewoon, dan toch wel... een beetje gewaagd. We ontdekten dat Sylvia verschillende witte blouses had, maar geen enkele witte bh. Waarom niet? Iemand die zich zo bewust is van haar figuur en haar uiterlijk als Sylvia Kaye draagt toch onder een dunne, witte blouse geen zwarte bh? Ik kon maar één conclusie trekken: dat Sylvia vaak genoeg uitging zonder bh aan, en dat ze een zwarte aanhad als ze er wel één droeg, omdat alle meisjes denken dat zwart ondergoed vreselijk sexy is. Dit wees er dus al op dat ze waarschijnlijk een jongedame was die het niet al te nauw nam met de goede zeden, en volgens mij is het ook wel duidelijk dat ze er zo eentje was.'

'Ze had ook geen onderbroek aan, sir.'

'Nee. Maar uit het rapport van de patholoog-anatoom komt naar voren dat ze - dat er wel afdrukken van elastiek rond haar middel zaten. Ja, ik ben er vrijwel van overtuigd dat ze wel een broekje droeg, maar dat iemand dat in zijn zak heeft gestoken en het naderhand heeft weggegooid of verbrand. Belangrijk is dit overigens niet. Maar laten we terugkeren naar de afzonderlijke componenten van de misdaad. Punt een: een man had gemeenschap met Sylvia - vrijwel zeker zonder al te veel weerstand te ondervinden. Punt twee: iemand vermoordde haar. Dat kan dezelfde man hebben gedaan, maar onduidelijk blijft dan het motief. De bewijzen waarover we al in een heel vroeg stadium de beschikking kregen, schenen erop te wijzen dat dader en slachtoffer slechts toevallig met elkaar kennis maakten, doordat de een de ander een lift aanbood op de weg naar Woodstock. Goed. Maar sinds werd vastgesteld dat Bernard Crowther de man was die op de Woodstock-rotonde was gestopt, leken bepaalde aspecten van de zaak eerder meer dan minder raadselachtig te worden. Ik kon me heel goed voorstellen dat Crowther het soort man was dat zo nu en dan zijn vrouw ontrouw is. Voor zover we nu weten, was zijn relatie met zijn vrouw de laatste paar jaar kennelijk van idyllische gelukzaligheid geleidelijk overgegaan in idioot gekrakeel. Maar als we op zoek waren naar een seksmaniak, was Crowther niet de man naar wie we zochten, daarvan was ik vrijwel zeker. Hij kwam mij voor als een in wezen beschaafd mens. Herinner je je die keer dat je naar die foto's van Sylvia zat te kijken, Lewis? Weet je nog dat je zei dat je graag de rotzak te pakken zou willen nemen die dat had gedaan? Maar je had toen een samengesteld beeld van de misdaad in gedachten, denk ik: je combineerde de moord en de verkrachting met *nog iets anders: het feit dat er onmiskenbaar iemand aan Sylvia's schaarse kleding had gezeten.* Nu kon ik Crowther niet in dat plaatje passen, en als Mrs. Crowthers verklaring al in enig opzicht klopte, dan was het beslist in wat ze schreef over wat ze in de auto zag. Daar heb jij zelf ook nog op gewezen, Lewis. Waar komen we dan op uit? Punt een: hij vrijt met het meisje achter in de auto. Punt twee: misschien maakt hij om het een of ander ruzie met haar. Laten we aannemen dat zij een op geldbeluste, jonge slet is en dat zij erin toegestemd heeft met hem te vrijen op voorwaarden die een gewone prostituée ook stelt. Laten we aannemen dat hij haar geen geld kon of wilde geven. Laten we aannemen dat ze ruzie maken en hij haar dan vermoordt. Dat is een mogelijkheid. Maar ik kon gewoonweg niet geloven dat, als het allemaal zo was gegaan, we Sylvia zo zouden hebben aangetroffen als we haar aantroffen: met haar blouse gescheurd en van haar lijf gerukt. Als wij terecht dachten dat Crowther de schuldige was, dan kon ik dat al helemaal niet geloven.' Lewis onderbrak hem rustig. 'U zei dat u wist wie dat had gedaan.'

'Ik denk dat jij dat ook wel weet,' antwoordde Morse. 'Naarmate de zaak vorderde, scheen er maar één persoon voldoende gestoord en pervers te zijn om te rommelen met het lichaam van een vermoord meisje. Een man die toch al wachtte op een ontmoeting met haar; een man van wie we weten dat hij zichzelf voortdurend kwelt en pijnigt met gedachten over seks; een man die zichzelf elke week trakteerde op seksfilms en pornografie. Je weet alles van hem af, Lewis. En ik ben hem een week geleden gaan opzoeken. Het wemelt in zijn slaapkamer van alle troep die daarbij hoort: schunnige kaarten, tijdschriften met naaktfoto's, harde pornografie, enzovoorts. Hij is ziek, Lewis, en hij weet dat hij ziek is, en zijn moeder weet dat hij ziek is. Maar het is geen gewelddadig type. Hij is eigenlijk best aardig, maar dan op een onsmakelijke manier. Hij vertelde me dat hij er vaak over gedroomd had om het lichaam van een dood meisje uit te kleden.'

'Goeie genade!' zei Lewis.

'Zo verbaasd hoef je er nu eigenlijk ook weer niet over te zijn, weet je,' zei Morse. 'Ik heb me laten vertellen dat dat soort dromen volgens Freud een heel veel voorkomende vorm van seksuele fantasie is onder gefrustreerde gluurders.' Lewis dacht terug aan de film. Die had hij zelf toch ook wel een beetje opwindend gevonden? Maar dat had hij niet willen toegeven – zelfs niet aan zichzelf.

'Hij had Sylvia al een paar keer eerder ontmoet. Ze troffen elkaar meestal in de bar van de Black Prince, dronken wat en gingen dan naar zijn huis – naar zijn slaapkamer. Hij betaalde ervoor. Dat heeft hij me verteld.'

'Hoe je het ook wendt of keert, hij had zo heel wat onkosten, sir.'

'Ja, dat klopt. Hoe dat ook zij, op de avond dat Sylvia werd vermoord, had hij vanaf ongeveer kwart voor acht zitten wachten. Hij dronk steeds meer en voelde zich almaar radelozer worden toen de tijd verstreek en Sylvia niet kwam opdagen. Hij ging verschillende keren buiten kijken of ze er al aankwam.

Maar hij zag niets. Toen hij haar vond, was hij naar lichaam en geest ziek: ziek van opgekropte seksuele frustratie en ziek omdat hij teveel drank ophad. Hij vond haar heel toevallig - beweert hij - en ik geloof hem.'

'En toen... bedoelt u te zeggen dat hij toen... met haar heeft gefoezeld?'

Morse knikte. 'Ja.'

'Hij moet zich laten behandelen, sir.'

'Hij heeft me beloofd naar een psychiater te gaan - maar daar ben ik niet optimistisch over. Ik heb van mijn leven maar één psychiater gekend. Vreemde kerel. Als al ooit iemand zich onder psychiatrische behandeling moest stellen, dan was hij het wel.' Morse glimlachte spijtig, en Lewis had de indruk dat zijn chef weer meer zichzelf werd, zoals hij normaal was.

'Daarmee is dat gedeelte dus opgelost, sir.'

'Ja. Maar erg veel zijn we er nog niet mee opgeschoten, vind je wel? Ik was zo zeker als ik daarvan maar kon zijn, dat Sylvia Kaye niet was vermoord door John Sanders. Ze was vermoord, volgens het rapport van de patholoog-anatoom, tussen 7 en 8 n.m. of daaromtrent. Nu kennen we allemaal die beweringen dat de moordenaar teruggaat naar de plaats van het misdrijf, maar ik kon gewoonweg niet geloven dat Sanders hooguit vijftig meter van de plek waar zijn slachtoffer vermoord lag, tweeënhalf tot drie uur whisky had staan drinken. Hij zou de benen genomen hebben, zeker weten. Heel vreemd vond ik het dat ze niet eerder was gevonden. Maar dat raadsel loste jij op.' Lewis vond het prettig te weten dat hij ook nog een keer een waardevolle bijdrage had geleverd, en hij wist waar Morse op doelde, want hij had persoonlijk alle bestuurders ondervraagd van de voertuigen die die avond op de binnenplaats geparkeerd stonden. De bestuurder van de auto waarnaast Sylvia was gevonden, had eerder op een onhandige plek net buiten de binnenplaats van de Black Prince geparkeerd, maar hij was bang geweest dat daardoor andere auto's niet weg konden komen en had, toen hij een auto de binnenplaats zag afrijden, onmiddellijk de gelegenheid aangegrepen om zijn eigen auto achteruit de vrijgekomen plek op te rijden. Zijn koplampen konden natuurlijk nooit Sylvia's lijk hebben beschenen, en toen hij aan de bestuurderskant uit de auto stapte, lag het lichaam aan de andere kant van de auto tegen de muur.

'Wel,' vervolgde Morse, 'wij waren er intussen om een of andere reden in geslaagd Crowther op het spoor te komen. Of, liever gezegd, het echtpaar Crowther. We zullen wel nooit precies te weten komen welke rol die twee die avond hebben gespeeld. Maar volgens mij mogen we één ding gerust aannemen: door wat er verder gebeurde, *dacht Margaret dat Bernard Sylvia had vermoord.* Of ze alleen om wat ze vermoedde zelfmoord pleegde, weet ik niet, maar het was in elk geval wel een van de factoren die haar ertoe aanzetten. Maar dat is nog maar de helft van waar het om draait. Volgens mij is het ook nog zo dat *Bernard dacht dat Margaret Sylvia had vermoord.* Als ik daar gelijk in heb, verklaart dat volgens mij een heleboel dingen. Bernard had twee dwingende redenen om zijn mond te houden. Om te beginnen was het vrijwel zeker dat zijn verhouding aan het licht zou komen, met alle consequenties van dien. Maar belangrijker nog was dat het best eens zo zou kunnen zijn dat zijn getuigenverklaring ons zou helpen de moordenaar te vinden, en dat was, naar Bernards idee, waarschijnlijk Margaret, zijn eigen vrouw. 't Is wat, Lewis. Hadden ze er nu maar met elkaar over gepraat. Je verdenkt iemand niet van een misdaad, als jij die misdaad zelf hebt gepleegd. En ik denk dat het echt zo is dat ze elkaar daarvan verdachten. Daarom kunnen we met een gerust hart zeggen dat *ze het geen van beiden hebben gedaan.* En als Bernard van enige intelligentie had blijk gegeven, zou hij hebben geweten dat het heel onwaarschijnlijk was dat Margaret werkelijk bij de moord betrokken was. Hij was zijn vrouw op de terugweg naar Oxford voorbijgereden! En we weten uit Margarets verklaring dat ze niet erg snel rijdt en de meeste auto's haar voorbijgaan. Maar als hij *eerder dan zij* uit Oxford vertrok, kan hij haar onmogelijk in levende lijve voorbij zijn gereden. Mee eens?'

'Tenzij hij nog ergens iets is gaan drinken of zo, sir.'

'Daar had ik niet aan gedacht,' zei Morse langzaam. 'Maar het is niet belangrijk. Laten we doorgaan. De persoon waar het in deze zaak om draait, is vanaf het begin miss X geweest - de miss X die samen met Sylvia Kaye bij Bernard Crowther in de auto zat. Wat zijn we van haar te weten gekomen? Het belangrijkste dat we te weten kwamen, was iets wat Mrs. Jarman hoorde, en zij is er vast van overtuigd dat ze dat *echt* heeft gehoord - ik heb haar gisteravond nog een keer opgezocht. Ze hoorde Sylvia zeggen: ''Morgenochtend lachen we erom.'' Daarmee is het kringetje voor ons een heel stuk kleiner geworden, nietwaar? We gaan op onderzoek uit bij de verzekeringsmaatschappij Town and Gown en we ontdekken een aantal interessante feiten. Het meest interessante feit is wel dat iemand miss Jennifer Coleby opdraagt haar mond dicht te houden.'

Lewis deed zijn eigen mond open, maar kwam niet verder dan dat. 'Ik weet dat jij vindt dat ik vanaf het begin iets tegen die jongedame had, maar ik ben er nu van overtuigd - meer dan ooit van overtuigd - dat de brief die we vonden en die aan Jennifer Coleby was geadresseerd, door Bernard Crowther was geschreven. Als je het met naam en toenaam wilt weten: hij werd geschreven op vrijdagmiddag 1 oktober in de vertrekken van Mr. Peter Newlove in Lonsdale College op de typemachine van voornoemde Mr. Peter Newlove. Dat, Lewis, is een *feit*.'

Opnieuw probeerde Lewis te protesteren en opnieuw wuifde Morse het protest weg. 'Laat me uitspreken, Lewis. Jennifer Coleby loog vanaf het begin. Van alle betrokkenen bij deze zaak had Jennifer Coleby feitelijk het monopolie op de leugens. Leugens, leugens en nog meer leugens. Maar *waarom* loog ze dan? Wat brengt iemand ertoe ons zo te misleiden als zij deed? Ik was er al vrij snel van overtuigd dat ze daar eigenlijk een vrij simpele reden voor had. De jongedame die bij Bernard achter in de auto zat, was zijn geliefde en alles wat we van Margaret te weten kwamen, bevestigt dat hij de waarheid sprak, dat hij inderdaad, zoals hij zelf toegaf, een verhouding had. Nu hoef ik niet alle leugens te herhalen die Jennifer voor ons heeft opgedist, maar in de wirwar van al die leugens school toch ook nog iets waars. Wat zo ongeveer de grofste leugen van allemaal leek, was nu net zo ongeveer het enige wat waar was. *Ze zei dat ze een auto had.*'

Lewis kon zich niet meer inhouden. 'Maar ze had een lekke band, sir. Daar weten we alles van.'
'O, ik twijfel er niet aan dat ze een lekke band had. We weten dat dat zo is. Ze belde die lui van de Banden en Accu Service op. Maar als zij de band niet konden repareren, dan was er wel iemand anders die dat wel kon doen, niet? Zoals je je zult herinneren, vroeg Jennifer de bandenman niet een andere keer langs te komen; en ze liet het niet bij Barkers doen. Maar iemand plakte haar band, Lewis. Zijzelf misschien? Dom is ze immers niet. Vroeg ze het misschien aan de buurman? Ik weet het niet. Maar je kunt zonder veel moeite binnen vijf minuten een band repareren, en *Jennifer Coleby is een praktisch meisje en ze had die avond per se een auto nodig*.'
'Dat kan ik allemaal niet volgen,' zei Lewis, die er echt niets meer van begreep.
'Dat komt nog wel, wees maar niet bang.' Morse keek op zijn horloge. 'Ik wil dat je haar gaat ophalen, Lewis.'
'Miss Coleby, bedoelt u?'
'Ja, wie dacht je dan?'
Morse liep achter Lewis aan de kamer uit, klopte op de deur van hoofdinspecteur Strange en stapte naar binnen.
Een half uurtje later ging de deur weer open en stond Strange samen met Morse op de drempel. De gezichten van de twee mannen stonden strak en Strange knikte ernstig toen de inspecteur tot slot nog een paar woorden sprak.
'Je ziet er moe uit, weet je, Morse. Ik vind dat je maar een dag of veertien verlof moet vragen nu dit achter de rug is.'
'Eh, nog niet helemaal achter de rug, sir.'
Langzaam liep Morse terug naar zijn kamer.
Toen Jennifer Coleby aankwam, verzocht Morse haar te gaan zitten en liep toen naar Lewis toe. 'Ik wil dat dit een gesprek onder vier ogen wordt, Lewis. Dat begrijp jij wel.'
Lewis begreep het niet en hij voelde zich gepikeerd. Maar hij liet die twee alleen en liep door naar de kantine.

'Moet u horen, inspecteur. Nadat uw brigadier gisteren bij me langs was geweest, meende ik toch echt dat u klaar was...'

Morse onderbrak haar op scherpe toon. '*Ik* heb u gevraagd hierheen te komen en *ik* voer het woord. U gaat er gewoon op uw gemak bij zitten en houdt een paar minuten uw mond.' Er klonk een nauw verholen dreiging in zijn stem door en Jennifer Coleby deed wat Morse haar had bevolen. Het was haar aan te zien dat ze nu bijzonder op haar hoede was.

'Laat me u vertellen waar ik lang geleden in deze zaak al een vermoeden van had, miss Coleby. U mag me onderbreken als ik de fout inga, maar ik wens van u niet meer van die waardeloze leugens te horen.' Ze keek even fel in zijn onverbiddelijke ogen, maar zei niets. 'Laat me u vertellen wat ik denk. Ik denk dat op een avond twee meisjes een lift kregen van een man en dat een van die meisjes het liefje van die man was. Ik denk dat dat liefje normaal met de auto naar de plek ging waar ze met haar minnaar had afgesproken, maar dat ze die avond niet de beschikking had over een auto en dat ze daarom de bus moest nemen of moest gaan liften. Jammer genoeg en door stom toeval kreeg ze nu net een lift *van de man met wie ze een afspraak had*. Het was ook jammer dat het om twee meisjes ging, dat hij hen allebei een lift moest geven en *dat die twee meisjes elkaar kenden*. Opeens leek de hele situatie te riskant - dat is er volgens mij gebeurd, begrijpt u, miss Coleby - en ze besluiten hun afspraak te vergeten en te wachten op een volgende geschikte gelegenheid. Ik denk dat dat meisje, zijn geliefde, hem heeft gevraagd haar onderweg ergens af te zetten. Ze verzon waarschijnlijk een volkomen onschuldige smoes - ze kon goed liegen - en ze vroeg hem haar af te zetten. Maar ze wist waar het andere meisje naar op weg was - dat had het andere meisje haar ongetwijfeld verteld - en ze was die avond zo jaloers dat ze zichzelf niet meer in de hand had. Ze had misschien iets aangevoeld toen ze met hun drieën in de auto zaten. Het meisje dat voor in de auto zat, was namelijk heel aantrekkelijk in de ogen van mannen, begrijpt u. En mischien... Wie weet? De man, de man die zij zo goed kende, was zijn vrouw ontrouw geweest. Hij was haar ontrouw geweest met haar! Waarom dan niet met een ander meisje? Volgens mij is toen het volgende gebeurd. Ze stapte uit maar ging niet naar huis. Nee. Ze wachtte op een bus en er kwam er bijna meteen een. Wat zal ze ervan hebben gebaald dat haar dat nu moest overkomen! Was ze maar niet gaan liften! Hoe het ook zij, ze stapte op de bus en ging naar de plek waar ze wist dat ze hen zou aantreffen. En ze trof hen daar inderdaad aan. Het was daar donker en ze kon niet veel zien, maar ze zag genoeg. En ze voelde een moorddadige jaloezie in zich opwellen, niet zozeer jegens haar minnaar, maar jegens die ordinaire slet van een meid, een meisje dat ze had leren kennen maar nooit echt had gemogen, een meisje dat ze nu met onuitsprekelijke woede haatte. Ik denk dat ze misschien wel met elkaar hebben gepraat, toen de man weg was – maar daar kan ik alleen maar naar raden en misschien heb ik het mis. Ik denk dat het meisje dat net was uitgestapt, de dodelijke woede van het gezicht van het andere meisje kon aflezen en ik denk dat ze probeerde weg te rennen. Maar terwijl ze dat probeerde, kreeg ze een felle mep op haar achterhoofd en daar lag ze, dood op de keien van een binnenplaats. Ik denk dat het meisje aan haar armen naar de donkerste hoek van de binnenplaats is gesleurd en ik denk dat het meisje dat haar vermoordde, de nacht inliep en op een bus stapte die haar naar huis bracht.'

Morse zweeg even en er heerste absolute stilte in het vertrek. 'Denkt u ook dat het zo is gegaan, miss Coleby?'

Ze knikte.

'We weten allebei wie Sylvia heeft vermoord, is het niet?' Morse sprak zo zacht dat ze zijn woorden nog maar net kon verstaan. Opnieuw knikte ze.

Morse belde Lewis en droeg hem op naar zijn kamer te komen. 'Noteer een paar dingen, brigadier. Zo, miss Coleby. Nog een paar vragen, als u het niet erg vindt. Wie heeft voor u uw lekke band gerepareerd?'

'De man die aan de overkant woont. Mr. Thorogood.'

'Hoelang deed hij erover?'

'Vijf, tien minuten. Niet lang. Ik hielp hem erbij.'

'Hoelang bent u al de geliefde van uw werkgever, Mr. Palmer?'

Lewis keek verbaasd op.

'Bijna een jaar.'

'Vond u het niet een beetje riskant - iemand anders daarvan op de hoogte te stellen?'
'Ja, eigenlijk wel. Maar daardoor hadden we eenmaal per week een kamer tot onze beschikking.'
'Palmer heeft u vanochtend verteld dat ik ervan wist?'
'Ja.' Ze had tot nog toe gedwee genoeg antwoord gegeven. Maar nu kregen haar ogen weer een even felle gloed als tevoren. 'Hoe bent u erachter gekomen?'
'Ik moest ernaar raden. Maar er moest een reden zijn. Ik kwam er feitelijk bij toeval achter. Ik controleerde de absentielijst van een avondcursus op woensdag 29 september om te zien of Mrs. Crowther aanwezig was geweest. Dat was niet het geval. Maar ik zag nog een andere naam op de lijst, en zij was *wel* aanwezig geweest: ene Mrs. Josephine Palmer. Nou ja...'
'U bent een argwanend persoon, inspecteur.'
'En wanneer begon dat gedoe met die brieven?'
'Van de zomer. Stom eigenlijk. Maar het werkte wel goed - zeiden ze.'
'Kunt u me plechtig verzekeren, miss Coleby, dat u hier tegen niemand iets van zult zeggen?'
'Ja, inspecteur. Ik denk dat ik u dat op z'n minst wel schuldig ben.'
Morse stond op. 'Laat iemand haar terugbrengen naar haar werk, Lewis. We hebben genoeg tijd van miss Coleby in beslag genomen.' Een verbijsterde Lewis gaapte hen aan als een vis op het droge en Jennifer keek om en schonk hem een flauw, triest lachje.

'U bent niet erg eerlijk tegen me, is het wel, sir?' Lewis maakte een terneergeslagen en geïrriteerde indruk.
'Hoezo?' vroeg Morse.
'U zei dat de zaak bijna achter de rug was.'
'Ze is achter de rug,' zei Morse.
'U weet wie haar heeft vermoord?'

'Er is al iemand gearresteerd en in staat van beschuldiging gesteld voor de moord op Sylvia Kaye.'

'Wanneer is dat gebeurd?'
'Vanmorgen. Alsjeblieft!' Morse haalde de brief van Jennifer Coleby te voorschijn die Lewis zelf had meegebracht en overhandigde die. Lewis haalde er het vel papier uit en las ongelovig, omdat hij er echt helemaal niets meer van begreep, diè ene zin die miss Coleby had opgeschreven als antwoord op Morses vraag.
'Ja,' zei Morse zacht. 'Het is waar.'
Lewis barstte van de vragen, maar kreeg geen enkel antwoord.
'Luister 's, Lewis, ik wil alleen zijn. Ga jij nu maar naar huis om voor de verandering eens aandacht te schenken aan je vrouw. Maandag praat ik met je verder.'
De twee mannen verlieten de kamer. Lewis haalde zijn jas en was al snel weg. Morse liep langzaam naar de cellen helemaal achter in de noordelijke vleugel.
'Wilt u naar binnen, sir?' vroeg de dienstdoende brigadier.
Morse knikte. 'Laat ons alleen, wil je?'
'Zoals u wilt, sir. Cel nummer 1.'
Morse nam de sleutels aan, ontgrendelde de deur naar de cellen en liep door naar cel nummer 1. Hij legde zijn handen om de tralies en stond er verdrietig tussendoor te staren.
'Hallo, Sue,' zei hij.

31 maandag 25 oktober

De dag was helder en zonnig aangebroken, maar halverwege de ochtend hadden zich melancholieke, zware, grijze wolken samengebald en lichte regen bespetterde al bij vlagen de ruiten van Morses kamer, toen de twee rechercheurs voor de laatste keer voor de zaak Sylvia Kaye tegenover elkaar aan het bureau zaten.
'Wat wisten we van miss X?' vroeg Morse en gaf meteen zelf al antwoord. 'We wisten ongeveer hoe ze er uitzag, we wisten ongeveer wat ze aanhad en we wisten ongeveer hoe oud ze was. Het was in elk geval iets, maar ver zouden we er niet mee zijn gekomen. Maar we wisten ook nog dat de twee meisjes die bij de bushalte hadden staan wachten, elkaar niet alleen kenden,

maar ook *dat ze elkaar de volgende ochtend weer zouden zien.* Dat nu was ongetwijfeld verreweg het belangrijkste bewijs dat we in handen kregen en we kwamen op grond daarvan ook onmiddellijk in actie. Het lag voor de hand dat we ervan uitgingen dat we het terrein van ons onderzoek konden beperken en helemaal in overeenstemming daarmee richtten we onze aandacht op de kantoormeisjes met wie Sylvia Kaye samenwerkte. Het had natuurlijk een vriendin van Sylvia geweest kunnen zijn, iemand die ze in lunchtijd ontmoette bijvoorbeeld, of iemand die ze in de bus zag. Het kon om wel honderd dingen gaan. Maar wij meenden dat dat niet het geval was. En we waren die mening toegedaan omdat al spoedig onze argwaan werd gewekt, en terecht, door het eigenaardige gedrag van een van de meisjes die op dezelfde afdeling werkte als Sylvia: miss Jennifer Coleby. We wisten dat toen nog niet, maar Sylvia zou die ochtend nog iemand anders ontmoeten, en als we in een eerder stadium wat slimmer waren geweest, Lewis, hadden we het misschien sneller doorgehad. Sylvia was in het Radcliffe Ziekenhuis bij een fysiotherapeut onder behandeling vanwege haar gebroken arm en zij liet zich daarvoor elke dinsdag- en donderdagochtend behandelen. Dat wil zeggen dat ze zich *op donderdag 30 september* voor die fysiotherapie zou melden bij de stafverpleegkundige die de leiding had op de polikliniek. Met andere woorden: ze zou zich moeten melden bij stafverpleegkundige Widdowson.' Lewis stond op om de ramen dicht te doen waartegen de regen nu heftiger spetterde. 'Dit betekende op zich natuurlijk niet zoveel,' vervolgde Morse. 'Maar we kwamen te weten dat Sylvia niet zoveel echte vriendinnen had, nietwaar? Dat was interessant. Ja, dat was op z'n minst interessant.' Morse dwaalde even af met zijn gedachten en hij staarde net als Lewis daarnet had gedaan door de ramen naar buiten, naar de binnenplaats die nu lag te glimmen onder de laaghangende bewolking. 'Maar laten we het nogmaals over Jennifer Coleby hebben. Crowther schreef haar – dat staat nu vast; daarover is geen twijfel meer mogelijk. Maar Crowther schreef het briefje niet *voor* Jennifer; ze was slechts de boodschappenjongen. Dat heeft ze toegegeven, en ze had eigenlijk geen keus. Toen ik haar schreef, vroeg ik haar niet iemand van moord te beschuldigen. Ik vroeg haar wel of de brief voor Sue Widdowson was bestemd en ze bevestigde dat. Je hebt er geen idee van, Lewis, hoe bang ik was om achter de waarheid van dit alles te komen...'

De regen plensde neer op de binnenplaats en het was donker en somber in het vertrek. In verschillende aangrenzende kamers flitsten de elektrische lampen aan, maar niet in Morses kamer.

'Denk er eens even over na, Lewis. *Jennifer had een auto*. Dat was een feit waar het in deze zaak om draaide. En ondanks het tijdelijke probleem dat ze ermee had vanwege een lekke band, *maakte ze op de 29e 's avonds wel gebruik van haar auto*. Ze zei dat dat zo was, weet je nog. En dat was ook inderdaad het geval. Ik geloofde haar destijds niet, maar ik had het mis. Ze kwam die avond iemand tegen die haar auto zag en zag dat Jennifer erin zat. En dat was iemand die absoluut niets met de moord op Sylvia te maken had. Iemand met wie Jennifer een verhouding had: haar werkgever, Mr. Palmer. Hoewel het bewijsmateriaal in bijna elk stadium Jennifer Coleby had aangewezen, kreeg ze dus zomaar opeens een absoluut onweerlegbaar alibi in de schoot geworpen. Tot op dat moment was ik er heilig van overtuigd geweest dat het andere meisje in deze affaire Jennifer was; maar ik moest nu het onbetwijfelbare, onaanvechtbare feit onder ogen zien dat er die avond bij Bernard Crowther in de auto wel iemand achter Sylvia Kaye had gezeten, maar dat dat niet, heel beslist *niet* Jennifer Coleby was geweest. Wie dan wel? Hoewel ik me genoodzaakt zag Jennifer af te voeren als verdachte nummer 1 – ja, zelfs genoodzaakt was haar helemaal af te schrijven als verdachte – bleef ik koppig vasthouden aan mijn oorspronkelijke gedachte dat het bedoelde meisje, wie dat dan ook zijn mocht, Crowthers liefje was en dat Crowther aan haar zijn boodschap had gestuurd. Laten we daarom nu even vanuit Crowthers gezichtspunt naar de zaken kijken. Volgens mij staat het absoluut buiten kijf dat hij een man was die heel erg in angst zat. Ga zelf eens even in zijn schoenen staan, Lewis. Hij had Sylvia Kaye die woensdagavond levend en wel achtergelaten – dat wist hij zeker. En wat ontdekt hij de volgende morgen? Dan leest hij in de krant dat datzelfde meisje vermoord is aange-

troffen. Maar ze is niet *zomaar ergens* vermoord. Ze is vermoord op de plek waar hij haar het laatst heeft gezien: op de binnenplaats van de Black Prince. Wie *wist* dat hij daar was geweest? Alleen hijzelf en Sylvia - en die kon nooit meer iets tegen iemand zeggen. Maar Sue Widdowson kon het *geraden* hebben, omdat Sylvia haar waarschijnlijk had verteld waar ze heenging. Hij heeft zich vast zo erg zorgen gemaakt dat hij zich geen raad meer wist, en zo op het oog lijkt hij voor zo'n intelligente man niet erg verstandig gehandeld te hebben. Telkens opnieuw moet die gedachte door hem heen zijn gegaan: zou Sue wel beseffen hoe riskant het was om er tegen iemand ook maar één woord over te zeggen? Hij moet gedacht hebben dat ze dat vast wel besefte. Maar twijfels bleven kennelijk aan hem knagen. Zij was de enige persoon die de hele kar met appelen ondersteboven kon keren, waardoor hij niet alleen onder verdenking kwam te staan voor de moord op Sylvia, maar ook zijn hele gezin op zijn kop gezet zou worden, en dat kon hij niet onder ogen zien. Hij moest gewoon zekerheid hebben, of op zijn minst iets *doen*. Hij durfde haar niet op te zoeken. Daarom schreef hij haar.' Lewis vertoonde de bekende tekenen van onrust en Morse knikte ten teken dat hij daar begrip voor had. 'Ik weet het, Lewis. Waarom schreef hij naar *Jennifer*?'
'Waarom *schreef* hij, is eigenlijk de vraag, sir. Waarom belde hij niet gewoon op?'
'Ja, daar kom ik nog op. Maar laten we eerst zien dat we absoluut zeker kunnen zijn van het feit op zich, het feit dat Crowther inderdaad Jennifer Coleby een brief schreef. Want als we het belang daarvan volledig onderkennen, kunnen we de volkomen terechte vraag beantwoorden die jij stelde. Waarom belde hij haar niet op? Waarom niet? Het antwoord is vrij eenvoudig, denk ik. *Wie* moest hij bellen, en *waarheen* moest hij bellen? Laten we er even van uitgaan dat hij Jennifer wil opbellen - het trouwe boodschappenmeisje. Op het werk? Nee. Dat was te riskant. Alle meisjes op kantoor wisten hoe Palmer dacht over het gebruik van de telefoon van de firma, en ze waren wat dat aangaat eerlijk omdat hij een oogje dichtkneep wanneer er privépost binnenkwam. Maar er was meer. Het was ook veel te

riskant omdat alle telefoongesprekken via de telefoniste binnenkwamen - dat gold alleen niet voor de privé-telefoon in Palmers kamer die zijn privé-secretaresse opnam. En jij weet net zo goed als ik dat een telefoniste volkomen ongestraft kan meeluisteren naar wat er wordt gezegd. Nee. Dat kwam niet in aanmerking. Tja, waarom belde hij Sue Widdowson zelf dan niet? Waarom belde hij zijn geliefde niet op, sprak hij niet rechtstreeks met haar, thuis of in het ziekenhuis? Weer is het niet moeilijk in te zien waarom hij dat niet deed. Als hij Sue thuis opbelde, kon hij er immers nooit zeker van zijn dat de andere twee niet thuis waren. Als Jennifer thuis was, was dat niet erg, maar met Mary lag dat anders. Hij moet er vrij zeker van zijn geweest - en ik ben ervan overtuigd dat hij daar gelijk in had - dat meeluisteren een verleidelijk makkelijk en boeiend tijdverdrijf is, ook waar het gaat om een eenzijdig telefoongesprek.'

Er werd beleefd op Morses kamerdeur geklopt, waarna het jonge meisje dat op het bureau de post ronddeelde, vrolijk binnenstapte en de post van de inspecteur in zijn bak voor binnenkomende post legde.

'Geen erg mooie dag, sir.'

'Nee,' zei Morse.

'Het klaart straks misschien nog wel op.' Ze schonk hem een warme, aangename glimlach terwijl ze wegliep, en Morse knikte op een vriendelijke manier. Het was ergens wel een troost te weten dat het leven om hem heen nog steeds doorging. Hij staarde afwezig uit het raam en zag dat het minder hard regende. Misschien had ze wel gelijk. Het klaarde straks misschien inderdaad nog wel op...

'Maar waarom kon hij haar niet op haar werk opbellen, sir?'

'Ah, ja. Neem me niet kwalijk, Lewis. Waarom kon hij haar niet op haar werk bellen, vraag je? Het antwoord op die vraag vond ik afgelopen vrijdag pas. Het is voor een buitenstaander, ja zelfs voor de politie, praktisch onmogelijk om rechtstreeks contact op te nemen met een van de verpleegkundigen in het Radcliffe. Ik heb het zelf geprobeerd, en je kunt net zo goed bij inlichtingen naar een nummer vragen, terwijl je niet over het adres beschikt. Ze hebben daar een oude dragonder van een directrice...'

'Maar had Crowther haar dan geen brief kunnen schrijven? Het moet toch...'

'Dat had hij kunnen doen, ja. En ik weet eigenlijk niet waarom hij dat niet heeft gedaan, alleen... Weet je, Lewis, hij en Sue Widdowson kregen de gewoonte om de dingen nu eenmaal op een bepaalde manier te doen. Laat me je proberen uit te leggen hoe het moet zijn begonnen. De postbezorging wordt zoals je weet overal steeds slechter. Maar in het noordelijk deel van Oxford schijnt die wel bijzonder slecht te zijn. De post komt daar zelden voor tien uur 's ochtends – en dat is zo laat dat niemand post ontvangt voordat hij naar zijn werk gaat. En stel dat de post wel vroeg komt, zeg om acht uur, dan is dat toch nog niet tijdig genoeg. Waarom stuurde hij dan geen brief naar het ziekenhuis? Het antwoord is dat onze dierbare directrice ook daar een stokje voor steekt: er mag van haar absoluut geen privé-post door het ziekenhuis worden aangenomen.'

'Maar als Crowther nu een brief op de post had gedaan met haar huisadres erop, zou ze die toch hebben gekregen zodra ze van haar werk thuiskwam?'

'Ja, dat klopt. Maar je legt je vinger nu precies op de grote moeilijkheid, en dat is volgens mij nu ook in de eerste plaats de reden dat Jennifer Coleby erbij werd gehaald. Bernard Crowther werkte namelijk net als de meeste stafleden van de universiteit niet altijd op dezelfde uren op het Lonsdale College. Er deden zich altijd op de vreemdste tijden onverwachte dingen voor – disciplinaire kwesties, onverwachte bezoekers, niet geplande vergaderingen – en hij kon zijn buitenechtelijke escapades daardoor alleen maar plannen in de hoop dat hij op het dagen van tevoren afgesproken tijdstip ook inderdaad vrij zou zijn. Maar veel belangrijker nog was dat hij de dagelijkse gang van zaken in zijn eigen gezin heel zorgvuldig in het oog moest houden. Margaret kon iets regelen, de kinderen konden zomaar ineens een halve dag vrij krijgen, of ziek worden of... nou ja, ook wat dat aangaat, kon er genoeg misgaan waardoor gemaakte plannen volledig in het honderd liepen, hoe goed ze ook bedoeld waren. Volgens mij was Crowther pas op de dag zelf, of misschien zelfs wel een paar uur van tevoren pas zeker of en wanneer hij in de gelegenheid was om zijn liefje te ontmoeten. Maar *Lonsdale College ligt maar hooguit honderd meter verwijderd* van het pand van de Town and Gown verzekeringsmaatschappij in de High, Lewis.'

'Wilt u daarmee zeggen dat Crowther er gewoon langsliep en een briefje in de bus liet vallen?'

'Precies.'

'Maar Jennifer kon overdag toch ook geen contact met Sue opnemen? U zei daarnet immers...'

'Ik weet wat je wilt gaan zeggen. Hij had evengoed een brief naar Sue's woonadres kunnen sturen. Ze kreeg het bericht toch niet eerder in handen, omdat de brief dan op de deurmat zou liggen als ze thuiskwam. Toch zou ze die bijna zeker later in handen hebben gekregen. Maar bij dit alles gaan we er dan wel van uit dat Crowther *de dag voor* een ontmoeting kon schrijven en dat kon hij vaak niet, vermoed ik, maar dat zei ik daarstraks al. Maar het gaat om nog iets anders, iets dat veel belangrijker is, Lewis. Jij zegt dat Jennifer overdag geen contact kon opnemen met Sue. *Maar dat kon ze wel, en dat deed ze ook vaak.* Die twee lunchten vrij regelmatig samen. Ze ontmoetten elkaar dan in een cafeetje naast M and S. Ik weet dat, Lewis. Ik ben er geweest.' Morse sprak de laatste woorden uit op een melancholieke, werktuiglijke manier, en Lewis keek hem bevreemd aan. Er was iets met wat Morse een paar minuten geleden had gezegd. Het was bijna alsof...

'Jennifer Coleby moet dus volledig op de hoogte zijn geweest, sir.'

'Of ze *volledig* op de hoogte was, weet ik niet. Maar ze wist voldoende. Te veel. Ik neem aan...' Hij zweeg opeens een paar minuten, maar toen hij weer begon te praten klonk zijn stem levendiger en lustiger. 'Ik weet niet hoe het is begonnen, maar ze moeten elkaar in een bepaald stadium in vertrouwen hebben genomen. Ik heb me laten vertellen dat vrouwen, en ook mannen welbeschouwd, graag met iemand anders over hun veroveringen praten; en een terloopse opmerking bracht die twee waarschijnlijk bij elkaar en er ontstond algauw een band als tussen samenzweerders. Daar hoeft niet aan getwijfeld te worden volgens mij. Ik vermoed dat Crowther met het idee kwam om een onschuldig ogend briefje dat aan Jennifer Coleby was gericht, in de brievenbus van Town and Gown te laten vallen, wellicht nadat een paar keer een ontmoeting met Sue was foutgelopen door een misverstand. Ik ben er vrij zeker van dat hij een man was die het versturen van cryptische berichten een leuk idee vond, en het werd steeds meer een gewoonte en zo hun gebruikelijke communicatiekanaal. Hij slenterde voor het kantoor langs en stopte een briefkaart of een brief in de brievenbus. Eenvoudig - hij hoefde er niet eens voor om te lopen. Het ging waarschijnlijk eerst alleen maar zo, wanneer zich een onverwachte gelegenheid voordeed, maar na verloop van tijd werd het de normale manier van doen, zo normaal dat hij haar zelfs zijn laatste, bijzonder belangrijke bericht op die manier liet toekomen. Het was een handige en uiterst bruikbare methode, maar dat niet alleen: het moet in Crowthers ogen ook een godsgeschenk zijn geweest dat hij Sue niet werkelijk een brief hoefde te schrijven. Net als de meeste mensen met een buitenechtelijke relatie moet ook hij bang geweest zijn dat een brief wegraakte, werd geopend door de verkeerde persoon of ergens werd gevonden. Op deze manier kon niemand veel te weten komen, denk je ook niet, zelfs al zou hij de brieven vinden.'

'Wanneer kwam u voor het eerst op de gedachte dat miss Widdowson de schuldige was, sir?' Lewis stelde deze vraag ongewoon zachtmoedig, want hij was het eindelijk gaan begrijpen.

Morse staarde vermoeid en triest naar het bureau voor zijn neus; de vingers van zijn linkerhand trommelden nerveus op het blad. 'Ik neem aan dat heel vage aanwijzingen... o, ik weet niet. Afgelopen vrijdag wist ik het pas zeker. Misschien kreeg ik voor het eerst een vermoeden van hoe het zat toen ik de absentielijst voor de avondcursus controleerde om te zien of Margaret Crowther aanwezig was geweest. Toen zag ik toevallig - echt stom toevallig; het leek wel of de goden er de hand in hadden - dat Palmers vrouw ook aan die cursus deelnam. En dat riep vragen bij me op; een heleboel vragen. Ik vond het hoogst onwaar-

schijnlijk dat Jennifer Coleby een type was dat veel gunsten verleende zonder er iets voor terug te krijgen; en ik piekerde over de band die moest bestaan tussen haar en het andere meisje. Op een omslachtige manier overwoog ik de mogelijkheid dat beide meisjes in vergelijkbare omstandigheden verkeerden, een zelfde soort relatie hadden met andere mensen. Met mannen. Ik giste zo maar wat en ik zag Crowther voor me met iemand en Jennifer met iemand, en misschien paste Palmer ook wel ergens in dat plaatje. En toen... tja, toen dacht ik aan Sue Widdowson en opeens vielen de stukjes op hun plaats. Was het mogelijk dat Jennifer een verhouding had met Palmer? In dat soort situaties gaat het vaak om iemand die je op je werk hebt ontmoet en wie kwam er bij Town and Gown voor in aanmerking buiten Palmer? Hij was de enige man in het pand. Ik bleef me afvragen wat Jennifer ermee opschoot. En opeens viel me in dat zij vooral aan één ding behoefte had. Weet je waaraan, Lewis?'
'Ik vrees dat ik geen ervaring hebt met dat soort dingen, sir.'
'Ik ook niet,' zei Morse.
'Nou, ik stel me zo voor dat je behoefte hebt aan een plek waar je met z'n tweeën samen kunt zijn... o, ik snap het al... U bedoelt...'
'Ja, Lewis. Iemand had Jennifer een kamer te bieden waar ze alleen kon zijn met Palmer. Mary was niet zo heel vaak weg. Maar wanneer dat het geval was, was de kust veilig omdat het andere lid van het trio het voor het gemak zo kon regelen dat zij dan ook niet thuis was. En dat deed ze ook inderdaad.'
'Wacht eens even, sir.' In Lewis' achterhoofd knaagde iets wat hem zorgen baarde. Hij dacht terug aan die avond van woensdag 29 september... Opeens wist hij het. 'Maar die woensdagavond was er toch niemand thuis, sir? Ik meende dat u zei dat Mary naar de bioscoop was gegaan of zoiets.'
'We maken nog wel een rechercheur van je, Lewis.' Morse stond op uit zijn leren stoel, liet zijn hand op de schouder van zijn brigadier vallen en bleef naar de dreigende wolken staan kijken die langzaam westwaarts dreven. Het regende nu niet meer en de ondiepe plassen op de binnenplaats lagen er onverstoord bij. 'Dat was ook weer zo'n leugen van Jennifer, vrees

ik. Mary was die avond wel thuis – dat heeft ze me zelf verteld. Maar stel dat Mary wel weg was geweest, dan zou dat volgens mij nog geen verschil hebben gemaakt. Ik weet vrijwel zeker dat Jennifer Sue met de auto naar de plek moest brengen waar Sue Crowther zou ontmoeten. Dat was volgens de afspraak haar rol in het geheel. En op woensdag 29 september hadden ze allebei een afspraak, zoals we weten.'

'Maar waarom namen ze niet...' Lewis bleek er niet veel voor te voelen de zin af te maken en Morse deed het toen maar voor hem.

'Waarom namen die vier de gelegenheid niet te baat om van het huis gebruik te maken, telkens wanneer Mary niet huis was? Wou je dat zeggen?'

'Ja.'

'Nou, voor Palmer was het natuurlijk wel een vrij veilige plek. Hij woont er een heel eind vandaan en maar heel weinig mensen kenden hem waarschijnlijk in het noordelijk deel van Oxford. Het was voor hem hoe dan ook een risico dat hij wel kon nemen. Ik weet trouwens dat hij er ook wel geweest is. Ik heb het huis de laatste week in de gaten laten houden en woensdagavond stond Palmers auto in de volgende straat geparkeerd. McPherson heeft die getraceerd – ik had hem daar speciaal opdracht toe gegeven.' Er vloog even een gepijnigde uitdrukking over Lewis' gezicht, maar Morse besteedde er geen aandacht aan. 'Hij zag Palmer niet naar binnen gaan, maar hij zag hem wel naar buiten komen, en ik had zelf vrijdagavond een ontmoeting met Palmer en bij die gelegenheid heb ik alles met hem uitgepraat.'

'Maar voor Crowther was het te riskant?'

'Ja, wat dacht je dan? Hij woonde op slechts een steenworp afstand van dat huis. Nee, het zou het stomste geweest zijn dat hij kon bedenken. Hij woonde daar al jaren. Praktisch idereen kende hem, en hij liep bijna elke avond diezelfde straat door wanneer hij in de Fletcher's Arms iets ging drinken. Er zouden onmiddellijk praatjes van zijn gekomen. Nee. nee. Dat zat er vanaf het begin niet in.'

'Dus toen ze allebei een afspraak hadden...'

'Was het Jennifers taak om Sue een lift te geven, ja.'

'En als Jennifer die avond niet opeens tot de ontdekking was gekomen dat ze een lekke band had, was Sylvia misschien helemaal niet vermoord.'
'Nee, klopt.' Morse liep het vertrek door en ging weer in zijn stoel zitten. Hij was bijna klaar met zijn relaas. 'Op de avond van de moord was Sue Widdowson ongeduldig en waarschijnlijk een beetje kwaad op Jennifer. Weten doe ik dat niet. Ze vond in elk geval dat ze niet kon gaan zitten wachten, terwijl Jennifer opbelde over de lekke band en ten slotte een fatsoenlijke man aan de overkant bereid vond hem te repareren. Die man deed er misschien wel eeuwen over. Dan kom ik te laat, moet ze hebben gedacht, en daarom besloot ze de bus te nemen. Ze liep naar Woodstock Road en ze stond bij bushalte 5 en... nou ja, de rest weet je. Daar stond nog iemand te wachten. Ze trof er miss Sylvia Kaye aan.'
'Was ze daar maar blijven staan.'
Morse knikte. 'Ja, was ze daar maar blijven staan. Jennifer had de lekke band in hooguit vijf tot tien minuten gerepareerd, zegt ze. Zij had afgesproken dat ze Palmer die avond in de Golden Rose zou ontmoeten. Ze bracht Sue altijd naar Woodstock, snap je, en daarom was het voor haar en Palmer handig om elkaar ook daar ergens in een pub te ontmoeten - in Begbroke, Bladon of Woodstock zelf. En ze ontmoetten elkaar die avond ook, dat weten we. Ondanks al haar problemen was Jennifer er zelfs eerder dan Palmer. Ze bestelde een glas bier en een glas citroenlimonade en ging buiten in de tuin zitten, zodat ze hem kon zien aankomen.'
'Vreemd, vindt u niet, sir? Als Sue Widdowson...'
'Je hangt van "alsen" aan elkaar, Lewis.'
'Het leven hangt van "alsen" aan elkaar, sir.'
'Ja, dat is waar.'
'Maar dat was allemaal nog giswerk van u, hè? Ik bedoel, concrete bewijzen had u er niet voor.'
'Toen nog niet, misschien. Maar het begon allemaal met elkaar te kloppen. Sue en Jennifer zijn ongeveer even groot, hebben min of meer hetzelfde voorkomen, alleen...'
'Alleen wat, sir?'

'Het doet er niet toe. Vergeet het maar. Kleding? Ik zag die jas die Mrs. Jarman beschreef; ik zag dezelfde soort lange broek, en Sue had die aan. Vrijdagavond liet ik Mrs. Jarman een foto van Sue zien en ze herkende haar meteen. Geen wonder dat dat arme mens niemand uit de rij voor identificatie kon aanwijzen. Het meisje dat ze bij de bushalte had zien staan, was er eenvoudigweg niet bij.'
'Mensen maken nu eenmaal fouten, sir.'
'Was dat maar zo, Lewis. Was dat maar zo!'
'Maar een *bewijs* is het toch nog niet.'
'Nee, dat neem ik wel van je aan. Maar ik vond nog iets anders. Toen ik bij het Radcliffe langsging om naar het lichaam van Crowther te kijken, kreeg ik van de verpleegkundige op de afdeling zijn sleutels - die hadden in zijn broekzak gezeten. Ik vroeg haar of nog iemand van het verplegend personeel bij hem langs was geweest, en zij zei van niet. Maar ze vertelde dat stafverpleegkundige Widdowson haar had gevraagd hoe het met hem ging en dat zij voor in de zaal langdurig naar het bed waarin Crowther lag, was blijven staan kijken.'
Morses stem begon geïrriteerd te klinken, maar hij vermande zich zo snel mogelijk. Hij liep nog een keer naar het raam en zag dat de zon door de dunner wordende bewolking heen begon te komen. 'Ik ging naar Lonsdale College en ik doorzocht Crowthers kamer. Maar één la zat daar op slot, een van de laden van zijn schrijftafel - de la links onderaan, als het je interesseert.' Hij draaide zich om en keek Lewis nijdig aan en zijn stem klonk scherp en fel. 'Ik maakte de la open en vond... en vond een foto van Sue.' Zijn stem klonk nu opeens heel kalm en hij draaide zich weer om, om uit het raam te kijken. 'Een kopie van de foto die ze aan mij had gegeven.' Maar deze laatste woorden sprak hij zo zacht uit, dat Lewis ze niet kon verstaan.

EPILOOG

Het was gedaan.
Lewis reed naar huis om daar te lunchen; hij hoopte maar dat zijn vrouw zich weer wat beter voelde. Hij passeerde een plakkaat van een krant met daarop in vette letters de grote kop: MOORD IN WOODSTOCK – VROUW HELPT POLITIE. Hij stopte niet om een exemplaar te kopen.

Morse ging nogmaals naar het cellenblok en bracht een paar minuten bij Sue door. 'Heb je nog iets nodig?'
Met tranen in haar ogen schudde ze haar hoofd en hij stond daar bij haar in de cel, verloren en niet wetend wat te doen. 'Inspecteur?'
'Ja.'
'U zult het misschien niet geloven en het doet er trouwens ook niet toe. Maar... ik hield van u.'
Morse zei niets. Hij voelde dat zijn ogen begonnen te prikken en hij ging er met zijn linkerhand overheen en bad dat zij het niet zou merken. Het duurde even voor hij zichzelf weer voldoende in de hand had, en toen hij weer kon spreken, keek hij op het meisje van zijn dromen neer en zei alleen maar: 'Vaarwel, Sue.'
Hij liep de cel uit en deed de deur van de cel achter zich op slot. Meer kon hij niet zeggen. Hij dwong zichzelf ertoe weg te lopen, de gang door, maar hij hoorde nog één keer haar stem.
'Inspecteur?'
Hij draaide zich om. Ze stond bij de tralies van de cel; van angst en radeloosheid stroomden er tranen over haar gezicht. 'Inspecteur, u hebt me nooit verteld hoe uw voornaam luidt.'

Het begon donker te worden toen Morse ten slotte zijn kamer verliet. Hij stapte in zijn Lancia, reed de binnenplaats af waarop de plassen intussen bijna waren opgedroogd, sloeg linksaf en voegde zich bij de grote stroom verkeer richting stadscentrum. Toen hij de rotonde van de ringweg passeerde, zag hij twee mensen met hun duim omhoog in de grasberm staan, in de hoop een lift te krijgen. De ene was een meisje, een knap meisje zo te zien. Misschien was de ander ook wel een meisje. Dat was moeilijk uit te maken. Hij reed door naar Oxford, naar huis.